KB271819

나, 박정희

박정희의 정신과 무의식의 세계를 탐사하는 고감도 심리소설

신 용 구
장편소설

나, 박정희

블루닷

박정희가 운명한 지 30여 년이란 세월이 흐른 지금에도 그에 대한 평가가 여전히 뜨겁게 진행되고 있다. 이 현상은 그가 이 사회에 미친 영향이 그만큼 크다는 것을 의미한다.

나의 갈 길

20여 년간의 군대 생활. 그리고 소년 시절에도 본인은 자립에 가까운 생활을 배워왔다. 그만큼 가난하였기 때문이다. 그것은 본인에게 큰 도움이 되었다.

그 환경이 본인으로 하여금 깨우쳐준 바가 많았고, 결의를 굳게 하여주기도 하였다. 이 같이 '가난'은 본인의 스승이자 은인이다. 그렇기 때문에 본인의 '24'시간은 이 스승, 이 은인과 관련 있는 일에서 떠날 수가 없는 것이다.

소박하고 근면하고 정직하고 성실한 서민 사회가 바탕이 된 자주 독립된 한국의 창건. 그것이 본인이 소망이고 동시에 본인의 생리인 것이다. 본인이 특권 계층, 파벌적 계보를 부정하고 군림 사회를 증오하는 소이(所以)도 여기에 있는 것이다.

본인은 한미디로 말해서 서민 속에서 자라고 일하고 그리하여 그 서민의 인정 속에서 생이 끝나기를 염원한다. 진정 꾸밈없이 말해서 그렇다.

주지육림(酒池肉林)의 부패 특권 사회를 보고 참을 수 없어서 거사한 5·16혁명은 그러한 본인의 소원이 성취된 것에 불과하다.

—『국가와 혁명과 나』 '나의 갈 길'

윗글은 박정희가 민정 이양을 앞두고 지은 『국가와 혁명과 나』라는 책 내용의 일부다.

박정희라는 이름을 듣게 될 때 대체로 떠오르는 첫 이미지는 '개발 독재'다. 집권 이래 그는 경제 개발과 자주 국방을 국정 운영의 가장 중요한 두 가지 화두로 삼았다. 서거 직전까지 이 기조는 바뀐 적이 없었다. 오히려 그 고삐를 점점 더 죄고 있었다.

정치인의 신념이나 행동은 정신의학에서는 자신의 무의식적 갈등을 해소하는 치료 과정으로 이해한다. 박정희의 삶을 관통하고 있는 경제 개발과 자주 독립 국가라는 큰 화두와, 거기에 깃들어 있는 내면의 세계를 들여다보고자 하는 것이 이 책의 주제다. 박정희의 삶을 따라가면서 그 부침에 따라 전개되는 그의 심리를 음미하는 일종의 '박정희 심리 여행'인 셈이다.

그는 집권 말기에 두 개의 전쟁을 동시에 치르고 있었다. 하나는 정적들과의 큰 갈등이었고, 다른 하나는 자주 국방 문제로 미국과 치른 숨 막히는 은밀한 전쟁이었다.

이 전쟁들은 박정희의 운명에 있어 치명적이었다. 그럼에도 그는 이 위험한 외줄 타기를 포기하지 않았다. 말하자면 죽음조차 경제 개발과 자주 독립 국가에 대한 그의 의지와 신념을 꺾지 못한 것이다.

무엇이 박정희를 그토록 줄기차게 몰아갔을까? 『국가와 혁명과 나』라는 책에서 밝힌 가난, 자립심, 자주 독립 국가, 서민, 부패 특권 사회라는 키워드는 죽음조차 꺾지 못한 그의 신앙을 밝히는 중요한 열쇠가 될 것이다.

나는 이러한 키워드를 통해 박정희의 개인사를 조망하며 삶의 굴곡에 따라 그의 마음이 어떻게 변천해갔는지 상상력을 가미한 소설적 기법을 동원해 차근차근 밟아나갔다.

이 글의 화자는 박정희 대통령 자신으로 되어 있다. 이것은 현장감과 생동감을 살리기 위한 글쓰기 기법의 하나일 뿐 박정희 대통령의 진의와는 상관이 없다.

1차 자료가 아닌 2차 자료를 바탕으로 한 추론과 가설에 의해 쓰인 만큼 이 글에는 한계가 있을 수밖에 없다. 또한 이 글의 소설적 구성으로 인한 상상이 사실의 왜곡으로 비칠 수도 있으나, 내용의 현장감을 살릴 목적일 뿐 어떤 불순한 의도가 있는 것은 아니다.

　이 글이 하나의 작품으로서만 평가되기를 바라며, 유가족과 독자들의 오해가 없기를 당부 드린다. 큰 허물이 있다면 언제든 따끔한 질책을 해주실 것을 부탁드린다.

2011. 12. 21.
안양 진료실에서
지은이 신용구

제2부 박정희가 말하는 박정희

제1부

1979

그날의 페이소스

보도 위를 구르는 샛노란 단풍잎. 바람은 서늘하고 하늘은 푸르다. 가을이다. 그것도 입동을 며칠 남겨두지 않은 가을의 막바지다.

여느 때 같으면 따갑지 않은 가는 가을볕을 받으며 나는 청와대 뜰에서 심수봉의 〈그때 그 사람〉을 듣고 있을 것이다. 그리고 나를 한 번도 '여보'라고 불러보지 못했던 새색시 같은 아내를 떠올리며 눈시울을 붉힐 것이다. 다시는 사랑하지 않겠다고 맹세하면서…….

그렇지만 나는 눈물을 흘릴 수 없다. 나는 숨이 멎었고 죽었다. 1979년 10월 26일. 나는 이 세상과 작별을 했다.

큰아이와 둘째, 막내에게 한마디 말도 없이 아내가 떠날 때와 마찬가지로 쫓기듯 황망하게 떠나왔다.

무장병력이 철통같은 경계 근무를 하고 있는 궁정동 안가, 그곳엔 차가운 정적만 흐른다. 술상은 아직 어지럽다. 덩그렇게 놓

인 반쯤 빈 12년산 시바스 리갈, 마시다가 만 널브러진 술잔들,
방석과 바닥에 이미 검붉게 엉겨 붙은 핏자국이 그날의 일을 말
하고 있을 뿐이다.

나는 숨이 멎었다. 세상과 완전한 이별을 했다. 그럼에도 나를
놓지 못하는 사람들이 있다.

정규 방송을 중단한 라디오에서는 온종일 알비노니(Albinoni)의
〈아다지오(Adagio)〉를 틀었고, 거리엔 조기가 내걸렸다. 검은 리
본을 가슴에 단 시민들이 분향소가 차려진 관청을 찾았다. 구불
구불 늘어선 긴 행렬들……. 모두 침통한 얼굴이다.

7일이 흘렀다. 분향소에는 아직도 조문 행렬이 끊이지 않는다.
이틀 후면 나를 위한 세상의 마지막 잔치는 끝이 난다.

수많은 사람들이 다녀갔다. 가슴이 뭉클하다. 울 수 없다는 것
이 원망스럽다. 젖먹이와 노약자를 빼곤 이 땅에 사는 모든 사람
들이 나를 추모했다.

노인은 실성한 듯 울부짖고, 아낙은 옷고름으로 흐르는 눈물
을 훔친다. 행렬엔 엄마의 손을 잡고 나선 코흘리개도 섞여 있다.
아이들이 고사리 같은 손으로 내 영전에 국화 한 송이를 바친다.
이 아이들은 아무런 영문을 모른다. 숙연한 분위기에 입도되어
엄마가 우니 같이 눈시울을 붉히는 것이나. 나는 아이들에게 미
안하다. 아이들은 그저 집에 두고 나와도 좋았을 것이다. 아낙들
은 집에서 아이들을 돌보며 차라리 나오지 않았으면 좋았을 것이
다. 마치 나의 독재를 온 세상에 증명해 보이기라도 한 것처럼 부

끄럽다.

나 자신의 삶이 국민들에게서 이토록 뜨거운 추모를 받을 자격이 있는지 나는 알지 못한다.

각료들은 나를 완벽한 사람이라 말한다. 하지만 난 전혀 완벽하지 않다. 완벽해지려고 노력하는, 걱정 많고 꼼꼼한 사람일 뿐이다. 나는 흠이 많다. 많이 부족한 사람이다.

아직 이루지 못한 꿈도, 가야 할 길도 있다. 핵도 미완이고, 헌법 개정도 미완이고, 민주주의는 싹을 틔울 기미조차 아직은 없다. 내가 의도적으로 민주주의를 억누르고 있었음이다.

나는 독재자다. 많은 사람들이 나를 독재자라 부른다. 나의 정적들, 기상이 있는 지식인들, 때 묻지 않은 풋풋한 학생들이 그렇게 불렀다. 나는 독재자다. 하지만 난 이런 오명이 그리 역겹지 않다. 이 오명을 자랑스러운 훈장으로 여기진 않아도 묵묵히 살아온 뜨거운 내 삶의 징표라 생각한다.

드디어 9일간에 걸친 국장(國葬)이 막을 내리고 있다. 163센티미터의 메마른 시신을 담은 관이 듬직한 장병들의 손에 의해 하관이 되고 있다. 큰아이, 둘째, 셋째가 곁에서 통곡한다. 큰딸 재옥은 다가서지 못하고 두 손으로 얼굴을 가렸다. 내 처지와 운명 때문에 단 한 번도 큰딸이라고 세상에 밝히지 못한 사랑스런 내 딸이다. 미안하다.

통곡 속에 스페인의 민요 〈고향생각〉이 동작동 하늘에 울려 퍼진다. 난 트럼펫 소리가 좋다. 트럼펫 소리는 단아하고 다부지고 쓸쓸하다. 꼭 나를 닮은 듯했다. 황폐했던 내 인생에서 작은 위안이 되었던 트럼펫. 나는 문경보통학교 시절, 흐릿한 날이면 막걸리 한 잔을 걸치고 동산에 올라 트럼펫을 입에 물었다.

깊은 숨을 들이마신 후 단전에 힘을 주고 긴 숨을 토해내면 단아한 음색이 산기슭을 타고 흘러내렸다. 상처로 가득한 내 가슴이 울분으로 끓어올랐다.

정말 떠나야 할 시간이다. 내 관 위로 한 줌의 흙이 뿌려진다. 내 관 위에 흙이 수북이 쌓여간다. 흙이 솜이불 같다. 내 아이들과, 내 혈육들과, 내 친구들과, 내 각료들과, 사랑하는 내 국민들과 이젠 작별을 해야만 한다. 내 꿈과도 이별을 해야 한다. 예순셋 내 인생의 여정에서 짊어진 그 짐을 내려놓을 것이다. 홀가분하다.

이젠 나 대신 그 짐을 누군가가 짊어져야 한다. 나라는 부유해야 하고 힘은 세어야만 한다. 국민들은 삶에 걱정이 없어야 하고 나라는 외세의 도움 없이 우리 힘으로 지킬 수 있어야 한다.

난 일본 육사 시절을 자랑스럽게 생각하지 않는다. 내 선택이 부끄러운 일이긴 하나 후회하지는 않는다. 어쩔 수 없는 선택이었다고 변명하고 싶지도 않다. 조선인인 내가 일본군 장교가 되었다는 것은 민족의 입장에서는 반역의 행위다. 그 또한 나는 부정하지 않는다.

다만 나와 같은 변절자가 다시는 나오지 않기를 바랄 뿐이다. 국가가 국민의 기본권을 보장하고 국민의 삶을 책임질 수 있을 때, 비로소 국가는 그 존재의 이유를 증명할 수 있고 국민에게 국가에 대한 의무를 요구할 명분을 갖게 된다.

국가의 무능함으로 소시민의 꿈과 희망이 짓밟혀서는 안 된다. 일을 할 때는 공리공담(空理空談)을 일삼아서는 안 된다. 오로지 실질적인 성과를 내는 데 힘써야 할 뿐이다. 이것이 국가가 무능과 무력함에 빠지지 않는 길이요, 무고한 시민이 나와 같은 변절자의 전철을 밟지 않게 하는 길이다. 또 이것이 올바른 정치의 철학이며 눈 밝은 정치가 가야 할 바른 길이다.

사랑하는 조국이여, 안녕히…….

피곤한 카터 씨

내 목에 칼을 겨누고 있는 남자, 지미 카터(Jimmy Carter) 씨. 재선을 노리던 리처드 닉슨(Richard Nixon)이 민주당 본부를 도청한 이른바 워터게이트(Watergate) 사건으로 낙마하고, 미국 정계가 도덕성 논쟁으로 들끓을 때 도덕 정치와 인권 정책을 공약으로 내걸어 당선된 사람이 미국 대통령 지미 카터다.

침례교도로 신앙심이 깊었던 카터는 도덕적 이상주의의 가치관으로 무장된 사람이었다. 앞뒤가 꽉 막힌 완고한 고집쟁이로, 인권에 대한 도덕적 신념만 강했을 뿐 현실을 전혀 볼 줄 몰랐다. 말하자면 얼간이 축에 속하는 어리석은 인물이었다.

카터는 자신이 내건 선거 공약에 집착했다. 인권 정책을 설파하며 우리 내정에 사사건건 간섭을 해댔고, 주한 미군과 한반도에 배치된 전술 핵의 철수까지 주장하며 한국의 안보 불안을 야기했다.

카터는 선거 공약의 포로가 되어 현명한 부하 장군들의 충언을 귀담아 듣지 않았다. 1977년 주한 미군 서열 3위인 참모장 존 싱글러브(John Singlaub) 소장은 카터의 주한 미군 철수 정책에 대해 공개적으로 우려를 표명했다.

"주한 미군 2사단 철수는 한국의 전력을 약화시켜 북한 김일성에게 남침 기회를 주고 말 것이다."

싱글러브의 용감한 주장에 백악관이 발칵 뒤집어졌다. 카터는 군 통수권자인 자신에게 공개적으로 반기를 든 싱글러브 소장을 당장 본국으로 소환하고는 해임시켰다. 그는 싱글러브를 신속하게 해임시킴으로써 군 내부에서 일고 있는 철군 반대론을 원천적으로 봉쇄했다.

카터가 주장한, 주한 미군과 한반도에 배치된 전술 핵 철수에 대응할 수 있는 유일한 방안은 미국과의 관계 개선을 위해 잠시 중단시켜두었던 핵 개발 카드를 다시 손에 쥐는 것이었다.

카터는 나를 당연히 눈엣가시같이 여겼고, 모든 면에서 부정적으로 보고 있었다. 이 도덕적 이상주의자는 내가 권력을 독점하고 독점적 권력을 유지하기 위해 명망 있는 인사를 탄압한다고 생각하고 있었다. 카터는 취임 초부터 나를 괴롭혔다. 먹이를 노리는 사냥개마냥 나를 집요하게 물고 늘어졌던 것이다.

카터가 취임하던 그해 유월, 미국에서 망명 생활을 하고 있던 전(前) 중앙정보부장 김형욱이 미국 하원 청문회에 출석했다.

도덕 정치를 내세운 카터 행정부의 출범과 함께 그를 추종하는 민주당 진보 인사들 사이에서 세계 각국의 인권 문제에 대한 열띤 토론이 계속되었다. 나 역시 미국 조야(朝野)에 이름난 한국의 유명 민주 인사를 탄압한다는 이유로 그들의 입방아에 올랐다. 이른바 하원의 프레이저(Fraser) 청문회다. 프레이저를 비롯한 민주당의 인사들이 한국의 인권 상황을 알아보고, 이에 대한 대책을 찾는다는 명분으로 미국에서 망명 생활 중인 전 중앙정보부장 김형욱을 청문회장에 불러 세운 것이다.

5·16 혁명에 동참한 김형욱은 한때 나의 동지였다. 하지만 그는 부패한 권력자이자 탐욕의 대명사다. 이미 10년 전에 권력을 남용해 300억 원이 넘는 엄청난 부정 축재를 자행했다.

도덕과 인권을 중시한다는 미국 정부가 한국의 인권 개선을 위해 증인으로 출석시킨 사람이 고작 세상에서 가장 타락한 인물이라는 것에 나는 고소를 금할 수 없었다.

김형욱은 자기 한 몸을 위해 나와 이 조국을 헌신짝같이 버린 배신자다. 가난한 조국을 부흥시키자는 숭고한 혁명의 정신을 욕되게 하였고, 한국 정부를 비방하여 애써 쌓아올린 한미 우호 선린의 공든 탑을 무너뜨린 장본인이다.

아무튼 한국 정부를 배신한 김형욱의 청문회장 출석은 미국 민주당 의원들의 의도대로 대성공을 거두었다. 김형욱은 한국 정부를 비방한 것은 물론이고 나의 사생활까지 끄집어내어 나를 미국 조야의 맛깔스런 조롱거리로 만들어주었다.

김형욱의 화끈한 증인으로 나는 반힌(反韓) 감정이 뜨기운 민주당 의원들의 구미에 알맞게 적당히 요리되어 그들의 식탁에 올랐다. 나는 세상에서 둘도 없이 혐오스럽고 역겨워 하늘의 벌을 도저히 피할 수 없는 더러운 인간이 되어 있었다. 나는 권력에 눈먼 타락한 독재자이자 음탕한 탕아로, 미국 조야에 뚜렷이 각인되어 악명을 떨치게 되었다.

아시아 변방의 작은 나라 한국의 대통령 박정희는 세상의 평화와 행복을 위해 반드시 제거되어야 할 지구 최고의 악당 가운데 하나가 되어 있었다.

도덕적 이상주의자인 카터는 나를 싫어했다. 그가 나를 혐오하고 있다고 하는 것이 아마 바른 표현일지도 모른다. 침례교도로서 신앙심이 깊은 카터의 눈에는 내가 권력에 눈먼 독재자, 타락하고 음탕한 인간, 인권을 유린하고 탄압하는 네로(Nero) 황제 같은 폭군으로 비치고 있었다.

카터는 늘 한국의 인권 문제를 들고 나와서는 나를 압박하고 우리 내정에 성가신 간섭을 하고 있었다. 그는 나를 인권을 깡그리 무시하는 불한당이라 생각했다. 그의 눈에는 그렇게 보일지 모른다. 하지만 내게도 우리 국민의 인권은 매우 중요하다. 한국의 인권 문제는 바다 건너 카터보다 한국의 대통령인 내게 오히려 더 중요한 문제다. 다만 그와 나는 인권에 대한 인식의 출발점이 다를 뿐이다.

한국과 미국이 처한 환경은 천양지차다. 기아의 공포와 불안을 면한 것이 엊그제인 한국은 적을 머리 위에 하루 스물네 시간 동안 이고 있다. 항상 전쟁의 위협에 노출되어 있는 것이다. 반면에 미국은 세상에서 가장 풍요롭고 두려울 것이 없는 무소불위의 힘을 가진 나라다. 말하자면 세계의 질서를 유지하는 경찰국가다.

환경의 차이 때문에 인간의 존엄성에 경중을 두거나 차이를 두어서는 안 된다. 하지만 미국 같은 복 받은 땅에서 누리는 완전한 자유를 여건이 미흡하고 불안정한 이 한국 땅에서 그대로 허용할 수는 없는 일이다.

지도자의 가장 기본적이고 소중한 책무는 국민과 나라의 안위를 지키는 일이고, 가장 큰 죄악은 자신의 무능과 부패로 국민을 기아로 내몰고, 나라를 지키지 못해 국민의 생존 기본권을 박탈하는 것이다. 나는 카터가 동양적 가치와 우리 문화에 대해 제대로 이해하고 있는 사람인지 의문이다.

존중이란 서로의 차이를 인정할 때 자연스레 생기는 법이다. 카터가 나를 존중하지 않았듯이 나도 그를 존중할 마음은 없다. 때가 되면 지도자가 진정 고민해야 할 국민의 인권이란 것이 무엇인지 카터에게 한 수 가르쳐줄 생각이다.

갈등

1

나는 전투병을 베트남에 파병해달라는 미국 케네디(Kennedy) 대통령의 요청을 받고 고심했다. 파병할 경우 안보 공백이 크게 우려되었다. 남의 나라 내전에 군대를 파견한다는 것도 달갑지 않게 느껴졌다.

그럼에도 나는 온갖 비난을 무릅쓰고 파병을 결정했다. 미국은 파병의 대가로 상당한 지원을 약속했다. 전쟁 물자로 한국산 물품 구매, 군 현대화 사업, 차관 제공, 사업 기회 보장, 충분한 급여 지원 등이었다.

이 때문에 일각에서는 우리 장병들을 남의 나라 전쟁에 뛰어든 용병이라 매도한다. 어쩌면 그러한 오해를 받을 수도 있다. 미국의 경제적 지원 약속이 파병 결정에 큰 영향을 끼친 것은 부인할 수 없기 때문이다. 그렇지만 이 때문만은 아니다. 자유 베트남을 공산 월맹으로부터 지킨다는 명분이 있었고, 어려움에 처한 친구를 돕는다는 신의의 마음이 있었다.

미국은 베트남전쟁에 너무 깊이 개입해서 곤경에 처해 있었다. 전쟁이 쉽게 끝나지 않아, 전비가 늘어나고 많은 사상자가 발생하면서 반전 여론이 들끓고 있었다.

미국은 우리를 위해 한국전쟁 때 피를 흘린 우리의 우방이다. 어려울 때 도움을 주는 친구가 진정한 친구가 아닌가? 나는 미국에 대한 보은과 신의를 충분히 생각했다. 우리가 파병을 함으로써 한국에 대한 미국의 확고한 방위 공약을 재차 확인할 수도 있었다.

나는 우리 장병들이 용병으로 매도되는 것을 슬프게 생각한다. 우리 병사들은 그 같은 오명을 입을 이유가 없다. 그들은 공산 월맹군으로부터 베트남의 자유를 지키기 위해 죽음을 무릅쓰고 사지(死地)로 들어간 숭고한 희생정신을 가진 십자군들이다.

그 오명과 비난은 나 혼자 받아도 충분하다. 나에게 어떤 비난의 돌팔매질을 해도 상관없다. 명분 없는 전쟁에 우리 젊은이들의 피를 판 부도덕한 인물이라고 나를 야유해도 좋다. 우리 국민이 최소한의 인간적 존엄을 유지하며 살 수 있다면 나는 그런 비난이나 오명은 즐겁게 들을 것이다. 나 스스로 베트남 파병은 명분과 실리를 최대한 살린 의미 있는 결정이라 생각한다.

베트남 파병과는 별도로 지지부진했던 한일 국교 정상화도 매듭을 지었다. 야당과 학생들의 반발이 거셌다.

국교 정상화 과정에서 행사한 대일 청구권 결과는 이승만 정부가 일본에 요구한 대일 청구권 자금 12억 달러나 장면 정부가 요구한 8억 5,000만 달러에는 크게 미치지 못했다. 7억 달러였다. 그래서 나는 헐값에 나라를 팔아먹은 매국노라는 비난도 받았다.

그러나 협상이란 시간을 끈다고 잘 해결되는 것은 아니다. 시간은 약자보다 강자의 편이다. 기회의 혜택도 강자의 몫이었다. 나는 '시간이 곧 돈'이라는 철학을 갖고 있었다.

최선의 만족스런 결과는 아니다. 하지만 막 시동을 건 제2차 경제 개발 5개년 계획이 눈앞에 닥치고 있었다. 우리에게는 당장 경제 개발에 투입할 자본이 절실히 필요했다.

아무튼 대일 청구권 자금과 베트남 파병의 대가로 경제 개발은 비교적 순조롭게 진행되었다. 작년에는 수출 진흥 정책으로 1억 달러 어치나 해외에 수출했고, 한반도의 남북을 잇는 경부고속도로와 포항 영일만 허허벌판에 제철소를 짓기 위한 착공식도 있었다. 국토가 하루가 멀다 하고 변하는 사이에, 베트남전쟁은 점점 그 끝을 알 수 없는 안갯속에 빠져 들어갔다.

미국은 태평양전쟁 때보다 많은 900만 톤의 폭탄을 베트남 땅에 퍼부었고, 공산 월맹군이 은거 중인 밀림을 고사시킬 목적으로 엄청난 양의 고엽제도 뿌렸다. 이런 대규모 공세에도 불구하고 공산 월맹군의 기세는 도무지 꺾일 기미를 보이지 않았다. 오히려 전쟁의 와중에도 자유 베트남 정부 고위 관료들의 부패가 나날이 기승을 부려 우리가 참전한 이 전쟁의 명분마저 약화되고 있었다.

이 대책 없는 전쟁에 지쳐 결국 염증이 난 미국이 베트남에서

발을 뺄 조짐을 보였다. 1969년 반전 여론에 힘입어 들어선 닉슨 행정부가 '아시아인의 안보는 아시아인의 손으로'라는 닉슨 선언을 발표했다.

닉슨 선언에도 불구하고 미국을 대신해 베트남에서 피를 흘린 한국만은 미국이 버리지 않을 것이라 나는 믿었다. 내가 순진했던 것일까?

1970년 7월 미국의 윌리엄 로저스(William Rogers) 국무장관이 베트남 참전국 회의에서 외무장관 최규하에게 느닷없이 주한 미군 2만 명을 철수한다고 통고했다.

미국은 그다음 달 스피로 에그뉴(Spiro Agnew) 부통령을 보내 나에게 미군 철수의 배경을 설명했다. 그는 부드러운 신사의 미소를 지으며 철군에 대한 이해를 구했다. 나는 점심도 거른 채 집요하게 그를 물고 늘어졌다. 한국의 안보 취약성과 베트남 파병의 명분을 들어 미군 주둔이 필요하다고 역설했다.

점심까지 거르고 벌인 그와의 회담은 끝내 실패했다. 몹시 허탈했다. 에그뉴가 지은 신사의 미소. 이것은 또 다른 가면 속의 기만이었다. 에그뉴 부통령은 한국을 떠나 대만으로 가는 비행기 안에서 5년 이내에 주한 미군을 완전 철수한다고 발언했다.

철군 계획을 완전히 막진 못했어도, 우리는 미군 철수가 주한 미군의 완전 철수로까지는 이어지지 않을 것이라고 생각했다. 우리가 미국에게 뒤통수를 맞은 것이었다. 진정한 친구는 친구의 어려움을 잊지 않는 법이다. 진정한 친구는 절대 등 뒤에서 비

수를 꽂지 않는다. 초강대국 미국이 순진한 꼬마 친구의 믿음을
버린 것이었다.

미국 대통령 닉슨은 가난한 청과물 장수의 아들로 태어났다.
가난한 집안의 자식이라는 점에서 나와 그는 출신이 비슷했다.
나는 그에게 친구 이상의 인간적인 동질감 같은 것을 느끼고 있
었다. 나는 그에게 호의를 갖고 있었고, 그 역시 나에게 호의를
갖고 있을 것이라 믿었다. 그는 정상회담에서 나에게 한국만은
예외로 닉슨 선언이 적용되지 않을 것이라 굳게 약속했었다.

이해가 첨예하게 대립하는 국제관계는 실로 냉정했다. 믿음은
미국의 이익이란 현실 앞에 공허하게도 산산이 부서졌다. 미국
측은 철군을 통고한 지 8개월만인 1971년 3월, 주한 미군 7사단을
철수했다.

그간 주한 미군은 우리 안보의 핵심 전력이었다. 북한에 대한
전쟁 억제력도 주한 미군이 있기에 가능했다. 북한군에 비해 전
력이 열세인 한국군에게 있어 주한 미군 철수는 생사가 걸린 절
박한 문제다. 하지만 반전 여론 앞에 코가 석자나 빠진 미국 행정
부에게 우리 장병들이 흘린 피는 어떤 의미도 갖지 못했다. 미국
은 신의보다 자국의 이익을 선택했다.

다급해진 이 거대한 제국은 몰인정했고, 그들의 야멸찬 처사에
어린 친구는 깊은 굴욕감을 느꼈다. 나는 미국을 위해 우리 장병
을 베트남에 파병한 걸 처음으로 후회했다.

미국은 우리를 단지 용병으로 보고 있는 것 같았다. 이별을 앞

에 둔 그들의 태도는 당당하고 매정했다. 자신들은 이미 우리에게 충분한 대가를 지불했으니 더 이상 셈이 필요치 않다고 여기는 것 같았다. 주한 미군 철수는 사냥이 끝나가자 용도가 애매해진 사냥개를 버린 토사구팽의 전형이었다.

베트남전쟁은 우리 장병 총 32만여 명이 참전했고, 그중 5,000명이나 고혼이 되어 돌아온 전쟁이다. 미국이 선택한 주한 미군 철수 정책은 돈으로 환산할 수 없는 우리 젊은이들의 귀중한 희생을 모욕한 것이었다. 나라의 존엄도 짓밟혔다. 그들이 미군 철수를 거론한 회담은 형식만 회담일 뿐 회담이 아니었다. 미국은 자신들의 일정을 우리에게 일방적으로 통보하는 것으로 그들을 혈맹이라고 믿고 있던 우리와의 관계를 정리하려 했다.

2

미국은 아시아의 변방 한국을 눈여겨보지 않았다. 대통령이 된 이후로 나는 미국에게 두 번의 큰 상처를 연거푸 받았다.

1968년 1·21 사태와 그 이틀 뒤 동해상에서 일어난 푸에블로(Pueblo)호 납치 사건에서 미국은 아주 상반된 태도를 보였다. 청와대가 무장한 공비들의 습격을 받았던 1968년 1·21 사대 때, 국민들은 전쟁에 대한 두려움과 공포에 떨었다. 그럼에도 미국은 강 건너 불구경하듯 했다. 사태 이틀 뒤인 1월 23일 동해상에서 미 해군 정보선 푸에블로호가 북한에 피랍되었다. 한국의 안보

위기를 수수방관하던 미국이 이번에는 전투기와 군함을 한반도로 급파했다.

나는 미국의 이중적인 태도가 몹시 서운했다. 그 일로 작은 불신의 씨앗이 내 가슴에 뿌려졌다. 미군 철수는 내 불신의 씨앗에 불을 붙인 격이었다.

내 입가에는 언제부터인지 '미국 놈'이라는 말이 매달려 있었다. 고압적인 자세로 나를 어르고 달래는 주한 미국 대사 윌리엄 포터(William J. Porter) 앞에서 나는 '미국 놈'이란 말을 연신 흘리고 있었다.

나는 미국이 요구하는 어떤 것도 받아들일 생각이 없었다. 사정이 급하고 어려운 것은 미국이 아니라 가난한 우리였다. 나는 주한 미군 주둔의 추가 비용을 부담하라는 미국의 요구를 단호히 거부했다. 포터는 화가 나서 "엉클 샘의 젖통에 찰싹 달라붙은 채 떨어지지 않으려 한다"고 나를 맹비난했다. 그는 한국이 미국의 커다란 유방에 들러붙어 그들의 피를 빨아먹는다면서 한국을 철없는 응석받이로 취급했다.

심성이 후덕한 비서실장 김정렴은 '미국 놈'이란 내 말이 미국 대사 윌리엄 포터에게 들릴까 봐 전전긍긍했다. 포터는 내 조소와 조롱을 알고 있었고, 내가 그들에게 은근한 야유를 퍼부을 때마다 비웃음 가득한 눈으로 가소로운 듯 나를 뚫어지게 바라보곤 했다.

이제 갈 길은 정해졌다. 머뭇거릴 시간이 없었다. 나는 그들의 철군을 막을 순 없어도 그것에 협조할 생각은 털끝만치도 없었다. 나는 그간 맹방(盟邦)이라 믿었던 미국과의 관계를 새롭게 인식하기 시작했다. 미국과 한국은 조건과 필요에 따라 결혼한 계약 부부에 지나지 않는다고 생각했다. 이 계약 결혼은 태생의 성격상 몹시 불안정한 동거일 수밖에 없었다. 세계 최강국과 세계에서 가장 가난한 나라의 동거였다. 미국 입장에서는 어느 모로 보나 한국은 매력이 없었다. 얻을 것이 없고 도움도 되지 않은 어리석은 계약 결혼이라고 할 수도 있었다. 미국이 원한다면 언제든지 이 동거는 청산할 수 있었다. 미군 철수를 시작으로 그들은 우리에게 파혼을 요구하기에 이른 것이었다.

베트남에서 흘린 소중한 피의 대가가 싸늘한 배신으로 돌아온 지금, 나는 미국의 오만과 냉대에 분노했다. 나도 모든 것을 끝내고 싶었다. 수치와 굴욕을 견디기보다 민족의 자존을 택하고 싶었다. 그렇지만 피를 끓이는 치욕스런 분노에도 우리는 그들에게 이혼을 당당히 요구할 수 없었다. 미국은 우리의 안보를 보장하는 아킬레스건이었다. 이혼은 곧 우리의 몰락을 의미했으므로 미국이 지닌 치명적인 매력을 인정하고 수용할 수밖에 없었다. 정치는 감정이 아니라 현실이었다.

하지만 우리 민족의 존엄을 짓밟는 제국의 횡포를 인제까지나 두고 볼 수만은 없는 노릇이었다. 핵 개발에 성공해 독자적인 중립 노선을 걷고 있던 인도와 파키스탄의 행보가 우리가 가야 할 길을 깨우쳐주고 있었다.

3

민족 주체성과 나라의 주권을 지키는 데 있어 핵의 유용성은 언급할 필요조차 없다. 1971년 11월 방위 산업을 전담할 경제 제2수석실을 만들면서 핵 개발을 위한 우리의 구상은 구체화되었다. 우리의 핵 개발 계획이 미국의 정보망에 노출되자 미국은 대경실색하여 이를 포기시키기 위한 회유책을 들고 나왔다.

1974년 서울을 방문한 미국의 제럴드 포드(Gerald Ford) 대통령은 북한과 소련의 어떤 공격으로부터도 한국을 반드시 보호한다는 방위 조약을 재확인해주었다. 포드의 언급은 고마웠으나 그의 말 한마디로 우리의 안보 불안이 근본적으로 해소되는 것은 아니었다.

미국은 '달면 삼키고 쓰면 뱉는다'는 냉정한 국제관계의 논리를 몸소 보여준 장본인이었다. 미국이 우리를 언제 배신할지 알 수 없는 일 아닌가?

미국 정부의 우려와 경고에도 나는 핵 카드를 놓지 않았다. 핵은 이 나라가 당장에 자주성을 회복할 수 있는 유일한 길이었다. 핵을 둘러싼 갈등이 계속되면서 미국과 나의 관계는 해가 갈수록 악화되었다. 한국과 미국의 입장이 엇갈리는 가운데 팽팽한 긴장이 고조되고 있었다.

이 와중에도 경제만은 눈부신 성장세를 지속했다. 경제 성장은 가히 경이적이었다. 1964년 1억 달러였던 수출이 1977년 100억 달러를 돌파했다. 수출 규모는 외형상 세계 25위 수준이었다. 석유로 돈을 벌어들이는 산유국을 제외하면 16위에도 오를 수 있는 실적이었고, 100억 달러 수출은 아시아에서 일본 다음으로는 두 번째로 달성한 대기록이었다.

그해는 처음으로 쌀 4,100만 섬을 수확해 양곡의 자급자족까지 이루어냈다. 이젠 고통스런 보릿고개라는 말도 빛바랜 추억의 한 페이지로 넘길 수 있게 되었다.

나는 그날의 감흥을 달리 표현할 말이 없다. 너무 벅찬 나머지 잠이 오지 않았다. 나는 청와대 참모들과 막걸리를 마시며 오랜만에 기분 좋게 취했다.

집에 돌아온 나는 혀 꼬부라진 소리를 내며 잠자는 아이들을 깨웠다. 육사 방학을 맞아 잠시 집에 와 있던 지만이의 볼에다 입을 맞추고, 내가 좋아하는 코미디언 배삼룡의 개다리 춤도 추었다. 그는 며칠 전 청와대에서 나와 함께 국수를 먹었는데 거짓이 없고 아주 소탈한 사람이었다.

아무튼 나는 감격에 벅차 한동안 아이들을 끌어안고 목 놓아 울었다. 내 방 침대 머리맡에 놓아둔 은색 사진틀 하나. 그 속에서 한복을 차려입은 갸름한 얼굴의 한 중년 여인이 희미하게 웃고 있었다.

그녀의 미소를 볼 때마다 나는 늘 어신 같나고 생각했다. 그 여자의 미소가 그날따라 유난히 따뜻했다. 당장 그 속에서 뛰쳐나와 "거기요!" 하고 나를 부를 것만 같았다. 스님이 주비처럼 내 흐트러진 마음을 늘 일깨워주던 여자였다.

울대가 뜨거워졌다. 그녀와 함께 이 기쁨을 누렸으면 하는 생각이 스쳤다. 내가 그녀를 불렀다.

"여보!"

눈부신 경제 성장으로 국민들의 호주머니 사정이 좋아져 집집마다 텔레비전, 전화기, 냉장고가 속속 놓였고, 거리에는 차량이 넘쳐났다. 국민들의 경제 상황은 나날이 좋아졌고, 국민들의 얼굴에 윤기가 흘렀다.

그럼에도 국내 정치는 해가 갈수록 안정을 찾기는커녕 점점 깊은 혼란 속으로 빠져 들어갔다. 김영삼, 김대중을 비롯한 야당 정치인들과 학생들은 대통령 긴급조치와 유신헌법 철폐, 교련 폐지, 주한 미군 철수를 주장하며 연일 데모를 하고 있었다.

긴급조치나 유신헌법에 관한 것은 차치하더라도, 주한 미군 철수를 주장하는 인사들의 사상은 지극히 의심스럽다고 생각했다. 목전의 적이 우리를 향해 총부리를 겨누고 있는데, 누구를 위한 철군인가? 북한의 공작과 인권 정책 운운하는 미국의 음모를 의심하지 않을 수 없는 허튼 수작이라 생각했다.

안정적인 세원 확보를 위해 도입한 부가가치세로 영세한 자영업자들과 중소상공인들의 정부에 대한 불만이 팽배한 가운데 1978년 12월에 총선을 치렀다. 어느 정도의 어려움이 있으리라는 것은 얼마간 예견하고 있었다. 어려움을 생각해 상당한 무리수까지 두어가며 치른 선거였다. 결과적으로 김영삼이 이끄는 신민당에 우리 공화당이 완패했다. 의석 수에서는 이겼으나 득

표율에서 1.1퍼센트나 뒤졌다.

사실상의 참패나 마찬가지였다. 어제까지 내게 보낸 국민들의 환호와 박수갈채는 종적이 묘연했고, 나를 향한 여론은 소름이 끼치도록 싸늘했다. 잠들기 전에 나와 사랑을 나누었던 국민들이 아침에 눈을 뜨고 나서는 내게 분노의 칼을 들이대고 있었던 것이다.

좀 과장하자면 국민들이 나에게 정치적 사망 선고를 내린 것이나 다름없었다. 총선 성적표에 나타난 민의를 축소 해석할 생각은 추호도 없다. 야당의 말처럼 나의 독재와 장기 집권에 염증을 느낀 국민들의 준엄한 경고일 수도 있다. 국민들은 이 선거를 통해 빵보다 자유와 민주주의를 더 원한다는 것을 나에게 깨우쳐준 것일 수도 있다.

선거 결과에 내포된 민의는 여러 가지가 있으나, 분명한 것은 나에 대한 국민들의 지지 여론이 크게 꺾였다는 점이다.

야당의 무책임한 정치 공세, 학생들의 쉼 없는 데모, 노동계의 파업, 미국의 집요한 압력을 견뎌내면서 내가 흔들림 없이 나의 길을 갈 수 있게 지지해준 이들은 다름 아닌 소상공인을 비롯한 서민들이었다.

나는 서민들의 소리 없는 외면에 놀란 가슴을 간신히 진정시키며 당혹감을 지워나갔다. 그 사이를 비집고 살을 파고드는 짙은 외로움이 찾아왔다. 국민들의 비웃음, 권력에 눈먼 정적들의 조롱, 태평양 건너에서 이글대는 카터의 눈빛. 사방에서 초(楚)나라의 노래만 들려오고 있는 것 같았다. 한신(韓信)에게 포위당한 항우(項羽)의 절망처럼 나도 모르는 사이에 내가 절해고도에 유폐된 느낌이었다. 항우의 우희(虞姬)와 같이 누군가가 내 곁에 있었으면 하고 생각했다. 세상을 뜬 아내가 있다면 더 바랄 게 없을 것이다. 아내의 사진틀을 한 손으로 쓰다듬었다.

애가 타게 외롭다. 이 고독은 해일같이 나를 삼켰다. 예순둘 늙은 다리에 힘이 없다. 나는 슬며시 침대 끄트머리에 무릎을 꿇고 주저앉았다.

선거 결과에 환호성을 지르고 있는 야당 인사들을 생각하니 불같은 화가 울컥 치밀었다. 부가가치세 도입은 여론에 인기 없는 정책일 수밖에 없다. 세금 더 내는 것을 좋아할 사람은 이 세상에 한 사람도 없을 것이다. 십일조 내기를 목숨같이 여기는 신앙심 깊은 사람도 하느님이 면제해주면 춤을 출 것이다.

부가가치세는 국가의 안정적인 세수 확보 차원에서 도입을 미루어서는 안 되는 중요한 정책이다. 그럼에도 야당은 나라의 미래는 아랑곳하지 않고 권력 투쟁에만 몰두해 정부를 비난한다. 무책임하기 짝이 없다. 대안을 내놓지도 못한 채, 나라의 주권을 지키려 핵 개발을 포기하지 않는 나를 계륵같이 여기는 미국과 손을 맞잡고 한 목소리로 노래하며 나를 독재자라 비난만 한다.

미국은 우리의 건강한 성장을 원치 않는다. 미국은 우리가 그들의 지시를 잘 따르는 순종적인 아이로 남아 있길 원한다. 야당 지도자들이 어찌 이 영악한 제국에 도움의 손길을 청할 수 있는

가? 나는 이들이 어느 나라 지도자인지 도무지 그 정체성을 알
수 없었다.

서민들이 내 곁을 떠나고 있다는 게 내 마음을 공허하고 서글
프게 했다. 하늘에서 눈이라도 흠뻑 내렸으면 좋겠다. 맑은 하늘
이 눈을 뿌릴 기미는 눈곱만치도 없다. 빠끔히 열린 창문 틈새로
불어오는 겨울바람이 차갑다.

지난 총선 패배로 내 분신 같은 소중한 친구까지 잃어서 내 마
음이 더 쓸쓸했다. 패배의 일차적인 책임은 집권당 대통령인 나
에게 있지만, 나의 오랜 지기이자 친구인 비서실장 김정렴이 총
선 패배에 대한 책임을 지고 만류에도 자진해서 내 곁을 떠난 것
이다.

김정렴은 나의 참모로 10년 가까운 세월 동안 나를 그림자처럼
보좌해준 내 마음의 벗이었다. 그는 내가 3선 개헌으로 비난을
받을 때도, 아내가 불의의 테러로 유명을 달리할 때도, 8·18 도끼
만행 사건으로 한반도에 전운이 감돌 때도, 몇몇 혁명의 동지들
이 내 등에 칼을 꽂을 때도 한결 같은 마음으로 나를 지켜준 벗이
었다.

김정렴의 공백은 몹시 컸다. 내 외로움은 차치하고라도 참모들
간의 권력 다툼이 걱정이었다.

그는 신중하고 사려가 깊었으며 사람의 원한을 사는 일이 거의
없었다. 경호실장 차지철이 나에 대한 경호를 빌미로 월권을 행
사해 각료들이나 참모들의 원성을 사는 일이 있었지만, 김정렴

은 이를 합리적으로 잘 조정해서 큰 문제를 일으키지 않았다. 그는 막후 조정자로서의 능력도 탁월했지만 자기 관리도 철저했다. 10년간 내 곁을 지키면서 공사를 막론하고 나에게 허물을 잡힌 일이 거의 없었다.

내 의중을 제 손금 보듯 훤히 들여다보는 김정렴을 잃었다는 것은 나로서는 뼈아픈 일이었다. 참모들이나 각료들 가운데 인품과 자질이 훌륭한 사람들은 많다. 하지만 허물없는 지기가 되어 흉금을 터놓을, 믿을 만한 사람들은 그리 많지 않았다.

나는 자유중국 대사로 나가 있던 김계원을 비서실장으로 불렀다. 나의 육사 1기 선배로 육군 대장 출신이었던 그는 무인 출신답게 성격이 호방하고 술을 좋아했다. 그는 권력에 대한 욕심도 없었다. 8년 동안 자유중국 대사로 나가 있었던 관계로 국내에는 권력을 도모할 비빌 언덕도 없어 불필요한 잡음을 일으킬 위험이 없었다.

나에 대한 충성심이 지극한 차지철은 독실한 기독교인으로 술을 마시지 않았고, 육사 동기인 중앙정보부장 김재규는 오랜 간경화로 건강이 좋지 않았다. 지근에서 나를 보좌하는 최측근들은 모두 술과 담을 쌓은 사람들이라, 기왕이면 술도 한잔 하면서 내 외로움을 달래줄 무난한 사람을 찾고 있었던 것이다.

막걸리 한 사발을 마시고 채 익지 않은 김치를 찢어서 한입 베어 물었다. 삼성의 검정 카세트를 틀어 이미자의 〈동백아가씨〉를 듣다가 내가 만든 〈새마을 노래〉를 틀었다.

<새마을 노래>의 가사를 들으며 나는 한 줄기 빛을 찾아 다시 가슴에 품었다. 내가 반드시 완수해야만 할 신성한 역사적 과업이 있음을 새삼 떠올린 것이다. 외세로부터 완전한 독립을 성취하는 일, 이것은 국민들이 나에게 명령한 지상 과제다.

9월에 있었던, 사정거리 180킬로미터인 미사일 '백곰'의 발사 성공이 나를 흥분시켰다. 핵탄두를 미사일에 장착하면 일거에 북한의 전력을 압도할 수 있고, 미국을 비롯한 외세의 개입에서 자유로워질 수 있다.

꿈만 같은 기적적인 일이 머지않아 일어날 것이다. 나라를 반석 위에 올려놓고 그때 이 자리에서 내려와도 늦지 않다고 생각했다.

나는 서재에 앉아 늦은 밤까지 홀로 독주를 들이켰다. 빈속에 들이부은 독주에 뼛속까지 시려왔다. 희뿌연 새벽이 밝아왔다.

4

1979년 2월 이란 혁명으로 팔레비(Pahlevi) 국왕이 쫓겨나고 호메이니(Khomeini)를 중심으로 한 이슬람 정부가 들어서면서 세계 경제가 휘청거렸다. 이란이 새 정부가 취한 석유 수출 제한 조치로 벽두부터 유가가 천정부지로 치솟았다. 이른바 제2차 오일 쇼크다. 이란의 이슬람 정부가 야기한 대지진의 여파로 세계 경제에 불황의 짙은 그림자가 드리워졌고, 에너지 자원의 해외 의존도가 높은 한국은 그 강력한 여진에 좌불안석이 되었다.

한국은 그동안 지칠 줄 모르는 경이적인 성장세로 늘 콧노래를 불러오던 터라, 경기 하강에 아주 민감했다. 이것은 공장 가동률이 몇 퍼센트 줄고 물가가 얼마 오르고 하는 경제 수치상의 문제를 말하는 것이 아니다. 갑작스런 경기 하강에 민심이 공황 상태의 반응을 보였다. 화창한 봄날에 갑작스런 혜성 추락으로 빙하기를 맞은 것처럼 사람들은 공포에 싸여 비명을 지르고 있었다.

기업들의 도산과 폐업이 늘어남에 따라 직장을 잃은 노동자들은 새로운 일거리를 찾아 거리를 헤맸다. 삶에 지친 나머지 연탄가스로 온 가족이 동반 자살을 기도한 사건들이 신문의 사회면을 장식하고 있었다. 어떤 이들은 새로운 희망을 찾아 이 나라를 떠나기도 했다. 이란 사태라는 외부적인 돌발악재에 따른 불황이라 언제 이 나라의 경제에 볕이 들지 알 수 없었다.

1979년 벽두부터 나는 단기간에 해결하기 힘든 많은 난제를 만나고 있었다. 나의 제국이, 나의 꿈이 흔들리고 있었다. 걷잡을 수 없는 경기 하강, 예전에는 볼 수 없었던 정부에 대한 싸늘한 민심, 유신헌법 폐지를 요구하는 야당의 공세, 학생들의 데모, 나의 하야를 부추기는 미국의 정치 공작이 그것이었다.

작년의 총선 패배 이후 나의 입지는 점점 좁아졌다. 독 안에 든 쥐처럼 운신하기 힘들었다. 바둑에 비유하자면 돌을 던져야 할 외통수가 아닐까 싶을 정도였다.

출구 없는 커다란 원통 안에 갇힌 듯 나는 막막했다. 나를 가장 마음 아프게 한 것은 국민들의 경제적 어려움과 그에 따른 민심 이반이었다. 정치란 국민들의 눈물을 닦아주는 것이다. 국민들의 어려움을 고려해 부가가치세를 철폐할까 고민하기도 했다. 하지만 어렵사리 자리를 잡아가고 있는 부가가치세를 폐지하는 것은 득보다 실이 많다는 것이 관계 부처의 판단이었다.

이렇게 혼란스러운 와중에 취임 초부터 주한 미군 철수와 인권 문제로 나를 괴롭히던 미국 대통령 지미 카터가 6월 29일 드디어 방한했다.

내가 그를 한국에 초청한 이유는 한국의 안보에 주한 미군이 차지하는 비중을 다시 한 번 강조해 그의 철군 계획을 막기 위해서였다. 하지만 지미 카터의 내방 목적과 관심사는 나와는 사뭇 달랐다.

그의 일정 안에는 주한 미군 철수 여부에 대한 토론 문제는 없었다. 그는 이것을 회담 의제로 삼는 데 반대했다. 그는 기정사실이 된 주한 미군 철수 문제를 토론하는 것 자체가 쓸데없는 시간 낭비라 여기고 있었다. 그의 머릿속은 온통 한국의 인권 상황을 개선하고 한국 정부가 추진 중인 핵 개발을 포기시키는 데 집중되어 있었다. 그는 나에게 한국의 인권 문제에 대해 강력한 훈수를 둘 것이 분명했다.

카터 행정부 출범 이후 한미 간에는 한시도 바람 잘 날이 없었다. 카터가 한국을 방문할 시점에는 이혼 직전의 부부처럼 관계가 싸늘해져서 회담 당사자의 생각과 의도가 상반된 이번 회담이 순항할 가망은 크지 않았다.

카터는 짙은 안개 때문에 김포공항에 예정 시간보다 두 시간 늦게 도착했다. 나는 거의 두 시간이나 그를 기다렸다.

금발의 이 신사는 공항에 도착하자마자 따뜻한 포옹도 없이 밋밋하게 서서 자그마한 체구의 이 악한과 의례적이고도 건조한 악수만 나누었다. 그러고는 곧장 헬기를 타고 동두천 미군 부대로 훌쩍 날아가 몸을 풀었다. 내 기를 꺾어주고 싶었음인지 첫 대면부터 카터는 나를 거만하게 대했다.

다음 날 청와대에서 양국의 각료가 참석한 합동 회의가 열렸다. 나와 카터는 상대를 만나는 이유와 목적이 전혀 달라 공감대라고는 눈을 씻고 찾아보아도 없었다. 한미 관계의 긴장은 그 어느 때보다 높아 파국 직전의 위기 상황이었다.

그는 내가 받아들이기 힘든 '한국에서의 인권 개선'을 나에게 요구할 참이었고, 나는 그가 이미 마음을 굳힌 미군 철수를 포기하도록 요구할 참이었다.

미국 측은 사전 협의 과정에서 우리에게 주한 미군 철수 문제를 회담 의제에서 제외시켜줄 것을 강력히 요구했다. 그들은 주한 미군 철수를 기정사실화하고 못 박으려 한 것이지만, 내게는 미국의 요구가 어림 반 푼 어치도 없는, 씨알도 먹히지 않을 얘기였다.

결전의 시간이 다가오자 나는 점점 이 비현실적인 이상주의자 카터에 대한 전의가 불타올랐다. 나는 회담에 앞서 회담 통역을 맡은 의전 담당 수석에게 물었다.

"인권 좋아하시네!를 영어로 통역하면 어떻게 되는 것이요? 한 번 잘 알아보세요."

나는 카터에게 한껏 조롱을 퍼부을 심산이었다. 이 미국인이 상대방의 어려운 처지를 감안하지 않고 지금까지 보여준 그 오만한 태도를 유지한 채 일방적으로 압박해온다면, 더 이상의 대화도 의미가 없고 그와 같이 한 배를 타고 다닐 이유도 없었다.

주한 미군 철수라는 최악의 상황이 온다고 해도, 우리가 손해 볼 일은 없었다. 한국군의 전력 약화를 명분 삼아서 핵 개발의 당위성을 대내외에 천명할 수 있었기 때문이다.

보통의 회담은 개최하는 쪽에서 의제나 진행 방향을 설명하고 상대의 동의를 구한 다음에 진행하는 것이 외교적 관례의 원칙이다. 하지만 나는 이 원칙을 깡그리 무시했다. 나는 그들이 회담 의제에서 제외시켜줄 것을 강력히 요구했던 주한 미군 철수 문제를 꺼내 들었다.

나는 통역 시간을 포함해 장장 45분 동안 내가 적은 메모를 들고 동아시아에서 주한 미군이 주둔해야 할 필요성을 강력히 전달했다. 나와 카터의 참모들은 모두 좌불안석이 되었다. 나는 불그레힌 카터이 군은 얼굴을 힐끔거리며 그의 머리를 쥐어박듯 주먹으로 탁자를 딕딕 내리치고 있있다. 그의 안면 근육이 가볍게 씰룩였다.

잠자코 있던 카터가 우리 측에 메모를 부냈다. 그는 나의 태도에 불쾌감을 표시하며, 내가 발언을 그치지 않으면 주한 미군 전원을 철수시키겠다고 으름장을 놓았다.

살풍경한 회담의 모습은 이미 한미 관계가 돌아올 수 없는 파국의 강을 건너고 있다는 것을 말해주었다. 평소 친밀하게 지냈던 양쪽 진영의 참모들조차 나와 카터의 이례적인 대립 때문에 자리를 함께하길 꺼려했다.

곧이어 단독 회담이 열렸고, 카터는 철군 계획 동결을 보장할 수 없다고 나를 겁박했다. 그는 한국의 방위비 증액을 요구하다가, 인권 문제를 들고 나와서는 긴급조치 9호 해제를 요구했다. 결국 설전만 오갔던 카터와의 회담은 아무런 소득도 없이 서로의 입장 차만 확인한 채 허무하게 끝났다.

청와대 회담장을 빠져나온 지미 카터는 대기 중인 차량에 오르지 않고 신경질적으로 청와대 본관 앞을 서성거렸다. 주먹을 불끈 쥐고 어깨에 잔뜩 힘이 들어간 카터의 모습은 몹시 화가 난 눈치였다. 그는 미국 대사 윌리엄 글라이스틴(William H. Gleysteen)을 노려보며 삿대질하고 있었다. 나에 대한 분을 자기 나라 대사 글라이스틴에게 대신 풀고 있었던 것이다.

종로에서 뺨 맞고 한강에서 화풀이하는 카터의 모습은 그가 나의 도발적인 태도를 전혀 예상하지 못했음을 말해주고 있었다. 그는 응당 상황이 절박한 내가 자기 앞에 무릎 꿇고 석고대죄하듯 사정할 줄 알았던 것이다.

주변 참모들의 간언에 폭발 직전의 화가 다소 누그러진 카터는 주한 미국 대사를 통해 두 가지 요구 사항을 나에게 알려왔다.

첫째는 한국의 방위비를 미국과 같이 국내총생산(GDP)의 6퍼센트 수준으로 인상할 것, 둘째는 긴급조치를 해제하여 국민의 정치적 자유를 보장할 것이었다.

카터의 뜻을 전해 들은 나는 못 이기는 척하고 그의 요구를 슬쩍 받아들였다. 나는 그에게 방위비 증액을 약속했고, 인권에 대한 카터의 우려와 관심을 충분히 이해한다는 뜻을 전한 것이다.

나로서는 어차피 준비된 것을 그에게 준 것이었지만, 카터는 우여곡절 끝에 얻은 그 협상의 결과물이 전리품이나 되는 듯 의기양양 매우 흡족해했다.

그로서는 땅에 떨어진 위신을 살린 것이고, 나로서는 자주 국방을 위해 어차피 필요한 방위비 증액을 한 것뿐이었다. 이 회담에서 카터는 명분과 체면을 살렸고, 나는 실리를 챙겼다.

카터와의 대국이 내 입장에서는 이긴 싸움이었으나 뒷맛이 개운치 않았다. 카터를 수행하며 들어온 CIA(미국중앙정보국) 요원 상당수가 귀국하지 않고 한국에 남아 활동하고 있었고, 상기된 표정으로 나를 제거하겠다고 혼잣말로 중얼거리던 카터의 모습이 아직 뇌리에 생생했다.

파국

1

마주 보고 폭풍 질주를 하던 한국과 미국, 이 두 폭주기관차가 카터와의 회담으로 파국의 고비를 간신히 넘겼다. 하지만 경제난 여파로 요동치는 세상은 나에게 숨 돌릴 틈조차 허용하지 않았다.

가발을 생산해 수출하던 YH 무역의 사주가 재산을 빼돌린 후 경기 불황을 이유로 들어 폐업 신고를 하자, 여성 근로자들이 체불 임금 해소, 폐업 철회, 고용 승계를 요구하며 농성을 벌였다. 자신들의 요구가 끝내 무산된 것에 분개해 여성 근로자 187명이 8월 9일 신민당 당사를 점거하고 항의 농성에 들어간 것이다. 노동자의 야당 당사 점거 농성은 헌정 사상 초유의 사태로, 이 사건은 노동자들의 삶이 생존을 위협받는 절박한 지경에 이르렀음을 말하는 것이었다.

신민당 당사를 점거한 이들은 무더위가 기승을 부리는 한여름의 땡볕에 얼굴을 검게 그을린 스무 살 안팎의 곱디고운 처녀들이었다. 초과 근무와 철야에 짓이겨진 고단한 몸을 이끌고, 자석같이 달라붙는 무거운 눈꺼풀을 한 번의 기지개로 툭 떨쳐낸 채, 박봉에 시달리면서도 열악한 생산 현장의 붙박이가 된 처녀들. 가녀린 그들의 몸으로 지칠 줄 모르고 박음질을 한 것은 온 가족의 희망이 걸린 큰오빠와 눈동자가 새까만 어린 동생들의 학비 때문이었다. 찢어지는 가난을 몰아내고 언젠가는 보란 듯이 온 가족이 오순도순 살 수 있다는 꿈과 희망이 있었기 때문이었다.

푸른 제복을 입은 이 처녀들은 다름 아닌 우리들의 누이였고 딸이었고 친구였으며 서민의 고되고 팍팍한 삶을 대변하는 표상이자 자랑스러운 우리들의 영웅이었다. 회사의 폐업으로 하루아침에 실직자가 된 그녀들은 자신들의 절박한 처지를 외면한 여당 대신 구원의 희망을 찾아 야당인 신민당으로 오전 10시에 무리지어 우르르 몰려간 것이었다.

그녀들이 신민당사에서 농성에 들어가자 도시산업선교회와 가톨릭농민회 같은 종교 사회 단체를 중심으로 이들의 농성을 지원하는 기도회가 전국 각지에서 열렸다. 야당 역시 정부에게 금번 사태의 조속한 해결을 요구하며 여성 근로자들의 농성에 동참했다.

참모들의 보고를 들은 나는 몹시 속이 상했다. 한때 4,000여 명이나 되는 종업원을 거느렸던 사주가 아무 대책 없이 폐업으로 노동자를 길거리로 내몰았다는 것이 괘씸했다. 공화당이나 행정

당국이 사태가 이 지경이 될 때까지 아무 대책도 세우지 못하고 수수방관했다는 것도 나를 짜증스럽게 했다.

그녀들의 주장과 요구에는 그른 것이 하나도 없었다. 하지만 노동자들이 신민당사로 들어간 마당에 턱석 그들의 요구를 수용하는 것은 모양새가 아주 좋지 않았다. 공화당도 하지 못한 일을 신민당이 무서워서 정부가 들어주었다는 세간의 평이 나올 게 뻔했다.

부가가치세 도입으로 민심을 잃어 지난 총선에는 참패한 지경이었다. 이 상황에서 앞뒤 재지 않고 그녀들의 요구를 전격 수용한다면 신민당에 날개를 달아주는 것은 물론이고, 당 총재로 복귀한 김영삼을 더욱 기고만장하게 만들어 원만한 국정 운영을 어렵게 할 가망이 컸다. 아무튼 YH 무역 노동자들 문제가 김영삼의 정치 공세에 이용되는 것은 바람직하지 않았다.

팔월은 여러모로 나에게 잔인한 달이다. 비명에 간 아내의 기일이 닷새 앞이었다. 나는 늘 아내의 기일만 다가오면 울적했다. 나는 문세광이 날린 총알을 피했고, 그녀는 보란 듯이 날아오는 총알을 두 눈 부릅뜨고 당당히 받아들였다. 나는 아내에게 죄인이었다.

YH 무역 사태가 원만하고도 조속히 해결될 수 있도록 하라는 당부를 참모들에게 하고는, 나는 잠시 그 문제에서 한발 뒤로 물러나 있었다.

내 지시에 따라 청와대에서 사태 수습을 위한 대책 회의가 8월

10일 오전에 열렸다. 노동자가 점거 농성을 시작한 지 만 하루만이었다. 참석한 사람들 대다수는 대화와 타협을 강조했다.

구자춘 내무장관, 신현확 부총리, 고건 정무수석 등은 이구동성으로 경찰은 외곽 경비만 하고 주무 행정 장관인 보사부 장관과 노동청장을 신민당사에 보내어 사태에 대한 해명과 동시에 사과를 하고, 대화를 통해 문제를 해결하자는 의견을 개진했다. 정치적 감각을 지닌 유능하고 세련된 참모들은 강경 진압으로 사상자라도 발생한다면 자칫 교각살우(矯角殺牛)의 우를 범할 수 있음을 걱정한 것이다. 시간이 걸리는 일이긴 하나 강제 해산 과정에서 올 수 있는 부작용을 생각하면 최선의 방안이었다.

대책 회의가 진행되는 동안 중앙정보부장 김재규의 표정은 다른 참모들과 달랐다. 그는 다른 이들의 말에 크게 귀를 기울이지 않는 눈치였다. 다른 이들이 발언할 때 먼 산을 바라보며 딴청을 피우다가 탁자를 가볍게 두드리며 자신의 불편한 심기를 전달했다. 그가 무뚝뚝한 경상도 사투리로 무거운 입을 열었다.

"정부 고위 관료가 신민당을 찾아가 사과하는 것은 아주 나쁜 선례를 만들 수 있소. 사태를 빨리 수습하는 것이 상책이요."

김재규는 YH 사태에 대해 강경한 대응을 주문하고 있었다. 중앙정보부장이 이 같은 발언에도 대책 회의의 결론은 일단 YH 무역 사태의 원만한 해결 쪽으로 가닥을 잡아가고 있었다. 참모들과 의견이 달랐던 김재규는 대책 회의의 해결책이 마음에 들지 않았다. 그는 겁 많은 문관 출신 참모들의 유약함 때문에 대책 회의가 유화책을 내놓았다고 여기고 있었다.

김재규는 나보다 나이는 아홉 살 아래지만 내 육사 동기생이다. 그는 그다지 유능하지는 않아도 자존심이 강했고 일본의 사무라이처럼 명예를 존중하는 우직한 사람이었다. 나에 대한 충성심도 차지철 못지않았다. 다만 다소 대가 약한 것이 흠이라면 흠이었고, 건강이 좋지 않다는 것도 내게는 작지 않은 고민거리였다. 사람을 바꿀 수도 있으나, 쓸 만한 인물들은 나를 배신한 김형욱, 이후락, 윤필용처럼 권력욕이 강한 야심가들이었다.

이들과의 불유쾌한 경험은 나에게 인간에 대한 불신의 골을 더 깊게 했다. 나는 원래 꼼꼼하고 의심도 많았다. 나는 참모들의 권력이 비대해지는 것을 경계했다. 대가 약하고 욕심 없고 충성심 강한 김재규는 역심(逆心)을 품을 여지가 없었다. 그는 내가 원하는 참모의 자질로는 제격이었다.

김재규는 만성 간경화와 당뇨로 약을 입에 달고 살았다. 그의 간경화는 이미 상당히 진행되어 명의란 명의는 다 찾아다녔지만 별 뾰족한 묘안이 없었다. 이 때문에 그는 자신의 건강에 대한 불안과 죽음에 대한 두려움에 늘 시달렸고, 쉬이 피로를 호소하기도 했다. 간혹 스트레스를 받으면 짜증을 내고 거칠게 돌출 행동을 하는 것도 허약한 탓에 심신이 몹시 피로해진 결과였다.

김재규는 중앙정보부장에 취임한 이후 조국을 배신한 김형욱에 대한 미온적인 처사, 작년 10월에 일어난 동생의 비리 문제와 총선 패배 등의 잇단 실책으로 내게 큰 질책을 당해 꽤 의기소침

해 있었다. 참모들과 내각 사이에서 중재자 역할을 하던 온화하고 합리적인 성품의 김정렴 비서실장이 사직한 이후, 김재규는 이전보다 스트레스를 더 많이 받고 있었다. 게다가 나에 대한 경호를 빌미로 다소 거친 언행을 일삼는 차지철과 수시로 부딪혔다.

심성이 부드러운 김재규는 일에 허점이 많았고, 거칠고 오만한 차지철은 빈틈이 없었다. 나는 김재규가 미덥지 않아 차지철을 통한 다른 정보 라인을 운용하고 있었다. 김재규는 내가 자신을 불신하고 있다는 것에 대해 크게 서운해했고, 삼성 장군 출신인 자신에게 사사건건 시비를 걸고 모욕을 주는 대위 출신 차지철이 내 총애를 받고 있다는 것도 몹시 불만스러워했다.

김재규는 YH 무역 노동자의 신민당사 점거 농성 사건을 해결하여, 이를 기회로 삼아 그간 자신이 저지른 실책을 일거에 만회하고자 했다. 나아가 땅에 떨어진 신임을 회복할 확실한 결과를 나에게 보여주고 싶어 했다. 그는 나와 마찬가지로 김영삼이 YH 무역 노동자들의 신민당사 점거를 구실로 삼아 이를 정치 쟁점화하고 정치 공세에 이용할 것이라 염려하고 있었다. 그는 속전속결만이 총선 승리로 기세가 크게 오른 김영삼의 공세를 차단할 묘방이라 생각했다.

김재규는 자신 있다는 듯 호언장담했지만, 나는 그의 말에 왠지 믿음이 가지 않았다. 그는 중앙정보부장으로서 여러 차례 중대한 실수를 범한 적이 있었다. 나는 불상사 없이 일을 마무리하라는 지시를 내렸다. 김재규는 주먹을 불끈 쥔 채 청와대를 빠져

나와 곧장 자신의 집무실로 향했다. 그가 전화기를 들었다.

"치안본부장, 나 김재규요. 신민당사 농성자를 강제 해산시킬 준비를 하시오."

2

1979년 8월 11일 새벽 2시. 마포 신민당사를 향해 농성 진압 차량 수십 대가 몰려들었다. 강제 해산 첩보를 입수한 신민당 측은 김영삼 총재를 중심으로 당직자들이 모두 일어나 불의의 사태에 대비하고 있었다.

소방차에서 비춘 조명이 신민당사의 몸통을 고스란히 잡아냈다. 새까맣게 떼를 지어 몰려가는, 곤봉을 든 진압 경찰도 훤히 드러났다. 진압 경찰이 건물 가까이 접근하자 농성 노동자들은 목이 터져라 구호를 외쳤다.

"진압 경찰 물러가라!"

"체불 임금 해결하라!"

"악덕 고용주 처벌하라!"

하지만 그녀들의 목소리와 얼굴엔 두려움과 불안이 그득했다. 이십대의 그들은 겁에 질려 몸을 잔뜩 움츠렸다. 생애 처음으로 진압 경찰을 맞이하고 있는 것이었다. 그녀들은 경찰이 몰려오는 이유가 의아했다. 자신들은 죄를 지은 사람들이 아니었기 때문이다. 오히려 악덕 고용주에게 버림받은 피해자였다.

경찰의 사다리차가 농성장인 4층에 걸쳐졌다. 창문이 깨졌다. 요란한 굉음과 함께 공포가 한여름 밤을 지배했다.

김영삼은 자신이 지키고 있는 제1야당의 당사를 경찰이 설마 강제 진입하랴 싶었다. 2층 총재실을 지키고 있던 김영삼 총재와 당직자들은 경찰의 당사 진입을 반신반의하며 예의주시하고 있었다. 그러다가 유리창 깨어지는 소리에 놀라, 김영삼 총재의 지시를 받은 몇몇 당직자들이 급히 4층 농성장으로 올라갔다.

그 사이 총재실이 있던 2층 사무실 벽에 구멍이 났다. 뻥 뚫린 구멍으로 곤봉을 든 경찰이 물밀 듯이 밀려들었다.

"이 자식들아, 뭐하는 짓이냐!"

"이 새끼야, 아가리 닥쳐!"

곤봉이 한 당직자의 어깻죽지를 내리치자 그가 철퍼덕 소리를 내며 푹 고꾸라졌다.

"작전은 20분 안에 끝낸다. 모두들 빨리 움직여서 총재실을 장악해!"

진압 경찰 지휘관의 지시에 따라 김영삼 총재의 집무실 쪽으로 경찰들이 몰려들었다. 플래시를 터뜨리는 기자에게도 곤봉이 사정없이 날아왔고 경찰의 발아래에서 사진기가 짓이겨지고 있었다. 김영삼 총재의 집무실이 덜컹 소리를 내며 열렸다.

"야 이놈들아, 너희들 뭐하는 놈들이야!"

"총재님, 죄송합니다만 좀 협조를 해주셔야겠습니다."

"협조는 무신, 귀신 씨 나락 까묵는 소리 고마하고, 빨리 돌아가라! 이놈들아. 하늘이 내리다보고 있다, 안 무섭나!”

검정 뿔테 안경을 낀, 건장한 체격의 사십대 사복 경찰은 김영삼의 호통에 잠시 멈칫하더니 애써 핏발 선 김영삼의 눈길을 피하고는 바른손에 든 무전기에다 대고 건조하게 말했다.

“저항하는 자들은 직위고하를 막론하고 공무 집행 방해 혐의로 모조리 체포하도록!”

김영삼 총재를 비롯한 당직자들은 경찰의 완력을 이기지 못하고 줄줄이 끌려 나가 한 사무실에 강제로 격리되었고, 항의할 때마다 그들에게 무자비한 곤봉 세례가 날아들었다. 진압 경찰의 폭언에도 총재 김영삼은 눈썹 하나 까딱하지 않고 경찰을 향해 손가락질을 하며 강제 진압에 대해 항의했다.

“이기 무신 짓이고? 누가 시킨 일이고? 네놈들은 대체 어느 나라 경찰이고!”

“총재님!”

비서실장 김덕룡이 팔을 둘러 김영삼의 몸통을 얼른 감싸 안았다. 그의 등 뒤로도 허공을 가른 세찬 곤봉이 날아왔다. 그가 외마디 비명을 내질렀다. 김영삼은 눈을 지그시 감았다.

‘미쳐도 단단히 미쳤어, 박정희가 미쳤어. 어허, 어찌 이 어리석은 작자가 영원히 죽는 길을 택했노…….”

김영삼은 혀를 찼다. 비록 무력으로 정권을 잡고 독재를 한 인물이기는 해도, 그는 최소한 조국과 민족에 대한 박정희의 진정성을 믿어 의심치 않았다. 무능한 장면 정부의 혼란과 구악(舊惡)

을 일시에 일소하고, 그리 길지 않은 세월 동안 경제 개발을 통해 국민들의 입에 밥술이라도 떠 넣게 된 것도 따지고 보면 박정희라는 인물이 좌고우면하지 않고 뚝심 있게 밀어붙인 데 힘입은 바가 크다고 생각했다.

베트남 패망 이후 신민당 총재로서 4년 전 박정희와 회담했을 때 박정희가 한 말을 그는 또렷이 기억했다.

"조금만 기다려주세요. 북한의 위협이 줄어들면 언제든지 김 총재가 원하는 그런 민주주의 합니다. 이 갑갑한 새장 같은 곳에 갇혀 사는 것, 나도 이젠 지겹습니다."

김영삼은 머리칼이 희끗희끗한 박정희가 아내를 그리워하며 눈물을 훔치는 걸 보고 그의 진심을 믿었었다. 남자의 선한 눈물에는 거짓이 없다고 여겼다. 자신도 무장공비에게 사랑하는 어머니를 잃은 뼈아픈 기억이 있기에, 북한 사주로 별안간 아내를 잃고 졸지에 홀아비가 된 박정희의 외로운 처지가 남다르지 않게 보였었다.

"이 나라를 우리 힘으로만 지킬 수 있다면 유신도 철폐할 것이요."

김영삼은 귓전에 환청같이 맴도는 박정희의 그 허망한 말을 떠올리면서 어금니를 질끈 깨물었고, 오늘의 폭거를 계기로 그에 대한 결사항전을 다짐했다.

"당신은 권력에 미쳤어! 예전의 당신이 아니야. 내 모가지를 비틀어도 이젠 더 이상 타협은 없다. 이 나쁜 노무새끼!"

　김영삼은 단전에 힘을 준 채, 치미는 분노를 목구멍 너머로 간신히 삼키고 있었다.

3

　김영삼 총재를 비롯한 당직자들과 기자들이 경찰에게 난타당하는 동안, 4층 농성장은 깨어진 유리 파편, 선혈이 낭자한 바닥, 어지럽게 부서져 나동그라진 책상과 의자, 공포에 질린 여성 노동자들의 통곡과 비명이 한데 어울려 생지옥이나 다름없는 아수라장이 되어 있었다.

　여성 노동자들은 굴비 엮이듯 오랏줄에 묶여 경찰의 감시 아래 줄을 지어 계단을 힘없이 내려오고 있었다. 뜯어진 옷 사이로 비집고 나온 앞가슴을 엉거주춤 두 팔로 간신히 가리고 내려가던 한 여성의 발끝에 무언가가 물컹거리며 밟혔다.

　경찰의 구타로 잔뜩 겁에 질려 있던 그녀가 얼굴이 하얗게 질려 비명을 내질렀다. 경찰이 짜증스런 얼굴을 하고 다가왔다.

　"뭐야?"

　"저기……."

　경찰관이 계단 바닥을 손전등으로 비추자 한쪽 팔이 꺾인 채 널브러진 한 여성의 모습이 눈에 들어왔다. 푸른 제복의 가슴에 새겨진 'YH 무역'이란 마크가 YH 무역 농성 노동자임을 말해주고 있었다. 채 엉겨 붙지 않은 피가 까무잡잡한 그녀의 야윈 볼을 타고 바닥에 떨어지고 있었다. 눈이 가늘고 하관이 빨라 인상이 다소 강해 보이는 경찰관이 잠시 멈칫거리다가 용기를 내어 천천히 다가가 그녀의 인중에 손을 가볍게 들이밀었다.

일순 경찰관의 안색이 창백해졌다. 뼈마디 굵은 그의 손이 파르르 떨렸다. 그녀는 이미 숨이 멎어 있었고 동공이 열려 있었다. 놀란 경찰관이 반사적으로 두어 발자국 뒷걸음쳤고, 그 공간을 비집고 경찰관 등 뒤에서 숨죽이고 있던 노동자들의 이목이 한꺼번에 그녀에게 집중되었다.

"경숙아!"

눈에 불을 단 노동자들의 분노가 터져 나오자 신민당사의 계단은 다시금 경찰들과 여성 노동자들이 얽히고설켜 밀고 당기는 아수라장이 되었다.

"경숙아, 불쌍한 경숙아…… 당신들은 어느 나라 경찰이야? 이 새끼들아!"

"이년들이, 아가리 닥치지 못해! 무엇해? 본서로 빨리 이송해!"

진압 경찰의 무자비한 곤봉 세례는 노동자들의 저항의 몸부림을 막는 데는 효과가 있었지만, 그들의 분노와 증오를 잠재우지는 못했다. 당직자에게서 사망자 사태 경위를 보고받은 김영삼은 오금이 풀려 맥없이 풀썩 주저앉았다. 현장을 확인한 기자들이 그의 주변을 에워쌌다. 기자들은 촉각을 곤두세운 채 김영삼의 입을 주시했다.

"총재님, 사상자가 생겼다는데 어떻게 된 일입니까?"

"여러분이 본 대로입니다. 제1야당 당사 안에서 경찰에 의해 무고한 여성이 목숨을 잃었습니다. 그 젊은 여성에게 죄가 있다면 밀린 임금을 달라고 소리친 것밖에 없습니다. 돈을 떼먹고 도망간 악덕 사주를 붙잡아 처벌하라고 요구한 것밖에 없습니다.

억울한 피해자가 피해를 보상하라고 요구하는 것이 죄가 됩니까? 이 나라는 누구의 나라입니까? 이 정부는 도대체 누구의 편입니까?

나는 기자 선생 여러분들의 양심과 용기를 믿습니다. 여러분이 목격하신대로 펜을 들어주십시오. 이 나라의 운명은 이 야만적인 폭력 현장을 목격한 여러분의 손에 달려 있습니다. 박정희 정권은 이제 끝이 났습니다."

총재 김영삼이 비분에 찬 사자후를 토했고, 당직자들과 기자들은 경찰의 비이성적이고도 폭력적인 진압에 대해 할 말을 잃고 있었다.

4

"치안본부장, 뭐라고? 사인(死因)이 무어라고?"

김재규는 치안본부장의 보고가 믿어지지 않아 벌어진 입을 다물지 못했다. 시꺼먼 그의 안면 근육에 가는 경련이 일었다.

"후두부 함몰에 의한 뇌출혈이라고……."

땅에 떨어진 대통령의 신임을 회복하기 위해 모처럼 야심차게 준비한 자신의 작전이 긁어 부스럼을 만든 정도가 아니라 빈대 한 마리 잡으려다 초가삼간을 다 태운 격이었다. 대통령을 보기에 면이 서지 않는 것은 물론이고 뒷감당을 생각하니 정신이 아찔했다.

당뇨로 구갈증(口渴症)이 심했던 김재규는 너무 놀란 나머지 죄 지은 사람처럼 쫓기듯 가슴이 두근거렸고 가뭄에 논바닥 갈라지듯 입안이 쩍쩍 갈라지는 기분이었다. 찬물을 주전자째로 들이부어도 당최 구갈이 가시지 않았다. 넋이 나간 사람처럼 한동안 멍하니 앉아 있다가 자신의 늘어진 뺨을 몇 대 후려갈기고는 정신을 차려 서둘러 청와대로 차를 몰았다.

대통령실로 향하던 김재규가 경호실에 있던 차지철과 마주쳤다. 김재규는 눈빛이 싸늘한 그를 보자 제 발 저린 도둑처럼 주눅이 들었다. 그는 헛기침으로 딴청을 피우며 평소 무뚝뚝한 말투와는 다르게 애써 나지막이 물었다.

"차 실장, 각하는 안에 계신가?"

곰 같은 차지철이 눈살을 찌푸린 채 냉소를 던지며 배를 들이밀어 앞을 가로막았다.

"지금 각하께서는 부장님 일로 심기가 매우 불편하십니다. 아무도 만나지 않겠다고 하셨어요."

"알았네, 다시 오겠네."

김재규는 빈말 않는 대통령의 성미를 어느 누구보다 잘 알았다.

절대 불상사가 있어서는 안 된다는 대통령의 엄명을 자신이 어긴 꼴이어서, 대통령의 화가 가라앉을 때까지 기다리는 수밖에 달리 도리가 없었다. 낙심한 그가 어깨를 늘어뜨리고 힘없이 발걸음을 돌릴 때, 그의 뒤통수에다 대고 차지철이 한마디를 거들었다.

"굼벵이는 기는 재주라도 있다지만, 대한민국의 정보부장이라는 분이 나 원 참……."

"차 실장, 말이 지나치구만!"

"지나치다니요? 벌집이란 벌집은 죄다 쑤셔놓았는데 이제 그 뒷감당은 어떻게 하시려고 하십니까? 정무 팀에서는 대화로 풀자고 했던 것 아닙니까? 결국 이번 진압 작전은 부장님 단독 작품이 아닙니까?"

상황이 상황인지라 김재규는 얼굴이 벌겋게 달아올라 있었음에도 핏대 올린 차지철의 비난과 야유에 일절 대꾸 않고 입을 꾹 닫았다. 한길은 되고도 남음 직한 커다란 불기둥이 가슴에서 불쑥 일어나 돌고 돌아 온몸을 한 바퀴 휙 휘젓고 나가고 있었다. 김재규는 비참한 굴욕감에 분을 참지 못해 몸을 부르르 떨었다.

자기보다 나이는 일곱 살이나 아래고 대위 출신인 차지철이 말끝마다 자신을 아랫사람 다루듯 하대하고 조롱하고 면박을 주는 것이 비단 어제오늘의 일이 아니었다. 그에게 모욕을 당하는 사람도 한둘이 아니었다.

하지만 올해 들어 차지철의 행동은 더욱 안하무인이어서 청와대 안에서 그에 대한 원성이 자자했다. 청와대 참모들이나 각료들에게는 그야말로 공공의 적이라 할 수 있었다. 차지철의 처신은 10년 세월 동안 대통령을 보좌하던 김정렴이 청와대를 떠나자 호랑이 없는 산에서 토끼가 주인 행세하는 격이었다.

간경화로 몸이 좋지 않은 김재규는 차지철이란 이름 석 자만 떠올려도 비위가 상해 멀미가 날 정도로 몹시 예민해져 있었다. 언젠가 그의 오만을 크게 손보아줄 것이라 생각하며 기회를 엿보고 있었다. 김재규는 '형님'이라 부르며 따르는 비서실장 김계원에게도 차지철에 대한 그의 의중을 이미 확인한 바가 있었다.

"자네 말이 맞아, 차지철 그놈이 너무 지나쳐. 각하에 대한 경호를 철저히 하는 것이야 나무랄 것은 없지만, 각하께서 장관들과 비서들을 독대하는 일까지 함부로 막아서니 각하가 어떻게 민심을 살필 수 있겠나? 내 적당한 때를 보아서 각하께 교체를 건의할 생각이네."

김재규는 차지철을 한 번 쏘아보다가 후일을 기약하며 울분을 삼키고 청와대를 슬며시 빠져나와, 치안본부로 가서 사후 대책을 보고받았다.

"부장님, 부상자들 문제야 그리 심각한 것은 아니지만 지금 김정숙의 문제가 초미의 관심사가 되고 있습니다. 외신에서도 이를 앞다투어 보도할 기미가 있어 큰일입니다."

"당신은 어떻게 하면 좋겠소?"

"사인을 그대로 발표하는 것도 한 번 생각해보았습니다만, 지금은 여론이 아주 나빠서 그렇게 했다가는 사태를 악화시킬 여지가 큽니다.”

“…….”

YH 무역 노동자의 신민당사 점거 농성을 강제 진압하기로 결정하고 치안본부장에게 지시한 김재규는 난감한 표정이 역력했다. 그는 두 눈을 지그시 감고 치안본부장의 보고를 가만히 듣고 있었다.

“부검의에게는 이미 철저한 함구를 시켜두었습니다. 강제 진압에 대한 울분을 이기지 못해 자살했다고 발표하는 것이 제일 낫지 않을까 싶습니다.”

“사람들이 믿겠소?”

“지금은 달리 방도가 없습니다. 공권력에 의한 타살을 시인하는 것은 성난 민심에 기름을 끼얹는 일 아니겠습니까?”

부처님에게 빌어본들 이미 죽은 사람이 살아날 가망도 없고 국민들에게 용서를 구한들 성난 민심을 돌릴 가망도 없는 백약이 무효한 처지라 김재규의 속은 숯검정같이 새까맣게 탔다. 그는 이러지도 저러지도 못한 채 치안본부장의 대책 보고에 고개만 끄덕이고 있었다.

5

스물한 살의 노동자 김경숙이 사망했다는 보고에 나는 큰 충격을 받았다. 그녀를 보호해주어야 할 공권력에 의해 오히려 희생된 것이다.

노동자들이 얼마간 희망을 품고 들어간 신민당사는 절망과 죽음의 무덤이 되었다. 신민당 대변인을 비롯한 당직자, 농성 노동자, 취재 나온 기자 등 100여 명이 부상을 당했다.

김경숙의 사인은 정부에 대한 성난 민심을 우려해 유감스럽게도 자살로 조작되어 발표되었다. 하지만 경찰의 발표를 곧이곧대로 믿을 순진한 국민들은 많지 않을 것이다. 나는 YH 무역 노동자 김경숙의 죽음이 왠지 불길했다.

백범 김구 선생의 죽음과 죽산 조봉암의 죽음에 미동도 않던 이승만 정부의 완고한 독재의 성채를 무너뜨린 것은 김주열이란 평범한 고교생의 죽음이었다. 부가가치세 도입에 대한 비난 여론이 팽배하고, 오일 쇼크에 따른 경제난으로 민심이 크게 악화된 상태에서 김경숙의 사망 사건이 터진 것이다. 성난 민심을 감안해 김경숙의 사인은 자살로 조작·발표되었지만, 이를 곧이곧대로 믿을 순진한 국민이 얼마나 될지 우리 스스로도 의심을 하고 있었다.

이 불똥이 어디로 튈지 알 수 없었다. 신민당 총재 김영삼은 두 주먹을 흔들면서 나에 대한 선전포고를 했고, 미국은 한국 경찰을 비난하며 책임자 처벌을 요구하고 나섰다. 도시산업선교회와 가톨릭농민회를 중심으로 한 항의 집회도 이어졌다.

그녀의 죽음으로 철옹성 같은 나의 제국에도 미세한 균열이 서서히 진행되기 시작했다. 강경책으로 일을 크게 그르치고도 김

재규는 마음이 조급해진 나머지 다시 강경책을 고집스럽게 건의
했다.

"각하, 이대로는 시국 수습이 어렵습니다. 긴급조치 9호보다
강력한 10호 발동을 검토해주십시오."

"임자, 강하면 부러지고 넘치는 건 모자란 것만 못하다는 것 몰
라? 사망자가 발생해서 비난 여론이 들끓는 마당에 기름을 들이
부어 화를 자초할 필요가 있어?"

김재규에 대한 내 말투가 근래 꽤 거칠어졌다. 그가 움찔했다.
나는 김재규의 판단력에 대해 점차 회의가 들었다. 중앙정보부장
이 된 이후로 지금껏 무엇 하나 똑소리가 나게 일을 매끄럽게 처
리한 적이 없었다. 강공책을 써야 할 때는 유순하게 나가고, 유화
책을 써야 할 때는 오히려 강공책을 사용해 일을 자꾸 그르치고
있었다. 그를 볼 때마다 가슴이 답답했다. 미국과 유럽을 제 집 앞
마당처럼 들쑤시고 다니며 정부와 나를 비방하고 모함하는 김형
욱의 문제는 이태가 지나도록 아직 결말을 보지 못하고 있었다.

"임자, 김형욱이 건은 어찌 됐어?"

"아직 협상 중입니다."

"쓰레기 같은 놈…… 조만간 빨리 결론을 내고 보고하도록
해……."

김형욱은 자신이 중앙정보부 시절 취득했던 기밀을 바탕으로
한 회고록 출판을 시도했다. 책은 내 사생활과 우리 정부의 기밀
내용으로 그득했다. 그는 이를 철회하는 대가로 우리 정부에 미

화 200만 달러를 요구하고 있었다. 조국을 배신한 자는 지옥 끝까지 따라가서라도 철저히 응징해 일벌백계(一罰百戒)의 본보기로 삼을 필요가 있지만, 우방과 외교적 마찰을 빚을 가능성이 커서 그를 처벌하기보다는 회유하는 쪽으로 힘을 모으고 있었다.

김형욱이 미국 조야에서 반한 감정을 선동하지 않고 침묵하며 조용히 살아준다면 굳이 비열한 그의 인생에 우리 정부가 개입할 필요는 없을 것이다. 그에게는 총알 하나 쓰는 것도 아깝다.

6

1979년의 팔월은 아내가 죽었던 그해 팔월만큼이나 잔인한 달이었다. 나는 내 운명의 시간에 쫓기고 있었다. 조바심이 나고 마음이 안정되지 않았다. 의자에 앉았다 일어서기를 반복하고 방안을 맴돌았다. 김경숙의 죽음 이후에 생긴 변화였다. 근래에는 거의 줄담배를 피우고 있었다.

머리가 심하게 아팠다. 가슴이 조이고 답답했다. 서랍 안에 둔 타이레놀을 꺼내 한 알을 삼켰다. 10시를 알리는 괘종 소리가 울렸다. 팔월 끝자락에 뿌리는 성긴 빗방울은 어둠이 깊어가면서 차차 굵어졌다.

창문을 두드리는 빗소리에 귀를 기울이고 있으니 왠지 서럽다. 아내가 떠난 지 다섯 해, 비가 오면 그녀가 더 그립다. 나는 요즘 지독하게 외롭다.

모두가 내 곁을 떠났다. 아내도 떠났고, 어머니도, 사랑했던 여자도, 김정렴이도 떠났다.. 이젠 국민들도 나를 떠나가고 있다. 환호가 야유로, 박수가 돌팔매질로, 찬사가 비난으로, 신뢰는 불신으로, 사랑은 증오로 변했다.

나는 혼자다. 나는 몹시 슬프다. 모두가 떠나가고 있다. 지금 나는 아무도 믿지 않는다. 누구도 믿을 수 없다. 심지어 요즘은 나 자신조차 믿지 못하고 있다. 내가 지금 올바른 길을 가고 있는지 나 자신에게 물어본다.

손에 든 와인 잔을 내려놓고 의자에서 일어나 거울에 나를 가만 비추어보았다. 이마의 주름이 꽤 굵다. 입가에도 눈가에도 주름은 널렸다. 머리칼은 허옇게 세었다. 아내도 잃고 세월에 쫓기며 살아온 이 노인에게 무슨 욕심이 있겠는가. 나는 거울 속에 비친 노인이 불쌍해 눈물이 났다.

노인은 하루가 다르게 무섭도록 늙어가고 있었다. 볼살이 빠진 탓에 앞으로 툭 불거진 광대뼈가 더 도드라진다. 피부는 탄력을 잃어 쭈글쭈글하다. 근래 폭삭 늙어버린 느낌이다. 거울 속의 노인은 매력이라고는 눈곱만치도 없고 촌스럽다. 한마디로 못생겼다. 그리고 무뚝뚝하다. 입을 꼭 다물고 있을 때는 왠지 고집스런 영감쟁이 같다.

그래도 이 노인은 사심이 없다. 노인은 조국의 앞날만 생각하며 몸이 부서져라 일만 하고 살았다. 이 노인은 무뚝뚝해도 속정이 깊었다. 책임감도 강했다.

노인은 제 살을 베어 가족을 먹였다. 노인은 제 피를 팔아 가족을 부양했다. 그런데 그 가족이 눈을 부릅뜨고 노려보며 노인에게 손가락질을 하고 있었다. 노인은 배신감에 분노하기보다 자신의 진정을 몰라주는 가족들에게 서운함을 느꼈고, 처연한 심정에 홀로 서글픈 눈물을 흘리고 있었다.

노인의 작은 가슴은 손을 대면 금방 바스락 소리를 내며 부서질 것처럼 약하기만 했다. 이 작고 허약한 가슴에 커다란 구멍이 나 있었다. 눈을 떴을 때 노인은 어느 틈엔가 자신이 우주에 버려진 미아가 되어 있다는 사실을 알았다. 그는 울컥울컥 목이 메는 서러움에 짐승같이 울부짖었고, 살을 저미는 외로움에 몸서리를 쳤다.

구멍 난 가슴으로 스산한 바람이 자꾸만 밀려왔다. 노인은 자기 인생에서 한때 가장 고통스러웠다고 생각했던 유년의 기억보다 지금의 이 외로움을 더 견디기 힘들어했다. 그는 이 지독한 외로움에 오싹한 한기를 느끼며 몸을 부르르 떨기도 했다.

거울에 비친 노인은 자신의 나이보다 10년 세월은 더 늙어 있었다. 그의 영혼은 볼품없이 늙어버린 외모보다 더 깊이 멍들어 있었다.

노인이 온몸을 휘감고 있는 시퍼런 멍 자국이 그의 영혼을 푸르스름하게 물들이고 있었다. 나는 영혼까지 시퍼렇게 멍든 이 가련한 노인에게 위안을 주고 싶다.

당신은 마땅히 해야 할 일을 하고 있는 거야
흔들리지 말고 뚜벅뚜벅 걸어가!
거침없이 걸어가
당신이 가는 길은 아무도 가지 않은 길이야
가지 않은 길을 가는 건 외로운 거야
홀로 가는 길도 외로운 거야
외로움을 무서워 말고 뚜벅뚜벅 걸어가
당신의 영혼이 춤을 출 수 있게
힘차게 걸어가
팔을 흔들며
힘차게 걸어
당신이 걷고 있는 길이 옳다는 걸 알게 될 거야
뚜벅뚜벅 걸어가
그게 당신에게 주어진 운명인 거야

갑자기 목이 메고 눈시울이 뜨거워졌다.

"똑똑."

야심한 시각에 내 방문을 두드릴 사람은 잔소리꾼인 큰딸 근혜밖에 없다. 딸은 제 엄마의 언행을 보고 자란 탓인지 행동거지가 제 엄마를 빼닮았다. 눈에 잘 뜨이지 않는 세상의 어두운 일들을 일일이 챙겼고, 나에게 여론을 가감 없이 전하는 청와대 안의 유일한 야당이었다.

“근혜냐!”

“예, 아버지. 잠시 들어갈게요.”

막걸리 한 주전자와 김치를 담은 쟁반을 들고 근혜가 미소를 지으며 들어섰다.

“웬일로 술상까지 봐왔냐!”

“비가 오면 적적해하시잖아요.”

“너 오늘 나한테 부탁하고 싶은 게 있구나?”

근혜가 피식 웃으며 눈웃음을 쳤다. 녀석은 어려운 부탁을 할 때 더러 술상을 봐오곤 했다.

근혜가 대접에다 따라준 막걸리를 내가 비우자 김치 한 점을 집어 내 입에 쏙 넣었다.

“너도 한잔 주랴?”

“예, 주세요.”

근혜가 단숨에 한 잔을 깨끗이 비워내어 내 눈을 휘둥그렇게 만들었다.

“이 아비 닮아 너도 술이 보통은 아니구나.”

“아버지의 피가 어디 가겠어요? 그 아버지에 그 딸이죠, 뭐!”

팔월의 마지막 밤 오랜만에 부녀가 함께 크게 웃었다.

잠시 후 근혜가 흘러내린 머리칼을 쓸어 올리며 조심스럽게 입을 열었다.

“아버지!”

“응.”

"김영삼 총재의 총재직을 꼭 박탈하셔야만 해요?"

올봄에 치러진 신민당 총재 선거 과정에서 당원과 대의원 자격이 없는 선거인단이 참가해 김영삼을 불법 당선시켰다는 보고가 공화당에 올라와 있었다. 신민당 내 김영삼의 주류와 이철승의 비주류 간 권력 다툼 때문에 신민당 내부의 은밀한 문제가 밖으로 불거져 나온 것이다. 비주류인 신민당의 원외지구당 위원장 3인이 김영삼을 비롯한 총재단 전원에 대해 직무 정지 가처분 신청을 서울 민사지방법원에 낸 것이었다.

"그건 신민당 내부의 문제야! 우리 공화당이 그렇게 만든 게 아니지 않느냐?"

"아버지, 그래도 김영삼 씨는 제1야당의 총재예요. 중앙정보부까지 개입해서 일을 꾸미고 있으니, 누가 보아도 정치 탄압이라는 말밖에 더 나오겠어요?"

"법원이 알아서 판단할 문제지, 내가 관여할 일도 네가 관여할 일도 아니야!"

정색을 하고 반박하는 나를 근혜는 걱정스런 눈으로 바라보고 있었다. 지그시 바라보는 그 매서운 눈길은 제 엄마를 그대로 닮았다. 나는 딸의 눈길을 애써 외면하고 잔을 비웠다.

나를 괴롭히던 카터와의 갈등을 겨우 한고비 넘겼고, 머지않은 장래에 혁명의 대업을 이룰 수 있다. 자주 독립 국가의 꿈을 목전에 두고 있다. 이 고지를 향해 가는 나에게는 지금 분열보다 화합이 필요하고 대결보다 협력이 필요하다.

김영삼은 김대중만큼이나 비타협적인 인물이었다. 김영삼이 가택 연금 중인 김대중과 손을 맞잡고 나를 흔들고 있었다. 그간 보아온 그들의 행태는 내 혁명 과업 완수에 일절 도움이 되지 않았다. 내 눈에 그들은 민주주의의 투사를 가장했으나 권력욕에 꽉 찬 정치꾼일 뿐이었다. 그들은 세치 혀를 놀려 국민을 기만·선동하고 지금까지 나의 길을 사사건건 방해했다. 일은 세치 혀를 놀려서 하는 것이 아니라 행동하고 실천하는 것이다.

김영삼과 김대중은 경부고속도로와 포항제철을 건설하게 되면 나라 경제가 금방 거덜 날 것이라 호들갑을 떨었다. 후진국은 자기 형편에 맞게 농업이나 소비재를 생산하는 경공업을 육성해야 한다고 말했다. 그들의 사고는 도식적이다 못해 너무 자조적이었다. 그들은 안목도 좁고 사고도 고루했다. 이러한 인물들이 혁신을 방해해 나라를 망친 역사적 예는 많다.

조선은 끊임없는 당쟁으로 시간을 허비하다 국가 개혁에 실패했고 이는 임진왜란으로 이어졌다. 조선 말 문호 개방을 앞두고 사분오열된 권력 투쟁 끝에 불러들인 것은 일본에 의한 조선의 침탈이었다. 철학과 영혼이 없는 권력은 자유당 독재를 낳았다. 데모로 시작해 데모로 하루를 끝내던 장면 정부의 무능은 여론에 영합한 정치적 온정수의의 산물이있다.

나는 고루한 사고에 젖은 정치인들을 몹시 싫어한다. 그들은 나의 아버지 박성빈을 닮았다. 이런 사람들은 몇 가지 독특한 특징을 지닌다. 고집스럽고 이기적이며 자신을 최고의 선(善)으로 여긴다. 거기다 현실감 없이 대안 없는 주장만 일삼는 독선이 중심에 자리 잡고 있다.

나는 어려서는 나폴레옹을 좋아했다. 혁명을 통해 정치의 길에 들어선 후로 무(武)에서는 충무공 이순신을, 문(文)에서는 율곡 이이 선생을 내 정치의 모델로 삼고 있다. 선조 임금에게 올린 「만언봉사(萬言奉事)」에서 율곡 선생이 밝힌 '정귀이시(政貴以時), 사요무실(事要務實)'의 정신을 국정 운영의 기조로 삼고 있다. 정치는 때를 놓쳐서는 안 되고 일을 할 때는 실질에 힘쓰라는 말이다.

공화당이 지난 총선에서 패배한 주요 원인은 사실상 부가가치세 도입에 따른 민심 이반이었다. 그럼에도 야당은 부가가치세 도입에 따른 국민들의 고통을 덜어줄 방안을 찾으려는 생각은 하지 않았다. 오히려 나의 장기 집권과 독재에 염증을 느낀 성난 민심의 엄중한 심판이라는 아전인수 격의 해석으로 정치 공세만 해댔다.

권력에 눈먼 이러한 인물들의 무책임한 정치 행태가 나라를 뒤흔들고 있다는 데 화가 났다. 나라 경영에는 안정된 세원이 확보되어야 하고 부가가치세 도입은 필연적이다. 부가가치세 도입은 국민들에게 인기 없는 정책일망정 국가를 위해 누군가는 꼭 해야 할 일이다.

카터의 주한 미군 철수 주장에 설상가상으로 이란 혁명 때문에 국내외 정세가 시끄러운 마당에 야당의 영수(領袖)를 자처하는 사람이 여론 분열을 획책하는 것은 책임 있는 정치인의 자세가 아니다.

아무튼 골칫거리 김영삼만 묶어두면 야당의 정치 공세도 한풀 꺾이고, 국정 운영도 한결 수월해질 전망이었다.

"피곤하니 좀 쉬어야겠다. 그 얘기는 그만하자."

"아버지, 요즘 너무 마음이 급하신 것 아세요?"

딸아이는 근심에 찬 얼굴로 바짝 다가와 앉으면서 날 채근했다.

"아버지, 여론이 너무 나빠요. 한 사람 말만 듣지 말고 여러 사람을 불러다 물어보세요."

내가 도리질을 쳐도 딸아이는 좀체 물러설 기미를 보이지 않았다. 단단히 작정을 하고 나에게 가부간 확답을 기어코 받아낼 심산인 것 같았다.

근혜가 말한 '한 사람'은 경호실장 차지철이다. 딸아이는 그를 몹시 싫어했다. 딸아이는 그가 나를 나락으로 몰아가고 있다고 생각했다. 대행사나 소행사 같은 것도 그가 내 심기(心氣) 경호를 위해 만든 작품이니, 딸아이의 입장에서는 당연히 그가 달가울 리는 없다. 하지만 그는 고독한 나를 배신하지 않을 유일한 사람이다. 딸아이는 그에 대한 개인적인 감정 때문에 그가 건네는 정보까지 의심하는 눈치였다.

"판단은 내가 해……. 밤이 늦었다. 너도 돌아가 자거라!"

"주무세요……."

상기된 딸아이의 눈가가 촉촉이 젖어 있었다. 근혜가 문을 닫고 나가자 가슴 아리는 고독이 물밀 듯이 밀쳐 들어왔다.

　신민당 지구당 위원장들이 제출한 총재단 가처분 신청을 서울 민사지방법원이 승인한 지 이틀 지나서 김영삼이 《뉴욕타임스》와 기자회견을 하며 나에 대한 도전을 선언했다.

　"민중 봉기에 의해 무너진 이란의 팔레비 독재 왕정을 지지한 것은 미국의 큰 실책이다. 한국에서는 그와 같은 전철을 밟지 않기를 바란다. 한국의 민주주의를 위해 한국 정부에 대한 지지를 철회할 것을 요구한다."

　김영삼은 우리 정부를 부패한 팔레비 왕정과 같은 반열에 올려놓아 국가의 존엄을 모독했고, 외세에게 우리 내정에 대한 간섭을 촉구하여 조국의 자주성을 스스로 부정하는 발언을 했다. 그의 발언은 적성(敵性)국가 지도자에게나 어울릴 만한 모욕적인 발언이라 생각했다.

　백 번 양보해서 외세의 개입이 필요하다고 해도, 이것이 정당화되려면 최소한의 조건과 명분이 필요한 법이다.

　첫째, 정부의 무능과 부도덕성으로 인해 수많은 민중이 생존을 위협당하는 위험에 노출되어 있어야 한다. 둘째, 이란의 팔레비와 같이 지도자가 민생은 외면한 채 자신의 치부와 쾌락만을 위해 권력을 독점하고 남용하는 경우여야 한다. 셋째, 민중의 생존과 혼란을 우리 스스로 해결할 능력이 없는 무정부 상태가 되어야 비로소 외세 개입의 필요성을 인정할 최소한의 명분이 서는 것이다.

대체 이 나라의 어디에 그 같은 문제가 있는가? 우리 정부가 무능하고 부도덕한가? 내가 나 자신의 쾌락을 위해 권력을 남용하는가? 스물다섯에 국회의원이 된 부잣집 아들 김영삼이 배고픔의 고통이 무엇인지 알기나 하는가?

생각이 꼬리에 꼬리를 물었다. 그에 대한 분노가 치밀었다. 나는 끊었던 담배를 다시 피우고 있다. 재떨이엔 담배꽁초가 수북하고 벌써 두 갑째 피우고 있다.

김영삼은 부잣집 외동아들이다. 그는 태어나면서부터 지금까지 남부럽지 않은 호사를 누렸다. 그는 배고픔의 고통을 모른다. 그러면서도 민주주의와 민중을 외친다. 하지만 그는 뱃속에서부터 부르주아의 삶을 살았다. 그는 뼛속까지 부르주아다. 그는 스물다섯에 국회의원이 되어 손에 흙을 묻혀본 일이 없는 사람이다. 땀의 의미와 노동의 가치를 모르는 그가 민중의 삶을 얼마나 이해하고 있을지 의문이다. 그가 말하는 민주주의와 민중의 삶이 말의 수사나 언어의 성찬같이 피상적으로 느껴지는 것도 이 때문이다.

그와 반대로 나는 태중에서부터 빈민이었다. 나는 내 영혼까지 노동자다. 나는 대통령이 된 지금도 서민의 삶을 살고 있다. 먹는 것, 입은 것, 내가 누리는 모든 것이 서민의 삶에 맞추어져 있다.

정치는 착한 동화가 아니다. 중학교 시절부터 대통령을 꿈꾼 부유한 지방 선주의 아들에게 정치는 자신의 야망을 성취할 즐거운 유희일지도 모른다. 그러나 내게 정치는 민중의 눈물을 닦

아주는 손수건이요 구악과 적폐(積弊)를 해소하고 역사의 새로운 지평을 여는 건설의 망치다.

인간이 인간다운 삶을 살기 위해서는 먼저 배를 불려야 한다. 국민의 주린 배를 불려 정신을 맑게 하는 것, 이것이 내가 해야 할 책무다. 나는 조국을 모독한 김영삼을 버리기로 마음을 굳혔다.

마지막 시월의 여정

1

김영삼의 국회의원 제명 안건이 통과되었다는 소식이 아직 없다. 나는 채 다 피우지 않은 담뱃불을 꾹꾹 눌러 끄고 차지철을 불렀다.

"임자, 어떻게 된 게 아직 연락이 없어?"

"공화당과 유신정우회(維新政友會) 의원 전원이 국회 별관에 모여 징계안 처리를 기다리고 있다 합니다."

"오래 끌 게 뭐가 있어, 당장 처리하라고 해!"

"각하, 이번 기회에 신민당에게 확실한 본때를 보여주셔야 합니다."

"알았어. 그건 그렇고, 분위기는 좀 어때?"

"예. 당장은 시끄럽긴 하지만 시간이 지나면 무슨 일이야 있겠습니까? 정운갑 총재 직무대행은 법원에서 선임을 한 사람이니 이니꼬워노 이걸 갖고 시비 걸 놈들은 없을 겁니다. 그리고 영삼이가 없는데 신민당이 무슨 힘을 쓰겠습니까? 그야말로 이젠 오합지졸이지요."

"임자는 너무 앞서 가는 게 탈이야. 뭘 보고 그렇게 낙관해? 여러 가능성을 두고 생각해야지. 신민당 의원들을 그리 호락호락하게 보지 마. 야당 하는 친구들, 줏대가 있어. 들짐승을 길들이다 물릴 수도 있어……."

내 지적에 천하의 독불장군 차지철이 고양이 앞의 쥐가 된 듯 설설 기며 얼굴이 상기되었다. 그것도 잠시, 그는 내 질책을 잊기라도 한 듯 아무 일 없다는 표정으로 살이 오르고 기름이 자르르 흐르는 볼을 통통 튀겨가며 살살 눈웃음을 친다. 때로는 아기 같고 때로는 악마 같은 모습이 그에게 있다. 야누스 같은 친구지만 나를 위해 평생을 바치겠다고 맹세한 그다. 일을 할 때는 맺고 끊음이 분명한 차지철은 결말이 애매하고 흐린 김재규에 비할 바가 아니다.

아무튼 당 총재가 총재직을 박탈당하고 의원직까지 잃는 것은 헌정 사상 미증유의 사건이다. 향후 정국의 방향이 어떻게 흘러갈지 하늘만 알 뿐 지금은 누구도 알지 못한다. 모든 것이 오리무중이다.

시월에 접어들면서 귀에선 시끄러운 매미 소리가 들리는 것 같았고 가끔은 현기증이 느껴지기도 했다. 주치의 M 박사는 내 증상이 귀의 이상이 아니라 스트레스에 의한 것이라는 명쾌한 결론을 내렸다. 그래서 그가 처방한 것은 아주 불편할 때 안정제를 한

두 알 복용하고, 일을 떠나서 하고 싶은 것 중 내가 할 수 있는 것 하나를 택해서 매일 해보라는 것이었다.

주치의 M의 처방은 들을 때는 그럴듯해 보였다. 하지만 내게 는 어림 반 푼 어치도 소용이 없는 아주 엉터리 처방이었다. 나의 오랜 친구인 그의 처방을 듣고는 나는 속으로 그를 비웃었다.

'너 의사 맞아? 진짜 박사 맞아? 개 박사지? 돌팔이지?'

나는 나랏일을 챙기는 것이 좋고, 시골의 농가를 방문해 농부 들과 담소를 나누고 들판에서 그들과 막걸리 한잔 하는 것이 큰 즐거움이다. 나의 즐거움은 모두 일과 연관된 것들이다. 나는 하 루 종일 일을 한다. 쉴 때도 늘 일을 생각한다.

이를테면 나는 일 중독자다. 아무것도 하지 않으면 불안해지는 나 같은 일 중독자에게 쉬라고 하다니. 나는 일하는 것 외에 즐거 운 것이 없다. 그래서 내 친구 M 박사의 처방은 애초에 내게 아무 소용이 없는 엉터리 처방이다. 그의 처방을 비웃으며 담배에 불 을 붙였다.

"각하, 영애 근혜 양이 드릴 말씀이 있다고 뵙기를 원합니다."

"바쁘다고 해."

딸아이가 왔다는 말에 순간 뒷목이 후끈 달아올랐다. 큰딸아이 가 내게 할 얘기는 내용이 뻔했다. 알아들을 정도로 충분히 말했 는데도 녀석은 도무지 받아들이려 하질 않았다. 물러설 줄 모르 는 황소고집을 가진 아이다.

녀석이 어느 틈엔가 벌써 문을 열고 들어서고 있었다. 차 실장

은 뒤 마려운 사람처럼 나와 근혜의 눈치를 번갈아 보며 엉거주
춤 문 앞에 서 있었다.

"임자는 잠시 나가 있어, 아무도 들이지 말고."

차 실장이 나가자 우두커니 서서 나를 물끄러미 바라보고 있던
딸아이가 느닷없이 바닥에 무릎을 꿇었다.

"무슨 짓이야? 일어나!"

"대통령 각하, 딸로서 드리는 얘기가 아니라 각하의 참모로서
드리는 충언입니다."

"그 얘기라면 나는 더 이상 할 말이 없다. 이미 끝난 일이야."

"아닙니다. 끝나지 않았습니다. 아직 처리되지 않았습니다. 시
간은 있습니다. 결심만 하시면 지금 당장 되돌릴 수 있습니다. 당
에 지금 전화를 걸어주십시오. 김영삼 의원의 제명만큼은 절대
해서는 안 되는 일입니다. 각하께서 그 사람을 제명하는 것은 돌
아올 수 없는 강을 건너는 일입니다."

"너는 이 아비가 사지(死地)에라도 들어가는 사람처럼 보이는
모양이구나. 그러냐?"

"그건 아닙니다. 김영삼 의원을 제명하는 건 각하께 아무 실익
이 없는 일입니다. 오히려 긁어 부스럼이 될 수 있습니다. 공화
당과 유신정우회 의원만으로도 각하께서 충분히 안정적으로 국
사를 보실 수 있습니다. 김영삼 씨가 국회의원 신분을 유지한다
고 해서 크게 달라질 것은 없습니다. 굳이 이런 마당에 김영삼 씨
의 의원직을 박탈하고 정운갑 씨를 총재 대행으로 세워놓아 각하

께서 얻을 이득이 뭐가 있습니까? 국민들이 무어라 하겠습니까? 각하께서 유신정우회 의원만으로도 만족 못해 야당인 신민당까지 들러리 거수기 당으로 전락시킨다는 비난을 하지 않겠습니까? 이것은 민주주의를 죽이는 일입니다."

"……."

딸아이는 다부지게 말하고 있었지만 어딘지 모르게 목소리에는 울음이 배어 있었다. 그 눈빛이 간절했다. 딸아이는 내게 어떤 변고가 생기지 않을까 몹시 불안해하는 눈치였다. 나의 3선 개헌을 반대하던 아내도 딸아이와 같이 몹시 불안해했었다.

"두려워 마라, 사람은 한 번 죽지 두 번 죽지 않는다. 잘못되어도 하늘의 뜻이다. 국민이 나를 버리는 것도 하늘의 뜻이다. 민심이 천심이라 하는데 어떻게 하겠느냐?

이 아비는 혁명에 나선 그 순간부터 내 목숨이 아니었다. 어찌 보면 지금껏 살아온 것은 하늘이 내게 준 덤의 인생이었다.

나도 김영삼 의원과 친구가 되고 싶었다. 하지만 그는 내 친구가 되길 원치 않았다. 그 양반이 내게 원하는 것은 나의 하야밖에 없다. 대화를 거부하고 나를 척결의 대상으로 삼은 그 사람과 무슨 건설적인 대화가 가능하겠냐? 김 부장이 간곡히 부탁하기에 나도 그에게 마지막 기회를 주었다. 《뉴욕타임스》에 실린 내용에 대해 기자들 앞에서 해명을 해준다면 제명을 철회할 생각이었다.

그런데 그 양반은 서로 명예롭게 일을 마무리 지을 수 있는 이 마지막 카드마저 거부했다.

김영삼 의원의 제명 문제는 법률적인 검토도 충분히 거쳤다. 김영삼을 제명하는 것은 할 수 없는 불법적인 일을 하는 것이 아니야. 법적으로 아무런 문제가 없는 합법적인 일이다.

물론 네가 무얼 걱정하는지는 이 아비도 잘 알고 있다. 하지만 지금으로서는 도리가 없다. 네 말처럼 주사위는 던져졌다. 이 아비는 루비콘 강을 건넌 것이다. 모든 것은 하늘의 뜻에 맡길 것이다. 이 아비는 어떤 결과가 오든 마지막까지 내 열정을 불태울 참이다. 난 언제 죽어도 여한은 없다.

다만 소원이 있다면 나 같은 역사의 변절자가 다시는 나타나지 않도록 이 나라가 겪었던 굴종의 역사에 나 스스로 마침표를 찍고 싶다는 것뿐이야.

근혜야, 조금만 더 기다려주지 않겠냐?”

맨바닥에 무릎을 꿇고 앉은 딸아이의 어깨를 일으켜 세우자, 딸아이가 왈칵 눈물을 쏟았고 앙상한 늙은 가슴에 털썩 안겨 무너져 내렸다.

“아버지…….”

2

10월 4일 백두진 국회의장 주재로 공화당과 유신정우회 소속 국회의원 전원이 참석한 가운데 김영삼 의원에 대한 제명 징계안이 만장일치로 국회를 통과했다. 채 10분이 걸리지 않았다.

미국의 카터 행정부는 김영삼의 제명 사건에 극도의 불쾌감을 표시했다. 미국 정부는 우리 정부에 대한 항의의 표시로 주한 미국 대사 글라이스틴을 본국으로 즉각 소환했다. 나를 보는 카터의 눈길이 부정적이라는 걸 단적으로 보여준 반응이었다. 핵 때문에 불가피하게 나와 손을 잡긴 했어도 그는 여전히 나를 경원시하고 있었다. 가택 연금에 들어간 김영삼도 제명 징계에 맞서 결사 항전을 외쳤다.

"닭 모가지를 비틀어도 새벽은 온다."

나를 향한 분노의 불길이 서서히 다가오고 있었다. 9일이 지났을 즈음에 신민당 국회의원 66명 전원과 통일당 소속 국회의원들이 의원 사직서를 제출하면서, 김영삼에 대한 징계 철회를 요구했다.

"각하, 신민당 소속 의원 전원이 사직서를 제출했다고는 해도 진짜 사직을 원하는 놈들은 그리 많지 않을 겁니다. 지금이야 눈치 볼 수밖에 없는 분위기 때문에 어쩔 수 없다 해도 마음속으로는 은근히 사직서가 반려되길 바라는 놈들이 태반입니다.

또 비주류 대다수는 우리 유신헌법 정신에 우호적인 인물들입니다. 권력이라면 사족을 못 쓰는 자들이 금배지를 함부로 포기하겠습니까? 차라리 이참에 우리 공화당에 우호적인 사람은 제외하고 그간 성가시게 굴었던 까칠한 놈들만 선별 수리하면 어떻겠습니까?"

신민당 소속 국회의원들의 집단 사직이 오히려 잘됐다는 듯이 차지철은 무술로 단련된 떡 벌어진 어깨에 힘을 잔뜩 싣고 득의

만면한 표정으로 이죽거렸다. 미숙한 시국 대처로 기를 펴지 못하고 코가 납작하도록 엎드려 지내던 김재규가 오랜만에 차지철의 의견에 눈살을 크게 찌푸렸다.

"각하. 말이 그렇지, 선별 수리는 간단한 문제가 아닙니다. 반려하려면 모두 반려해야 합니다. 그렇지 않아도 제명 문제로 여론이 시끄러운 마당에 우리가 선별 수리까지 한다면 역풍이 만만치 않을 겁니다."

공화당 일각에게 제기한 의원직 선별 수리 의견을 두고 차지철과 김재규가 비상시국 대책 회의에서 갑론을박하고 있었다.

"내 생각도 김 부장과 비슷해. 모양새가 안 좋아, 김영삼 의원 하나 제명한 걸로 충분해. 과유불급이라 그랬어, 좀 더 상황을 지켜보자고……."

김재규와 마찬가지로 나 역시 헌정 사상 초유의 이 사건에 대해 여론이 어떤 반응을 보일지 예의주시하고 있었다. 정치는 시기와 사안에 따른 제명 징계안의 강온을 조절해야 하고, 지금은 강경책이 최고의 보약이 아닌 상황이었다.

그런데 크게 우려하지 않았던 곳에서 뜻밖의 일이 벌어졌다. 유신헌법 선포 7주년 기념식을 하루 앞둔 날이었다. 시위가 벌어진 곳은 국립 부산대학교로 전국에서 가장 유순하고 데모하지 않기로 소문난 학교였다.

검게 물들인 군복을 입고 검정 고무신을 신은 장발의 한 청년이 이른 아침의 약한 가을볕을 받으며 도서관 문을 묵묵히 나서고 있었다. 꾀죄죄한 외모가 그의 가난이 어지간함을 짐작하게 했다. 이 학생은 내성적이고 말은 없지만, 정의감만은 높은 경제학과 2학년 정광민이었다. 그의 가슴엔 밤을 꼬박 새워가며 골방에서 등사한 YH 무역 노동자 문제 등 사회의 경제적 불평등 문제 개선을 호소하는 시위 전단이 한 아름 안겨 있었다.

전단의 말미에는 유신헌법 철폐, 공평한 소득 분배, 학원 사찰 중지, 학도호국단 폐지, 언론 자유 보장, 반윤리적 기업 엄단, 국민에 대한 정치 보복 중단 등의 폐정 7개 항이 적혀 있었다. 오전 10시에 도서관 앞에서 모이자는 말과 함께.

시위 선언문을 보고 삼삼오오 모여 있던 학생들의 눈에 잠복근무 중이던 사복 차림의 두 형사가 정광민을 덮치는 장면이 들어왔다. 정광민을 구하기 위해 그의 학우들이 형사들에게 덤벼들었고. 엎치락뒤치락하는 사이에 시위 학생의 수가 금방 5,000명으로 불어나 있었다. 성난 학생들은 교정을 빠져나와 무리지어 시내버스를 타고 새로운 시위 집결지인 부산의 시가지로 내달렸다.

시위의 일차 봉쇄에 실패하자 경찰은 학생들이 교통량 많은 서면이나 부산역 근처에 집결해 시위를 벌일 것을 예상하고 이 일대에 대한 경비를 강화했다. 학생들은 경찰을 피해 수많은 인파가 붐비는 부산 최대의 번화가 광복동과 남포동 일대로 몰려갔다.

낮 시간 동안 도심에서 벌어진 시위는 상당히 평화적이었다. 하지만 부산 도심에 어둑한 어둠이 내리면서 시위의 양상이 크게 달라졌다. 학생들의 시위 소식을 접한 시민들이 대거 거리로 몰려나왔다. 사무직 종사자와 상인과 같은 일반 시민들, 업소 종업원, 실업자, 때밀이, 노숙자 같은 도시 빈민들까지 학생들의 시위에 동참해 시위대는 순식간에 거의 3만여 명으로 불어났다. 김영삼 의원의 제명과 신민당 의원들에 대한 선별적 사직서 처리에 대한 불만, 10월 25일 확정 신고를 앞둔 부가가치세에 대한 상인들의 누적된 불만, 불황으로 전국 최고의 어음 부도율을 기록하고 있던 부산의 경제난이 함께 어우러진 결과였다.

부산에서 인파가 가장 많이 붐비는 거리에서 벌어진 이 시위는 누가 시위대인지 누가 시민인지 누가 경찰인지 도무지 피아를 구분할 수 없게 만들어놓았다.

경찰은 시위 진압에 큰 애를 먹었다. 도심의 수많은 골목을 통한 경찰과 시위대의 쫓고 쫓기는 숨바꼭질은 좀체 끝나지 않았다. 거리의 터줏대감으로 살아온 다수 상인들은 새로이 도입된 부가가치세 때문에 장사를 못 해먹겠다며 정부에 대한 원성이 자자했고, 정부에 대한 불만을 가슴에 그득 담고 있던 이들이 시위대들에게 은신처와 먹을 것을 제공하며 은밀히 이 시위를 도와 진압을 더디게 했다.

젊은 학생들에 의해 불이 붙은 시위는 시간이 흐르면서 생활고에 신음하던 도시 하층민들의 울분을 자극했고, 이들이 주도권을 이어받으며 시위는 거침없이 활활 타올랐다.

"김영삼에 대한 제명을 철회하라!"

"부가가치세를 철폐하라!"

인파가 붐비는 부산 최대 번화가에서 벌어진 이 시위는 시위자들에게 익명성을 최대한 보장했다. 이 익명성은 시위 군중들을 더욱 대담하게 만들었다. 울분과 증오에 불이 붙은 그들은 어깨동무를 한 채 거리를 헤집고 다니며 두려움 없이 공권력에 도전했다. 그들은 부산 중구 일대의 언론사와 관공서를 습격했고, 깨뜨린 벽돌을 이용해 경찰차와 수십 곳의 파출소를 파괴했다. 경찰과 군이 시위대에 완전히 밀리고 있었다. 그들이 주도한 시위는 민란을 방불케 했지만, 그들이 외친 구호에서 보듯 아직 체제에 대한 도전의 기미는 전혀 없었다.

날이 밝아오면서 거리는 다시 예전의 평온을 되찾아갔다. 성난 군중으로 가득했던 그 거리는 쇼핑을 나온 인파로 붐볐고, 상인들은 닫아걸었던 가게 문을 열고 장사를 시작했다. 부산 현지를 둘러보고 온 장관들은 상황이 그다지 좋지는 않으나 통제할 수 없는 상황은 아니라고 나에게 보고했다.

예정대로 10월 17일 오후 6시 청와대 영빈관에서는 공화당과 유신정우회 소속 의원들, 정부 각료들이 참석한 가운데 유신헌법 선포 7주년 기념행사가 열렸다. 이 무렵 부산에서는 밤이 깊어지자 숨을 죽이고 있던 시위대가 다시 거리로 몰려나왔다. 시민들이 시위에 인근 불량배까지 가세하면서 어제와는 또 다른 양상을 보였다. 그들은 폭도로 변해갔다.

잔치의 여흥이 무르익었고, 나를 위대한 영도자로 받들어 충성을 다짐하겠다는 의원들의 낯간지러운 헌사가 줄을 이었다. 나 역시 여흥과 의원들의 아부에 정신을 빼앗겨 부산 사태를 잠깐 잊고 있었다.

이때 내무장관 구자춘이 조심스럽게 다가와 귀엣말로 전했다.

"각하, 부산 상황이 예사롭지 않습니다. 대책을 서둘러야겠습니다."

부산 대청동 미국문화원 인근 도로상에서 사태 파악에 나섰던 2관구 사령관 정상만의 차량이 시위대에 의해 습격을 받았다고 구자춘은 보고했다. 지원을 나온 군사령관까지 피습을 당하는 상황이라 부산 지역의 치안 유지와 질서 회복은 경찰력만으로는 감당하기 버거웠다.

"대체 어쩌다 일이 이리 된 거야?"

그의 보고에 맥이 풀리고 정신이 아득해졌다. 가슴에 답답한 바람만 불어왔다. 이미 엎질러진 물이었다. 김재규에게 부아가 불쑥 치밀었다. 단순 시위가 폭동으로 비화될 때까지 그 기미를 눈곱만치도 인지하지 못했다는 것은 정보부 수장으로서는 있을 수 없는 큰 실책이다. 시위의 성격만 일찍 파악하고 있었어도 사태가 민란 수준으로 확대되지는 않을 것이다.

김재규는 평소 자신의 주견은 없이 부하들이 작성한 정세 보고서를 들고 와서는, 내 앞에서 앵무새같이 읽어주거나 일어난 사실을 열거하는 나열식의 보고를 주로 해서 그의 보고를 듣고 있으면 몹시 짜증이 났었다. 치밀하지 못하고 우유부단한 그를 좋아한 건 그의 우직하고 예의 바른 태도 때문이었다. 김재규는 지위 고하에 관계없이 사람들에게 아주 공손했다. 중앙정보부장이라고 하여 거들먹거리는 법이 없어, 그를 처음 보는 사람은 그의 겸손함에 감복하기 일쑤였다.

이 지경을 당하고 보니 그간 김재규의 장점으로 여겨왔던 인간적 자질들이 혐오스러웠다. 유순하고 예의 바른 그의 태도는 자신의 불안과 두려움을 위장하기 위한 겁쟁이의 가련한 술책이 아니었나 싶었다. 엄정해야 할 중앙정보부장이 인정에 얽매여 원칙 없이 어르고 달래기를 반복해 일을 그르친 것이 올해만 들어서도 여러 차례였다. 김영삼의 경우도 그러했다. 김재규는 그에 대해서도 불필요한 인정을 베풀어 일을 더 꼬이게 했다. 그는 이 사태를 해결할 큰 그릇이 되지 못했다.

"비상 각의를 소집해!"

3

최규하 총리의 주재로 중앙청 본관 3층 국무회의실에서 긴급 국무회의가 열렸다. 상황 보고에 이어 총리가 국무위원들에게 대책을 물었고, 국방장관 노재현은 비상계엄 선포를 주장했다. 전시(戰時) 또는 진시에 준하는 사변이 일어나 병력 출동이 아니고서는 도저히 사회적 안녕을 확보할 가망이 없을 때만 입법·사법·행정 등 모든 권한을 계엄 사령관에게 위임하는 비상계엄 선포가 가능했다. 부산 사태가 심각한 문제이기는 했으나, 시민들이 일으킨 폭동은 전시에 준할 만한 사변은 아니었다. 시위에 참가한 숫자는 전체 부산 시민의 고작 1퍼센트에도 미치지 못했다. 시위대들이 총기로 무장하고 체제 전복을 기도한 것도, 부산 전체를 손아귀에 넣어 해방구를 선포한 것도 아니었다. 극렬한 폭도들은 기껏해야 수백, 수천 명에 불과했다.

비상계엄을 선포할 요건이 맞지 않았으나, 부산 사태가 다른 지역에 미칠 여파가 신경 쓰였다. 마산 민심도 술렁이고 있다는 정보가 들어와 있었다. 김영삼의 정치적 고향에서 시위가 일어났다는 것이 은근히 내 신경을 날카롭게 했다. 그가 이 시위에 일말의 기대를 갖는 것조차 불쾌했다. 화근이 될 수 있는 것은 확실히 제거하는 근치(根治)가 나의 문제 해결 원칙이었다.

각료들은 내 의중이 전달된 탓에 국방장관 노재현의 의견에 아무런 반대 의견을 내지 않았다. 잠깐 무거운 침묵이 흘렀다. 이때 법무부 장관 김치열이 이의를 제기하고 나섰다.

"부산 사태는 김영삼 의원 제명에 따른 후유증입니다. 민주주의가 짓밟힌 것에 대해 시민들이 일시적으로 분노한 것일 뿐, 내란 상황이라 볼 수 없습니다. 이 상황에 정부가 비상계엄을 선포하게 되면 정부가 비상수단 외에는 통치수단이 없다는 그릇된 신호를 국민들에게 심어주어 오히려 나라를 불안하게 만들 수 있습니다. 비상계엄을 선포하는 것은 닭 잡는 데 소 잡는 칼을 사용하는 격입니다. 재고해야 합니다."

법무부 장관 김치열은 내가 중앙정보부장의 후임으로 눈여겨

보고 있는 사람이었다. 그는 강단과 소신이 있었고 사세를 폭넓게 파악하는 예리한 눈이 있었다. 마음이 약한 탓에 늘 일을 흐지부지 결말 없이 끝내는 김재규에 비해 강단 있게 일을 처리하는 차지철이 나았다. 하지만 그는 너무 강한 것이 흠이었다. 내게는 담력, 결단성, 융통성, 합리적 사고, 일의 흐름을 보는 눈을 가진 참모가 필요했다. 그가 곧 김치열이었다.

그의 의견에 동조한 이는 부총리 신현확뿐이었고, 다른 각료들에게는 그의 주장이 씨알도 먹히지 않았다. 각료들이 내 눈 밖에 날까 두려워 몸을 사린 탓이다. 이처럼 자유로운 소통을 가로막는 보이지 않는 벽이 나와 각료들 사이에 굳건히 자리 잡고 있었다. 각료들은 비록 내 혁명의 동지는 아니지만 나와 뜻을 같이한 참다운 동지였다.

나는 소탈했고 각료들과 나는 몹시 친밀했다. 그런데 언제부터인가 나와 친밀했던 그들조차 마음의 문을 닫아걸고 나에게 좀처럼 문을 열지 않았다. 그들은 빠끔한 눈으로 나를 은밀히 훔쳐보고는 얼른 고개를 숙이곤 하는 것이었다. 나는 그들에게 두려움의 존재, 범접해서는 안 되는 신성한 존재가 되어 있었다.

그들에게는 내 말과 생각이 곧 법이었다. 이것은 단질을 말하는 것이었다. 나는 두 발로 걷고 있었지만 절름발이였고 두 눈으로 보고 있었지만 외눈박이였다. 이것은 나 개인의 불행이자 내 조국의 불행이기도 했다. 결벽증에 가까운 나의 완고함과 철저함이 부른 결과였다. 뼈아픈 일이었다.

아무튼 국무회의 10분 만에 의결한 부산 지역 계엄은 18일 0시를 기해 즉각 발효되었다.

4

공수부대 2개 여단이 새벽 여명을 타고 부산에 당도했고, 해병대 1개 연대 병력도 계엄군으로 부산에 진주했다.

부산에 계엄이 선포되자 부산 사태에 자극을 받아 인근 마산에서도 시위가 일어났다. 우려했던 일이 벌어지고 있었다. 마산 경남대학교에서 시작한 데모에 요식업체 종사자, 인쇄 견습공, 철공소 직원, 무직자, 실직자, 퇴근길의 중소기업 노동자들까지 가세해 길거리를 가득 메웠다.

그들 역시 부산에서와 마찬가지로 파출소에 방화를 하고 전(前) 경호실장 박종규의 집을 습격했다. 부유층 인사들이 소유한 상가까지 부수었다. 마산에도 공수부대 1개 여단이 급파되었고 20일을 기해 마산에 위수령(衛戍令)이 내려졌다. 시민들의 소요가 격화되면서 진압 과정 중에 3명의 사망자가 발생하는 불상사가 일어났다. 폭력이 폭력을 낳고 있었다. 정국은 시계 제로의 안갯속을 헤매고 있었다.

미국 《뉴스위크》지는 한국 공수부대 요원들이 시위대의 귀를 잘랐다는 확인되지 않은 소문까지 실어 그렇지 않아도 불안에 떨고 있는 시민들의 마음을 더욱 산란하게 하고 있었다.

이 얘기가 청와대 안주인 역할을 하던 큰딸아이의 귀에까지 들어갔다. 큰딸아이는 청와대 출입 기자들과 일주일에 한 번 정도 저녁식사를 함께하면서 그들을 통해 세상의 형세와 국내 여론을 전해 듣고 이를 나에게 전해주고 있었다.

"《뉴스위크》 기사는 사실인 것 같습니다. 총검으로 시위대를 위협하는 공수부대의 과격한 시위 진압 방식 때문에 학생들과의 갈등이 더 커지고 있습니다. 해병대는 오히려 지금 시민들에게 박수를 받고 있어요. 해병대만 남겨두고 공수부대는 철수시키는 게 좋을 것 같습니다. 공수부대 때문에 잘못하다간 혁명이 일어날 수도 있습니다."

청와대 출입 기자들이 큰딸아이에게 들려준 얘기의 요체는 이와 같았다. 부산에 계엄군으로 파견된 해병대와 공수부대의 시위 진압 방식에 큰 차이가 있다는 것이었다.

공수부대는 얼굴을 시커멓게 칠하고 총검으로 무력 진압을 하며 시민들을 위협했지만, 해병대는 비폭력으로 시민들의 시위에 대응했다.

해병대의 시위 진압 방식은 독특했다. 지휘관과 선임 병사가 맨 앞줄에 서고, 후임 병사들은 뒤에 서서 시위대를 항해 행진했다. 시위대가 던진 돌에 맞은 선두가 피를 흘리고 쓰러지면 그 뒷줄이 앞으로 나아갔고, 이 줄이 무너지면 그 뒷줄이 다시 자리를 이어받아 흔들림 없는 행진을 하염없이 계속하는 것이었다. 그들은 국민의 군대는 어떤 경우에도 국민을 해쳐서는 안 된다는 철학을 갖고 있었다.

해병대가 자신들이 던진 돌에 맞아 피를 흘리면서도 비폭력 행진을 이어가는 것을 보고 시위대는 놀랐다. 시민들이 쓰러진 군인들을 감싸 안으며 돌을 던지는 시위대를 향해 야유를 퍼붓는 진풍경이 벌어졌다. 부드러움이 강한 것을 이긴 것이다.

제 엄마처럼 딸아이는 기자들과 관계가 좋았고 그들의 생각 또한 존중했다. 부산에 계엄령을 내린 지 이레 정도 지났을 무렵 비서관 최필립을 대동하고 큰딸아이가 나를 찾았다.

"아버지, 공수부대는 반드시 철수시켜야 합니다. 지금 부산 상황은 어느 정도 평온을 되찾았으니 경찰력만으로도 충분히 치안 유지가 가능하다고 해요. 그러니 꼭 철수시켜주세요.

벌써 세 사람이나 목숨을 잃었어요. 그들을 폭도라 친다 해도 국민의 군대가 국민의 목숨을 빼앗는 일은 있어서는 안 돼요. 공수부대가 계속 무력시위를 벌이다가 또래 대학생들과 맞붙으면 무슨 일이 생길지 모르잖아요? 불상사는 한순간이에요, 아버지. 차 실장에게 공수부대 철수를 지시해주세요."

공수부대 2개 여단을 부산에 파견한 것은 차지철의 독단적인 판단에 따른 것이었다. 차지철은 공수부대를 파견하면서 국방부 장관이나 육군 참모총장과 사전 상의를 전혀 하지 않았다. 군 내부에서는 차지철의 이 같은 행동을 두고 군의 지휘 체계를 문란케 한 범법 행위라고 비난하는 등 그에 대한 뒷말이 무성했다. 나는 딸아이의 이 얘기도 차지철을 질시하는 무리들의 무고와 모함에 기인한 것이라 생각했다.

극렬한 시위에 비해 예상보다 적은 희생자를 내고도 부산이 짧은 시간 안에 안정을 찾은 것은 그나마 차지철이 초기에 강공책으로 시위대의 기세를 확실히 제압했기 때문이라 판단했다.

나는 딸의 말을 듣고는 딸이 마음이 곱기만 할 뿐 아직 세상 물정 모르는 순진한 철부지 같다고 생각했다. 어리석은 인정은 무관심보다 못하고 매보다 불행한 결과를 가져온다는 걸 딸아이에게 알려주고 싶었다. 나는 당차고 주견이 있다고 보았던 딸아이가 주변의 말에 너무 휘둘리는 것 같아 마음이 편치 않았다.

아무튼 시위가 현재는 소강 국면에 접어들고 있기에 강공책만이 백약지장(百藥之長)이 아닌 것은 틀림이 없었다.

나는 딸아이가 최필립을 통해 차지철에게 전화하는 것을 물끄러미 바라보고 있었다.

5

청와대 부속실에 근무하는 부관 이광형이 삽교천 준공식 행사에 입을 군정색 양복을 건네며 빙긋 웃었다.

"각하, 오늘은 왠지 기분이 좋아 보입니다."

"그래 보여?"

"오랜만에 각하의 콧노래를 듣습니다."

"허허."

그의 말처럼 나는 이날 아침 기분이 아주 상쾌했다. 복잡한 시국 문제로 그동안 나서지 못했던 오랜만의 농촌 시찰이었다. 나는 농촌 시찰을 나설 때면 언제나 마음이 들떴다. 철부지 시절에 누렇게 익은 벼가 바람에 일렁이는 들판을 뛰어다닐 때도 나는 기분이 좋았다. 황금 들판을 보고 있으면 먹지 않아도 괜히 배가 부른 느낌이 들었다. 나는 벼를 바라보면서 바보같이 헤벌쭉 웃곤 하여 어머니의 핀잔을 자주 들었다.

"자가 실성했나? 정희야, 사내자식이 웃음이 이리 헤프면 안 된데이."

농부들은 내 아버지요 땅은 땀 냄새가 밴 내 어머니의 부드러운 속살이었다. 어제는 쌀 수매 가격의 인상 폭을 두고 경제기획원과 농림수산부가 합의를 보지 못하고 대립하던 것을 내가 22퍼센트로 결정했었다. 인상 폭이 지나치다고 경제기획원에서는 반발했지만, 뙤약볕에 새까맣게 그을린 농부들의 처지를 생각하면 그들이 흘린 땀의 대가로는 아직도 부족하다고 생각했다.

청와대 헬기장. 세 대의 헬기가 우리의 탑승을 기다리고 있었다. 대통령 전용기인 공군 1호기에 오르면서 습관적으로 손목시계를 보았다. 바늘이 10시 20분을 가리키고 있었다. 김계원 실장이 내 옆에 앉아 각 부처에서 올라온 보고서를 빠른 손놀림으로 정리하고 있었다.

"김 실장, 차지철은 왜 안 보여?"

"김재규와 밖에서 얘기 중입니다."

“둘이서 무슨 밀담을 한다고 아침부터 난리야? 타고 나서 얘기해도 될 걸…….”

나는 정확한 것을 좋아했다. 시간도 정확해야 하고, 일도 빈틈없이 정확하게 해야 한다. 정확하지 않으면 왠지 나는 마음이 편치 않아 자꾸만 반복해서 확인하는 습관이 있었다. 아무튼 나는 체질적으로 시간을 허비하는 것을 몹시 싫어했다. 약속 시간을 지키지 않는 사람은 딱 질색이었다. 차지철이 늦어지자 조금 짜증이 났다.

“김 실장, 빨리 탑승하라고 그래!”

김계원이 자리에서 일어서자마자 차지철이 숨을 몰아쉬며 반질반질한 얼굴을 들이밀었다.

“왜 혼자야? 김 부장은?”

“부산 사태 문제로 선약이 있다고 합니다. 각하께 잘 다녀오시라고 인사 말씀 올리랍니다.”

“사람이 실없기는…….”

차지철은 삽교천 준공식에 동행하겠다고 헬기장까지 나온 김재규를 정원이 다 찼다는 핑계로 간신히 떼어놓고 헬기에 오른 것이었다. 대통령 전용기인 공군 1호기는 정원이 13명으로 좌석에 여유가 있었다. 김재규의 연이은 실책으로 내가 그에게 화가 많이 나 있다는 것을 안 차지철은 아침부터 내 마음이 상할까 싶이 일부러 그를 떼어놓은 것이었다.

물론 차지철은 일처리가 깔끔하지 않고 매번 두루뭉술하기만

한 김재규를 몹시 싫어했고 그의 능력을 무시했다. 그는 김재규가 내 앞에서 얼쩡대며 알랑거리는 꼴을 두고 보지 못했다. 김재규가 나이로는 차지철보다 훨씬 대선배였음에도 내 면전에서 그에게 면박을 주기 일쑤였다.

김재규는 농촌 시찰에 나설 때면 내가 아주 기분이 좋아진다는 걸 알고, 이른 아침부터 서둘러 채비를 하고 이 행사에 동행하기 위해 바삐 나선 참이었다. 그는 화기애애한 분위기 속에서 자신이 저지른 실책에 대해 내게 사과하고 이해와 용서를 구할 생각이었다. 나름 한껏 기대를 안고 나선 발걸음이 차지철의 한마디 말에 허무하게 무산되자, 그는 안하무인격인 차지철의 태도에 배알이 꼴려 속이 부글부글 끓었다. 그가 눈을 부라린 채 허리춤에 찬 콜트(Colt) 권총을 만지작거리며 중얼거렸다.

"이 노무 새끼, 어디 한번 두고 보자."

6

김재규는 반나절이 다 가도록 속이 갑갑하고 착잡했다. 가시방석에 앉은 것 마냥 마음이 왠지 불편했다. 차지철에게 당한 모욕도 심사가 뒤틀리는 데 한몫 거들었지만 대통령에 대한 죄책감과 자신의 억울한 심정 때문이었다.

김형욱 사건으로부터 시작해, 미국의 청와대 도청 사건, 총선 패배, 신민당에 대한 공작 실패로 김영삼의 신민당 총재 선출을 막지 못한 일, YH 무역 사건, 부마사태에 이르기까지 자신이 중앙정보부장으로 재임한 이후 매끄럽게 처리한 일이 단 한 건도 없다는 사실을 본인이 잘 알고 있었다.

부마사태로 마음이 더 멀어져가는 대통령의 마음을 잡고 싶어 김재규는 애를 태웠다. 다가오는 대통령의 생일인 11월 14일 대통령에게 선물할 고가의 금장 회중시계도 스위스에 특별 주문을 해놓은 상태였다. 돈 만 원 값도 안 되는 낡은 세이코 손목시계를 즐겨 차는 대통령이 고가의 시계를 좋아할 리가 없었다. 하지만 김재규는 그답지 않게 이렇게 주책을 떨어서라도 땅에 떨어진 자신의 신뢰를 회복하고 뜨거운 충정을 대통령에게 입증해 보이고 싶었던 것이다.

심사가 울적해진 김재규는 육군 참모총장 정승화에게 전화를 넣었다.

"정 총장, 오늘 약속 없으면 나랑 저녁식사나 하지?"

"좋지요, 간만에 형님이랑 밥이나 먹지요."

정승화는 김재규와 동향으로 호형호제하면서 친동기간 이상의 돈독한 우의를 다지고 있었다. 정승화는 김재규의 추천으로 참모총상식에 오른 사림이었다. 김재규는 속이 터질 것 같은 답답한 마음을 생각 같아서는 술이라노 한잔하며 풀고 싶었지만 간이 나빠서 술을 입에 대는 건 도저히 엄두가 나지 않았다. 허물없이 지내는 정승화리도 만나서 자신의 최근 심경을 토로해야 속이 편안할 것 같았다.

김영삼의 총재직 박탈 이후 신민당이 강경하게 돌아선 것은 가만히 따지고 보면 자신의 잘못이라기보다는 공화당이 지나치게 고자세로 일관하며 신민당을 강경 일변도로 압박해 일을 그르친 것이었다. 그러므로 김재규 자신의 입장에서는 내심 억울한 면이 없지 않았다. 공화당에서 신민당 의원들에 대한 의원직 선별 수리니 뭐니 하며 채 정리도 되지 않은 설익은 당론을 섣불리 언론에 까발려 신민당 의원들을 자극하지만 않았어도, 신민당 의원들이 모두 강경하게 돌부처같이 돌아앉지는 않았을 것이다. 또 이것이 부산과 마산의 소요로까지 비화될 이유도 없었다.

김재규는 신민당에 대한 정치 공작 실패의 모든 책임을 혼자 다 뒤집어써야 한다는 것이 몹시 억울하고 분했다. 공화당이 벌여놓은 일의 뒤치다꺼리는 물론이고 공화당의 실책에 대한 책임까지 자기가 덤터기로 덮어써야 한다는 것이 그로서는 불만이었다. 이미 동네북이 되어버린 자신의 딱한 사정을 대통령이라도 알아준다면 그나마 서운함이 덜할 터이지만, 근래 자신의 후임으로 법무장관 김치열을 검토 중이라는 소문까지 돌아 대통령에 대한 야속함을 지우지 못했다.

김재규는 요즘 들어 중앙정보부장으로서 자신의 정체성에 대해 비감한 기분이 자주 들곤 했다. 그는 오늘따라 왠지 시간이 아주 더디 가는 느낌이었다. 마음이 산란한 게 안정이 되지 않고 허공에 붕 뜬 느낌이었다. 정승화가 오려면 두 시간은 족히 넘게 남았다. 그가 크게 기지개를 켜고 하품을 늘어지게 하면서 눈가에 고인 눈물을 손가락으로 훔쳐내고 있을 때 그의 부관이 문을 열고 들어왔다.

"뭐야?"

"부장님, 오늘 저녁 각하께서 궁정동에서 만찬을 하신다고 준비하라는 지시입니다."

"누가?"

"차 실장입니다."

"젠장, 하필 왜 또 오늘이야!"

7

삽교천 준공식에 참석한 후 도고 온천을 들러 식사를 하고 서울로 돌아와 퇴근 시간에 맞추어 자리에서 일어났다. 늦가을 공기가 싸늘한 것은 당연하지만, 왠지 오늘은 을씨년스럽다. 늘그막에 가을을 타고 있었다. 낮게 깔린 어둑한 하늘이 흐릿하고, 바람도 제법 불어 낙엽이 사방으로 날렸다.

궁정동의 안가 현관을 들어섰을 때, 습관적으로 내 손목에 두른 세이코를 늘여다보고 있었다. 색이 비래버린 이 낡은 놈은 내 오랜 친구다. 주변에서는 웬만하면 이 고물 시계를 길라고 아우성이지만, 나는 내 몸에 익은 것을 좋아한다.

사람이든 물건이든 오래 같이 살다 보면 모두가 내 일부가 된다. 내 몸의 일부가 된 것들을 버리는 것은 불편하다. 익숙한 것과 이별하면 진한 서글픔과 아쉬움이 남아 아프다. 나는 새로운 것에 적응해야 하는 어색함과 낯설음이 싫었다.

도장이 벗겨지고 낡고 닳은 이 세이코 손목시계는 웬만한 넝마주이도 가져가지 않을 테지만 아무튼 내게는 무척 소중한 놈이다. 이놈이 6시 5분을 가리키고 있었다. 나를 기다리고 있던 김재규가 밝은 얼굴을 하고 현관으로 마중을 나왔다.

"오늘은 임자가 만든 술맛 좀 보고 싶어. 술은 임자가 만들어야 제맛이 나거든."

간이 나빠 술을 못 마시는 김재규는 그 대신에 내가 마실 술잔에 얼음을 채우고 적당히 술을 붓는데, 그 독하지 않고 싸한 목넘김이 아주 좋았다.

내 말에 김재규가 싱긋 웃었다. 흙빛이 된 그의 초췌한 얼굴을 보니 안쓰럽기도 했다. 그가 웃자 시꺼먼 얼굴 때문에 하얀 이빨이 도드라졌다.

오늘은 복잡한 일일랑 잊고 최근 부마사태 수습과 신민당 정치공작 문제로 마음고생을 심하게 하고 있는 김재규를 위로해주고 싶었다. 사실 그간의 실책은 그의 잘못이라기보다 그의 능력에 걸맞지 않은 직책을 그에게 준 내 실책이 더 컸다. 건설부 장관 시절만 해도 김재규는 우리 기업들의 중동 진출을 도와 건설 회사들이 중동의 오일 달러를 벌어들이는 데 큰 공헌을 했다. 그는 우직해서 내가 지시하는 일은 반드시 성사시키기 위해 각고의 노력을 기울였다. 그가 중앙정보부장으로서는 능력이 미흡한 것은

맞지만, 선인에게 악한의 역할을 시킨 내 잘못이 오히려 더 크다
는 생각이 들었다. 중앙정보부장의 자리가 그에게 짐스러운 형
극(荊棘)이라면 빨리 그 멍에를 벗겨주는 것이 내 도리라 여겼다.
　분위기는 화기애애했다. 나와 김계원이 함께 술을 마셨고, 술
시중을 들기 위해 자리를 함께한 젊은 여가수와 모델 지망생 아
가씨는 간드러지는 목소리로 노래를 불렀다. 비음이 살짝 섞인
목소리를 지닌 젊은 여가수가 〈황성 옛터〉를 부를 때는 서러움이
더했다.

　　아 가엾다 이 내 몸은 그 무엇 찾으려고
　　끝없는 꿈의 거리를 헤매어 있노라

　노래를 듣고 있는데 느닷없이 눈물이 주르르 흘렀다. 옆에서
가만히 술시중을 들던 모델 지망생 아가씨가 계면쩍은 얼굴을 하
고 조심스럽게 살피다가 물었다.
　"대통령 각하, 하나 물어봐도 되겠는지요?"
　여태 이 자리에 나온 젊은 여성들 가운데 나에게 질문을 던진
사람은 단 한 사람도 없었다. 모두 말없이 조용히 앉아 있다가 여
흥이 끝나면 총총히 사라질 뿐이었다. 젊은 모델 지망생의 질문
을 당돌하다고 여겼는지 차지철과 김재규의 얼굴이 순간 굳었다.
　"왜들 이래? 이 사람들아, 안면 근육 좀 풀어. 김 부장! 차 실장!
이 젊은 친구가 나한테 질문을 해도 되는 거지? 허락하는 거지?"

“아, 여부가 있겠습니까. 각하!”

김재규와 차지철은 이구동성으로 외치듯 말했다. 사방에서 웃음이 터졌다.

“그래, 무엇을 알고 싶은가?”

“각하, 〈황성 옛터〉를 듣고 눈물을 흘리신 연유가 궁금해서 그렇습니다.”

“허허, 우선 어머니와 아버지가 이 노래를 좋아했어. 둘째는 인생이 무상한 것 같아서 그래. 마치 노래가 내 인생을 얘기하는 것 같아. 이 노래를 들으면 ‘정말 내가 내 인생에서 찾고 있는 건 무엇일까’ 하고 생각하게 되거든. 거미줄에 걸린 파리를 본 적이 있나?”

“예.”

“그렇구먼, 거미줄에 걸려든 파리나 벌레는 절대 거미줄을 벗어나지 못하지. 발버둥을 치면 칠수록 힘은 더 빠지고 더 빨리 죽게 되어 있어. 우리 인간도 그런 것 같아……. 욕망의 덫에 걸려 몸부림치다 결국 죽지. 발버둥치는 게 의미가 없다는 걸 죽기 전에는 아무도 몰라. 몸부림이 명줄을 줄이는 지름길이란 걸, 죽음을 목전에 두고서야 인간은 알게 되지. 어리석게도……. 하지만 난 말이야, 가만히 앉아 죽어가지는 않을 거야. 명줄이 주는 한이 있어도 몸부림치면서 살 거야. 이게 내 운명이니까.”

“각하, 무슨 말씀을 그렇게 험하게 하십니까? 각하가 곧 이 나라 아닙니까? 오래오래 사셔야 합니다.”

차지철의 울먹임이 술자리 분위기를 숙연케 했다. 김재규와 김계원도 눈시울을 붉히며 헛기침을 했다. 그때 7시 저녁 뉴스에서는 김영삼의 기자회견이 보도되고 있었다. 김영삼을 보자 짜증스러웠다.

"아니, 저 친구는 왜 나왔어? 김 부장, 저 친구를 어떻게 좀 해봐?"

"구속은 좀 곤란할 것 같습니다."

"무슨 소리야?"

"의원직 제명 처분까지 받았는데, 이 마당에 구속하면 이중 처벌하는 것이라 역효과가 나지 않을까 싶습니다. 그렇지 않아도 신민당 의원들이 사직한다고 난린데……."

"김 부장은 약해서 탈이야. 강하게 좀 해봐. 증거도 있잖아? 없는 걸 억지로 만들라고 하는 것도 아니고, 탈법과 불법의 증거를 바탕으로 처벌하는 것인데, 뭐가 문제야?"

"각하, 각하 말씀이 지당하십니다. 김 부장님은 너무 물러요. 신민당 놈들 조질 때는 확실히 조져야 하는데, 너무 설렁설렁하시니까 기강이 안 잡히는 것입니다."

"차 실장, 말이 너무 지나쳐. '설렁설렁'이라니?"

김재규가 눈에 힘을 주고 차 실장을 쏘아보았고, 차지철도 이에 질세라 김재규를 노려보았다.

"그만해. 두 사람은 어떻게 만나기만 하면 견원지간같이 다투나! 그건 그렇고, 정운갑 대행 문제는 어떻게 되어가고 있어?"

"당장은 어려울 것 같습니다."

"왜?"

"다음에 좋은 자리 주겠다고 어르고 달래도 최형우가 말을 듣지 않습니다. 그놈은 김영삼을 자기 주군이라 생각합니다. 자기 주군이 물에 빠져 허우적거리는데, 어찌 그냥 두고 갈 수 있냐고 야단입니다. 김영삼 주변 인물들이 모두 당차고 의리가 있습니다. 최형우가 스스로 사무총장직에서 물러나지 않으면, 요즘 신민당 당내 분위기상 정운갑 대행이 당직자 인선을 강행하는 건 당장은 쉽지 않을 것 같습니다. 좀 시간이 걸릴 것 같습니다."

김재규의 설명에 차지철이 손가락으로 탁자를 가볍게 두드리며 몹시 못마땅한 표정을 짓고 있다가 화를 벌컥 냈다.

"아니, 당내 분위기는 무슨 분위기요? 그놈들 말은 그리해도 의원직을 그만둘 놈들은 거의 없어요. 내가 국회의원을 해봐서 알아요. 국회의원이 장관보다 끗발이 더 좋아요.

김 부장이 자꾸 무르게 하니까, 신민당이 우릴 우습게 보는 겁니다. 밀어붙일 땐 밀어붙여야 합니다. 이것저것 재고 여기저기 눈치 보면 아무것도 못합니다. 그렇잖아요?"

"차 실장, 말조심해. 내가 무얼 재고 누구 눈치를 본다는 거야?"

김재규의 목에서 찢어질 것 같은 쇳소리가 났다. 모두 눈을 동그랗게 하고 그를 쳐다봤다. 그의 미간이 씰룩거렸고, 테이블 위에 올려놓은 손이 가늘게 떨렸다.

"각하, 목소리를 높여서 죄송합니다."

"괜찮아."

김재규는 다소 멋쩍은 표정을 짓다가 한숨을 내쉬고는 일어나서 물을 가지고 왔다.

"임자, 부산과 마산은 지금 어떻게 수습하면 좋겠어?"

"전에도 말씀드렸지만, 정책에 대한 불신, 물가고, 부가가치세 같은 문제가 겹쳐서 일어난 순수한 민중 봉기입니다. 배후에 반체제 인사가 있는 것도 아니고 대다수가 순수한 시민들이라, 상황이 더 심각해 보입니다. 정부에 대한 불신이 깊은 것이 문제입니다."

김재규의 여론 동향 보고는 내가 오늘 삽교천에서 직접 확인한 국민들의 여론과는 사뭇 달랐다. 아직은 국민 대다수가 농촌 지역에 살고 있고, 이들은 정부 정책에 대해 높은 지지를 보이고 있었다. 물론 정부가 지금껏 이중 곡가제를 통해 농촌을 우대해왔고 올해에는 물가 인상률을 감안하여 추곡 수매가 인상률을 높이 책정한 영향이 있었다.

"임자, 시위에 나선 사람들이 국민 전체의 의견을 대신한다고 생각하나? 1퍼센트에도 못 미치는 사람들이야. 게다가 순수하다고 했는데, 경찰차 부수고 파출소 부수고 국가의 재산을 파괴하는 사람들을 순수하다고 보아야 하나? 또 깡패들은 이떻고?"

나는 김재규의 시국 인식관이 몹시 답답했다. 그가 줏대 없이 왔다 갔다 하는 바람에 일을 그르친 것이 한두 번이 아니었다. 강공책을 써야 할 때는 유화책을 쓰고, 유화책을 써야 할 때는 강공책을 써서 일을 망친 장본인이 그다. 나는 연거푸 세 잔의 위스키를 비웠다. 술이 물 같아서 느낌이 없었다.

"각하, 하지만 벽돌 한 장이 집을 허물 수도 있습니다. 지금은 강공책이 좋지 않습니다. 잘못 건드리다가는 5대 도시로 시위가 확산될 수도 있습니다."

"정확한 정보야?"

"그렇습니다, 각하."

"만약 서울에서 그러한 일이 벌어진다면 그냥 둘 순 없어. 1퍼센트도 안 되는 사람들 때문에 99퍼센트가 넘는 대다수 국민들을 불안에 떨게 할 수는 없잖아. 북한 김일성이가 보고 있는데……. 서울에서 이런 일이 발생한다는 건 이적 내란 행위나 다름없어. 얼마간 희생을 감수해서라도 단호히 대처해야 해. 만약 그런 일이 일어나면 내가 직접 지시할 거야. 우리는 자유당 같은 부패한 정권이 아니야."

모두가 내 말에 겁을 먹고 움찔했지만, 차지철만은 달랐다.

"각하, 하명만 하십시오. 그런 일이라면 제가 하겠습니다. 캄보디아 크메르 루즈(Khmer Rouge) 군은 캄보디아 국민의 4분의 1이나 되는 200만 명을 학살했습니다. 신민당이고 뭐고 간에 까불면 전차로 싹 쓸어버리겠습니다. 캄보디아처럼 200~300만 명 죽이면 조용해집니다."

정색한 차지철의 광기 어린 발언에 찬물을 끼얹은 듯 모두 숨을 죽였다. 김계원은 속이 타서 냉수를 찾았고, 김재규의 흙빛 얼굴은 일그러졌다. 그가 한숨을 내쉬며 조용히 일어서서 밖으로 나갔다가 잠시 후 물을 들고 들어와 앉았다. 김재규의 얼굴에 깊은 그늘이 져 있었다. 평소의 그답지 않게 어딘지 모르게 몹시 불안해하는 인상이었다. 잔에다 얼음을 채우는 그의 손이 떨렸다.

“임자, 몸이 안 좋아?”

“아닙니다, 각하.”

김재규가 옆에 앉은 김계원의 어깨를 살짝 치더니 차지철을 노려보았다.

“형님, 각하를 좀 잘 모시도록 하세요. 저 버러지 같은 새끼 때문에!”

그가 갑자기 가슴 안주머니에서 콜트 권총을 꺼냈고, 총구가 불을 뿜었다. 차지철이 외마디 비명을 내지르며 팔을 감싸 안고 쓰러졌다.

“뭐하는 짓들이야!”

김재규의 눈동자가 흔들렸다. 그의 머릿속이 하얘지고 있었다. 그가 멍하니 나를 쳐다보았다. 총을 든 그의 손이 흔들렸다. 그의 총이 다시 불을 뿜었다. 그가 쏜 총알이 내 가슴에 꽂혔다. 내가 총을 맞았다. 내가……, 숨을 쉴 수가 없었다.

놀란 차지철이 화장실로 피신했고, 김재규가 급히 방을 나갔다가 다시 들어왔다. 모델을 지망하는 젊은 그녀가 비스듬히 쓰러진 나를 안고 있었다. 김재규가 내 등 뒤에 서서 내 후두부에 총구를 겨냥하고 있었다. 정신이 아득해지고 몽롱했다. 몸이 나른해지면서 점차 편안해지고 있었다. 나는 지그시 눈을 감았다. 나는 그의 총구에서 불이 뿜기를 조용히 기다렸다. 내게는 일말의 고통도 두려움도 없다. 후회도 없다. 이제는 긴 고독의 시간도 끝이 난 것이다.

환영받지 못한 인생으로 이 세상에 왔다가 가는 것도 예고 없이 나는 별안간에 떠난다.

내 의지와 상관없는 인생을 사는 것이 내 운명인가 보다. 거미줄에 걸린 파리의 운명. 나를 겹겹이 에워쌌던 내 욕망의 거미줄은 무엇이었을까?

여전히 궁금하지만 이제는 벗어나기 위해 몸부림칠 이유는 없다. 피를 흘릴 이유도 없다. 이제는 모든 것을 내려놓아야 한다.

나의 마지막 애창곡이 되고야 만 〈황성 옛터〉처럼 나의 성은 허물어졌다. 하지만 허물어진 빈터에 방초(芳草)만 푸르지 않기를 바란다. 인생의 허무가 역사의 허무로 끝나지 않기를 바란다.

인(人)의 정치가 시스템의 정치로 바뀌는 것을 보지 못했다. 이 세상의 불신이 사라지는 날 언젠가는 그렇게 될 것이다. 그래도 정치의 중심은 사람이다.

누군가가 새로운 역사를 써주길 바란다. 그러면 나는 노랫말처럼 홀가분하게 산을 넘고 물을 건너 정처 없이 떠날 것이다.

굴종의 역사에 마침표를 찍지 못했다는 진한 아쉬움은 남는다. 나를 쏜 김재규가 안타깝다. 어리석은 머슴이 일을 냈다. 바보 같은 친구다. 이제는 숨을 쉬는 것도 힘들다. 정신이 혼미하다. 허공에 뜬 기분이다. 나는 독백을 하고 있다.

‘임자, 무얼 망설이나. 그냥 당기게, 망설이지 말고. 이젠 끝을
내야지. 오랜 친구 손에 죽는 것도 나쁘지 않아. 빨리 당겨주게!’
　다시 그의 총이 불을 뿜었고, 바로 그때 부산에 주둔한 공수부
대가 철수하고 있었다.

제2부
박정희가 말하는 박정희

환영받지 못한 생명

1

조선이 일본에 강제 병합되고 햇수로 7년이 흐른 1917년. 설을 지난 지 사흘째 되던 날, 갓을 삐뚜름하게 쓴 중년의 남자가 구미의 90여 호 남짓한 작은 산골 마을 상모리 언덕길을 비척비척 걷고 있었다.

언덕은 경사가 완만했지만 눈발이 흩날리고 녹지 않은 눈까지 설핏 얼어 있어 몹시 미끄러웠다. 날이 어두운 데다 술에 취해 사방천지가 분간이 안 되는 이 남자는 눈길에 몇 번이나 미끄러져 엉덩방아를 찧었다. 하지만 손에 든 지팡이만은 신주단지 모시듯 고집스럽게 놓지 않았다.

이 남자는 집안 친인척을 찾아 사흘째 설 인사를 여기저기 다니고 있었다. 귀가할 때는 어김없이 고주망태가 되었는데, 오늘도 남자의 입에서는 역한 술 냄새가 진동했다. 마을을 들어서면서부터 그가 구슬픈 목소리로 〈황성 옛터〉를 불렀고 여기저기서

개 짖는 소리가 들려왔다. 밤 깊은 때 귀에 거슬리는 소음을 냈어도 그에게 시비를 거는 사람은 아무도 없었다.

이 동네에서는 아주 익숙한 풍경이었다. 그의 친구인 아랫집 사는 김씨도 오늘은 일찌감치 잠이 들었는지 기척이 없었다. 술이라면 김씨도 둘째가라면 서러운 사람이라 웬만하면 한잔하자고 술에 취한 그를 꼬드겼을 것이다.

그가 어렵사리 찾은, 다 찌그러져 가는 세 칸 초가의 싸리문 앞을 호롱불을 든 자그마한 체구의 한 여인이 추위 속에 떨면서 서성거렸다. 그의 아내였다. 그녀는 남편의 노랫소리로 남편의 귀가 사실을 알아채고, 이것을 마중 나오라는 신호로 알고 있었다. 그의 아내는 옆집 김 서방이 잠자고 있다는 게 얼마나 다행인지 몰랐다. 자존심 강한 그녀가 누가 볼세라 얼른 남자의 손을 잡아끌었다.

"날도 추운데 적당히 잡숫고 오시지, 왜 이리 많이 드셨어요?"

"허허 미안하오, 큰 처남이 자꾸 술을 권해서……."

그의 아내는 마지못해 그에게 고개를 끄덕였지만, 얼굴에는 불편한 기색이 역력했다. 그녀는 남편의 말을 곧이곧대로 믿지 않았다. 술 때문에 늘 말썽을 일으키는 매제에게 술을 권할 처남이 있을 리가 만무했다. 그녀의 친정 오빠는 매제의 나쁜 술버릇을 고치려 무진장 애를 쓰고 있는 사람이었다. 그녀는 남편이 인근 약목 친정에 설 인사를 간다고 할 때부터 또 무슨 실수를 하고 오지 않을까 노심초사하고 있었다. 아무튼 큰 불상사 없이 귀가한 것이 그나마 다행이라 여겼다.

방 안에는 다섯 살 난 그의 막내가 세상모르게 자고 있었다. 흙이 허물어진 빠끔한 벽 틈으로 겨울바람이 숭숭 밀려 들어왔지만, 그의 아내가 아궁이에 땔감을 넉넉히 넣어 불을 잘 지펴서인지 아랫목 윗목 할 것 없이 온기로 훈훈해 아늑하기 그지없었다. 날이 춥고 남편이 술을 먹는 날이면 행여 남편의 몸이 얼지 않을까 걱정한 그녀는 이 같은 수고를 아끼지 않았다.

그렇다고 그녀가 남편을 사랑한 것은 아니었다. 그녀는 남편과 결혼한 이래 하루도 마음고생 않고 살아본 적이 없었다. 그녀의 남편은 해가 뜨면 주막으로 놀러가 친구들과 시조를 읊조리는 것이 일과였다. 가족들의 생계 문제는 남편의 관심사가 아니라 전적으로 그녀의 몫이었다.

그녀는 남편에 대한 분노가 적지 않았지만, 이것을 입 밖에 내지 않았다. 무책임한 남편을 다그친다고 하여 바뀔 가망이 있는 것도 아니었고, 다투는 것도 그녀에게는 수치스런 일이었다. 남편의 허물은 이미 세상 사람들이 다 알고 있는 일이지만 소리 내어 싸워본들 허접스런 싸구려 동정이나 얻을 뿐이었다. 자신들의 치부를 드러내는, 누워서 침 뱉는 격이나 다름없었다.

아무튼 그녀는 자신이 비록 박복하지만 이 모든 것을 운명이라 여기며, 남편에 대한 아내의 도리는 어떻든 다해야 한다고 생각하는 사람이었다.

구들의 온기가 온몸을 감싸고 흐르자 그는 별안간 욕정이 불끈 솟구쳤다. 은은한 호롱불에 비친 아내의 볼이 능금처럼 발갛다.

덩치만큼이나 억센 그의 손이 막내를 안고 있는 그녀를 슬며시 잡아끌었다.

"한생이가 깨요⋯⋯."

"괜찮아⋯⋯."

그녀는 술 냄새 풍기는 남편과 동침하는 게 죽기보다 싫었다. 하지만 등을 돌린다고 해서 피할 수 있는 일도 아니었다. 거부권이 그녀에게 없던 탓이다. 그녀는 막내아들이 깰까 봐 두려워 미동도 않고 숨을 죽인 채 남편을 받아들였다. 그녀의 주름진 눈가를 촉촉이 적신 눈물은 남편의 거친 숨소리에 맥없이 파묻히고 있었다.

남편과의 잠자리만큼이나 지긋지긋했던 겨울이 가고 드디어 그녀가 목을 빼면서 기다려왔던 봄이 왔다. 그녀는 친정의 선산이 있는 구미 상모리의 위토*를 경작하며 가족의 생계를 꾸려나가고 있었다. 위토를 경작하는 처지라 쌀독에 쌀 떨어지는 날이 태반인 살림살이가 비단 어제오늘의 일은 아니다. 그러나 그녀에게 이번 겨울만은 유난히 추웠다. 시집가서 근래 태기를 보이고 있는 큰딸이 친정에 와도 변변한 먹을거리조차 해주지 못한

---

* 묘에서 지내는 제사 비용을 마련하기 위해 경작하는 토지.

것이 무척 마음에 걸렸다. 딸을 빈손으로 보내고 나면 그녀는 딸에게 몹시 미안했고 엄마 노릇을 못하는 자신의 궁핍한 처지가 비참해 늘 가슴이 무너져 내리곤 했다.

이제는 지난겨울에 파종한 감자가 밭에서 마음 급한 그녀의 손길을 기다리고 있고, 상모리 들판에 지천으로 돋아난 봄나물이 허기진 마음을 달래줄 것이다. 한두 시간 동안 작은 수고만 해도 임신 중인 딸을 위해 제법 푸짐한 상을 볼 수 있을 것이다.

그녀는 큰며느리와 함께 감자밭으로 나섰다. 쪼그리고 앉아 호미질을 할 때마다 밭고랑에서는 줄기에 주렁주렁 매달린 미끈한 감자가 쑥쑥 올라왔다. 그녀는 감자를 보기만 해도 흐뭇했다. 딸에게 먹일 생각을 하니 기쁘기가 한량없었다. 따가운 봄볕을 받으며 두 시간째 쪼그리고 앉아 호미질을 하고 있었지만, 그녀는 조금도 피곤하지 않았다. 그녀는 이마에 맺힌 땀을 목에 두른 무명 수건으로 훔쳐가며 입가에 웃음을 잃지 않은 채 호미질을 계속했다.

큰딸과 나이가 엇비슷한 그녀의 며느리가 호미질을 잠시 멈춘 채 눈을 반짝이며 신기한 듯 그녀를 바라보다가 물었다.

"어무이, 지금은 좀 괜찮습니까?"

"무신 말이고?"

그녀는 며느리의 말이 뜬금없다는 듯 고개만 갸우뚱거리며 밭고랑에 눈을 박은 채 호미질을 계속했다.

"아침에 토악질 심하게 안 하셨습니까?"

"아, 그러고 보니 그러네……. 아침에는 속이 안 좋더니만 지금은 괜찮네. 와 그랬을꼬?"

"지금 괜찮으면 됐지예, 무신 걱정입니까? 어무이, 아침도 굶었는데 시장하시지예? 내 퍼뜩 가서 국수 좀 말겠십니더."

밭을 총총히 내려가던 며느리는 몸이 날렵해서 금방 시야에서 사라졌다. 그녀는 오랜 호미질로 팍팍해진 무릎을 두드리며 잠시 밭둑에 앉아 가만히 생각했다. 자신이 생각해도 몸이 좀 이상하다는 생각을 떨칠 수 없었다. 근래 들어 별 이유도 없이 메스꺼움을 자주 느끼고 있었다. 시간이 흐르면 가라앉다가도 다시 메스꺼워지는 게 무슨 병이 있는 것처럼 느껴졌다. 그녀는 불안했지만 별일 아닐 것이라 애써 위로하며 가슴에 쳐드는 불길한 생각에 손사래를 쳤다.

'재수 없이 내가 지금 무신 생각을 하는 기고! 만주 간 큰아들도 못 보고, 모자라는 막내 놈 두고 그냥 나 먼저 갈 수는 없다. 꼭 오래 살아야 하는 기다.'

그녀는 도리질을 하며 입술을 다부지게 꼭 깨물고 어지러운 생각을 깨부수듯 힘차게 호미질을 이어갔다.

그녀의 큰아들은 사업을 하다 부도를 내어 급히 혼자 만주로 피신해 집을 비운 지 오래였다. 아들에게는 소식조차 없어 청상과부 신세를 면치 못하고 있는 며느리를 볼 때마다 안타까웠다. 게다가 며느리와 엇비슷한 나이의 큰딸이 아이를 가진 것도 며느리에게는 몹시 미안했다.

그녀는 소식 없는 큰아들 때문에 애가 탔고, 바보 기운이 보이는 막내아들 때문에 속을 끓였다. 큰아들은 비록 소식은 없지만 자기 앞가림은 할 수 있는 사람이라 부담은 덜했다. 하지만 말을 잘 못하는 막내아들은 사람 구실을 못할 것이 뻔했다. 그녀는 막내아들 장래만 생각하면 한숨만 나올 뿐 그저 막막하기만 했다. 자신이 잘못되어 눈감을 일이라도 생기면 모진 어미 소리를 들을 지언정 막내아들은 꼭 같이 데려가고 싶었다.

몸이 날렵한 며느리가 금방 국수를 말아 내어 왔다. 별다른 육수 없이 맹물에다 간장으로만 간한 것이지만 국수 한 덩이를 대접에 풀어 한 젓가락 입에 물자 금방 빈속이 든든해졌다. 허기를 달래고 나니 그녀는 며느리가 왠지 측은해 보였다. 그녀 곁에 쪼그리고 앉아 조용히 국수를 입에 넣고 있는 며느리의 자색(姿色)이 유난히 고왔다. 얼굴이 뽀얗고 피부가 탱탱했다. 며느리는 갓 스무 살을 넘긴 새색시였다. 며느리가 땀을 훔치며 쌩긋 웃을 때는 자신의 답답한 가슴이 환히 밝아지는 기분이 들곤 했다.

외모나 품성, 어느 모로 보나 여자인 자신이 생각해도 며느리는 매력적인 여자였다. 남편의 사랑도 받지 못하고 시어머니와 함께 밭에 나와 국수를 먹고 있는 모습을 보니 그녀가 한없이 측은해 보였다.

"아가, 내 니를 볼 때마다 미안타."

"아이고 참, 어무이도 고만하이소. 어무이가 계시는데 지가 무슨 걱정입니까! 어무이 곁에 찰싹 붙어 있을 낍니더. 귀찮다고 저

쫓아내지나 마이소.”

따사로운 정오의 봄 햇살 속에 두 여자의 함박웃음이 터지고 있었다.

3

“우욱!”

“어무이, 또 속이 안 좋습니까?”

그녀의 며느리가 호미를 들고 후다닥 달려왔다. 그녀는 먹은 지 10분도 되지 않은 국수를 토하고 있었다. 그녀가 구부린 허리를 폈다. 배가 아픈 것도 아니었다.

그녀의 며느리가 겸연쩍은 표정을 지으며 물었다.

“어무이, 혹시…….”

“혹시 뭐?”

“아가…… 들어선 것 아입니까?”

“야가 무신 그런 망측한 소리를 하노!”

그녀는 며느리를 힐금거리며 별스럽다고 책망하면서도 며느리의 말에 정신이 버쩍 났다.

여자 나이 마흔다섯. 같은 또래의 여자들 가운데 많은 사람들이 이미 경도(經度)가 없어져서 여성으로서의 생을 마감했다. 자신도 역시 1년 전부터 월경이 들쭉날쭉해 머지않아 끊어질 것이라 생각했다. 마지막 월경이 있은 지 100일이 다 되어가고 있었다.

가만 생각하니 요즘 들어 늘어졌던 가슴이 좀 단단해지고 멍울이 진 것처럼 아팠다. 며느리가 볼세라 그녀는 등을 돌려 다시 가슴을 살짝 만져보았다. 작은 손으로 가리고도 남았던 가슴이 비집고 나왔다. 양쪽이 모두 팽팽하게 부풀어 있었다.

그녀는 난데없는 날벼락에 눈앞이 캄캄했다. 얼이 빠져 한동안 아무 말도 없이 멍하니 앉아 있었다. 늦은 나이에 아이를 가진 것도 민망했지만, 무엇보다 마음에 걸린 것이 큰딸이었다. 딸과 같은 시기에 임신하고 아이를 낳는다는 것이 가당치도 않은 일이었다. 동네 사람들의 입방아에 오를 것은 당연지사였다. 마을 사람들에게 낯을 들고 다닐 수 없을 것 같았다. 낳는다고 해도 걱정이었다. 마흔다섯이라는 나이에 아이를 키워낼 자신이 없었다.

태중의 아이는 그녀의 울음을 듣고 있었다. 태중의 아이는 엄마가 울 때마다 가슴이 빠르게 고동쳤다. 태중의 아이는 놀란 사람 마냥 심장이 두근거렸다. 태중의 아이는 뛰는 가슴에 힘겨워서 몸을 비틀었다.

하지만 그녀는 이것저것 생각할 겨를도 없이 아이를 지우리라 결심하고는 허겁지겁 집으로 걸음을 내달렸다. 그녀는 마당 한 구석에 있는 장독을 열어 코를 막고 간장 한 대접을 꿀물 먹듯 벌컥벌컥 들이켰다. 짠 간장이 목구멍을 타고 내려갈 때는 속을 후벼 파는 느낌이었다. 그녀가 토악질을 할 때마다 태중의 아이는 가슴이 답답해 머리가 지끈지끈 아팠다.

맥이 빠져버린 그녀는 텅 빈 방 안에 들어가 해진 이부자리를 깔고 누웠다. 눈물만 하염없이 흘러내렸다. 자신의 운명이 몹시 박복하다고 생각했다. 아이가 들어설 요량이면 젊은 며느리에게나 들어설 일이지, 아무 쓸데도 없는 늙은 여자의 몸에 왜 아이가 들어앉았는지 도무지 알 수가 없었다. 산신께 죄를 지은 것도 아니고 사람들에게 손가락질받을 만한 일은 털끝만치도 하지 않았다.

그녀는 몹시 괴로워서 눈물을 흘리다가 일어나서는 아이를 지울 생각에 거친 밀기울을 끓여 먹었다. 하지만 밀기울에는 식이섬유뿐 아니라 여러 가지 미네랄까지 들어 있어 태중 아이는 반색을 하며 날름 먹어 치웠다.

그녀는 태중의 아이가 뛰어노는 것을 알고는 모진 마음을 먹었다. 독성 강한 버들강아지 뿌리를 끓여 마신 것이다. 잘못하면 아이는 물론이고 자신의 목숨까지 위태로울 수 있었다. 그녀는 한나절 동안 혼절했다가 깨어났다. 온몸에 땀이 흥건했다.

"정신이 조금 나나?"

"……."

"우짤끼고, 이것도 운명이다. 이제 고마하고 낳자 마, 이러다 자네 죽는다 아이가!"

그녀의 남편이 딱한 얼굴을 하고 아내를 빤히 내려다보았고, 그 곁에 들러붙은 철부지 막내아들은 환히 웃으며 요란하게 손뼉을 쳤다.

"우리 엄마. 눈 떴네, 눈 떴네!"

그녀는 지그시 눈을 감았다. 죽지 못한 것이 후회스러웠다. 태중의 아이는 엄마의 슬픔에 가슴이 조여왔다. 숨이 막힌 태중의 아이가 몸을 뒤틀었다. 뱃속에서 꿈틀대는 느낌이 들 때마다 그녀는 몹시 고통스러웠다.

며느리가 끓여온 죽을 먹은 그녀는 간신히 기운을 차렸고, 밤이 이슥해지자 슬그머니 방을 나와 마당 한 귀퉁이에 있는 작은 헛간을 찾았다. 남편은 아이를 낳으라 하지만 그녀는 아이를 받아들일 자신이 없었다.

디딜방아의 공이 정도라면 아이를 지우는 유용한 도구가 될 것 같았다. 그녀는 눈을 질끈 감고 공이로 자신의 볼록한 아랫배를 야무지게 가격했다. 놀란 뱃속의 아이가 몸을 뒤틀었다. 그녀가 아픈 배를 안고 나동그라졌다. 헛간 바닥을 축축이 적신 차가운 물기가 그녀의 정신을 번쩍 나게 했다.

'내가 지금 무슨 짓을 하고 있는 거지? 뱃속에서 놀고 있는 것은 내 분신 아닌가? 싫든 좋든 엄마의 역할을 해야 하는 것 아닌가? 이 뱃속의 아이에게 무슨 잘못이 있는 거지?'

그녀는 태중의 아이가 불쌍한 나머지 불룩한 배를 살며시 끌어안고 헛간에 쪼그리고 앉아 서럽게 울어 제쳤다.

나의 가족

무능하고 무책임했던 아버지 박성빈

나의 아버지 박성빈은 대원군과 중전 명성황후 사이에 불화가 한창이던 1871년 경북 칠곡군 약목면의 부농(富農) 박영규의 장남으로 태어났고 내가 문경보통학교에 사표를 던지기 한 해 전인 1938년 67세를 일기로 세상을 떠났다.

할아버지 박영규는 4대 독자라서 아들 얻기를 학수고대하고 있었고, 아들이 태어나자 지나치게 애지중지했다. 미운 놈 떡 하나 더 주고 예쁜 놈 매 하나 더 준다는 평범한 자녀 교육의 속담을 자식에 대한 지나친 사랑 때문에 조부는 지키지 못했다. 조부에게 아버지 박성빈은 엄격한 훈육을 시키기에는 너무 귀하고 소중한 자식이었다. 조부는 불면 날아갈까 만지면 부서질까 노심초사하며 온갖 사랑을 장남 박성빈에게 듬뿍 쏟았다.

조부의 차고 넘치는 사랑이 아버지에게는 독이었다. 조부의 넉넉한 사랑은 아버지의 의식과 영혼을 병들게 해, 아버지를 온실

속의 유약한 화초로 자라게 했다. 아버지는 집안의 든든한 대들보가 될 것이란 조부의 크나큰 기대와는 달리 점점 버릇없는 사람이 되어갔고, 조부에게는 한없는 실망만 안겨주는 집안의 골칫덩이가 되었다.

부귀를 떠나 참된 사랑을 아는 성숙한 부모 밑에 태어난다는 것은 한 인간의 운명에 있어 대단한 축복이다. 하지만 손이 귀한 부잣집 아들로 태어난 나의 아버지는 분에 넘치는 조부의 맹목적인 사랑으로 자기 앞가림조차 할 줄 모르는 게으름뱅이가 되었다. 아버지는 어느 순간엔가 오만하고 거친 데다 무엇이든 자신이 앞장을 서야 하는 사람으로 변해 있었다. 자기희생에 인색했고 주변에 대한 배려가 없었다. 아버지 자신은 언제나 최고의 대접을 받는 자리에 있어야 했다.

아버지가 자신의 소망에 걸맞은 합당한 노력을 기울인 것도 아니다. 아버지는 대단한 사람이 되고자 하는 헛된 욕심과 주체하지 못하는 뜨거운 욕망만 가지고 있을 뿐, 어떻게 실천하고 행동해야 할지는 모르는 사람이었다.

매관매직(賣官賣職)이 성행한 조선 말기의 시대 흐름에 편승한 아버지 박성빈은 관직을 얻고자 적지 않은 조부의 재산을 축냈다. 하지만 아버지는 미관말직(微官末職)조차 얻지 못해 조부의 분노를 샀다. 남의 꼬임에 넘어가 헛돈만 날린 아들이 조부의 눈에 예쁘게 보일 까닭이 없었다.

이후에도 아버지 박성빈은 조부의 애간장을 태우는 일을 수시로 벌여 조부의 불신을 자초했다. 죽을 줄 모르고 불구덩이에 뛰어드는 불나방같이 어리석은 자들은 헛된 망령에 사로잡혀 사리 분별을 하지 못한다. 내 아버지 박성빈은 오로지 모든 사람이 자신의 말에 귀를 기울여야 직성이 풀리는 사람이었고 무정한 사람이라 정의감이나 의협심과는 거리가 멀었다. 그럼에도 뜻밖에 1892년 12월 동학란에 연루가 되어 체포되었다가 이듬해 고종 임금의 사면령을 받아 풀려난 적이 있다.

스물두 살이 되도록 제 앞가림을 못하고 모든 경제적인 문제를 부모에게 전적으로 의지하고 살아온 아들이 동학란에 개입했다는 말에 조부는 허탈한 쓴웃음만 지었다. 그의 장남 박성빈은 좋은 옷, 맛있는 음식, 음주가무에만 정신이 팔려 허송세월한 사람이었다. 그런 아들이 동학란에 개입했다는 것은 조부로서는 어리둥절하고도 어이없는 일이었다. 조부는 귀가 얇은 아들이 누군가의 꼬임에 빠졌거나 순간적인 젊은 혈기를 이기지 못해 치기 어린 행동을 한 것쯤으로 치부했다.

조부는 나이만 먹었을 뿐 아직 철부지 티를 벗지 못한 아들 박성빈을 사람으로 만들어볼 요량에서 장가를 들일 결심을 하고, 아들보다 한 살 아래인 이웃 사는 수원 백씨 문중의 규수를 소개받아 혼인시켰다.

그녀가 나의 어머니 백남의였다. 아버지 박성빈은 결혼한 후에도 마음을 잡지 못하고 헛된 꿈만 꾸면서 술을 벗 삼아 세월을 보냈기에 은인자중을 바랐던 조부의 눈밖에 완전히 나고 말았다.

조부는 아들이 결혼을 계기로 정신을 차릴 것이라 일말의 기대를 걸었지만 혼인 후에도 술에 탐닉하는 방탕한 생활을 계속하는 것에 화가 나서 실낱같은 희망을 기어코 접었다. 조부는 밑 빠진 독에 물 붓기가 되어버린 맏아들에 대한 경제적 지원을 포기하고, 상당한 재산을 막내아들 박일빈에게만 물려주었다.

결국 아버지 박성빈은 무절제하고 방탕한 생활 때문에 무일푼으로 조부에게 추방당했다. 아버지의 업보였다. 그럼에도 아버지는 조부가 등을 돌린 현실을 받아들이지 못했다. 아버지는 여전히 조부의 재산에 대한 어떤 특별한 권리가 자신에게 있는 것처럼 생각했다. 아버지는 재산 대부분이 동생에게 넘어간 것에 화를 냈고, 조부에게 버림받은 자신의 처지를 한탄하며 매일 술을 마시며 치미는 울분을 삭혔다.

비록 아버지가 조부에게 버림받은 처지였다고 해도 조부 생전에는 얼마간 필요한 곡식이나 돈을 변통할 수는 있었다. 심성 곱고 의지가 강한 며느리에 대한 조부의 작은 배려가 있었던 것이다. 1914년 조부 박영규가 74세를 일기로 작고한 이후에는 끊어질 듯 말듯 늘 간당간당했던 이 작은 애정의 끄나풀도 뚝 끊기고 말았다.

땅 한 뙈기 없이 조부의 음덕에 기대어 살았던 아버지 박성빈은 조부의 운명에 끈 떨어진 신세가 되어 살길이 막막했다. 우리 가족의 궁핍한 생활을 보다 못한 외가의 도움으로 아버지 박성빈은 여섯 자식을 이끌고 구미 상모리에 있는 백씨 문중의 위토를 경작하기 위해 약목을 떠나 구미 상모리로 향했다. 우리 가족이 꾸린 이삿짐은 수저 여러 벌과 밥그릇, 솥단지를 비롯한 자질구레한 가재도구들로 고작 황소 한 마리의 등에 실을 수 있을 정도였다.

아버지 박성빈은 구미 상모리로 이사한 후에도 한량 생활을 그만두지 않았다. 아버지는 가장으로서 자기희생에 몹시 인색했고, 여전히 자신이 부잣집의 귀한 왕자쯤 되는 줄 인식하고 있는 듯했다. 아버지가 어린 시절의 영화에 집착해 과거의 향수에 젖어 지내는 동안, 그에 따른 현실적인 부담은 고스란히 어머니와 내 형제들의 몫이 되었다.

나를 끔찍이 사랑한 어머니 백남의

내 어머니는 아버지보다 나이가 한 살 아래다. 어머니는 수원 백씨 문중의 규수로 칠곡 약목면의 부잣집에서 자랐기에 어려서는 고생이라는 걸 모르고 자랐다.

그러나 아버지를 만나면서 어머니의 인생은 꼬였다. 어머니는 결혼 때문에 생전 경험하지 못한 가난에 부딪혔다. 쌀독에 쌀이 떨어져서 자식들의 끼니 해결을 늘 걱정해야 하는 것두 아버지를 만나고부터였다.

어머니는 아버지와 외모나 성격이 판이했다. 아버지는 체격이 컸고 남성적이었지만 어머니는 말 그대로 자그마하고 천생 여자 같은 분이었다. 아버지가 아기라면 어머니는 어른이었고, 희생을 모르는 아버지와 다르게 가족을 위해 헌신적으로 희생하신 분이 어머니다. 아버지가 열등감이 많았다면 어머니는 자존심이 무척 강했다. 다른 사람에게 싫은 소리 듣기를 죽기보다 싫어했다. 어머니는 구차하고 궁색한 얘기를 입에 올리길 꺼렸다. 어머니의 이 같은 태도는 몰인정한 아버지에게도 마찬가지였다.

아버지는 농사일을 비롯해 육아, 가족의 생계 문제에 대한 모든 책임을 어머니에게 전적으로 맡겨둔 채 자신은 주막을 찾아다니며 친구들과 술을 마시고 시를 읊는 한량 생활만 했다. 웬만한 여자라면 이런 무책임한 남자에 대해 분노하고 증오하면 했지, 그냥 두고 보지 않을 것이다. 남편의 나쁜 습관과 못된 버릇을 뜯어고치기 위해 고집스럽게 바가지를 긁거나 남편을 상대로 사나운 투쟁을 할 것이다.

어머니도 역시 뜬구름이나 좇는 아버지의 어리석은 처신에 대해 분명 큰 분노를 느꼈을 것이다. 그럼에도 어머니는 혼자 삼키며 소리 없는 눈물을 많이 흘렸다. 어머니는 한량 생활에 젖은 아버지에 대해 불평불만을 일언반구 늘어놓지 않았다.

내가 두 살 무렵이었다. 날이 추운 어느 날 어머니는 여섯 살이었던 내 손위 누이 재희 누나를 등에 업고는 둘째 형 무희, 셋째 형 상희, 넷째 형 한생을 데리고 30리 길을 걸어 막내 숙부 박일빈의 집을 찾아갔다. 막내 숙부는 장남인 아버지 대신 조부에게 거의 대부분의 재산을 물려받은 사람이었다.

어머니는 좀체 주변에 구차한 부탁을 하는 걸 꺼려하는 사람이었지만 눈이 새까만 자식들은 굶길 수 없어 자존심을 접고 어렵게 나선 발걸음이었다. 당시는 춘궁기로 쌀독은 이미 허연 바닥을 드러내어 먹을 것이라곤 쌀 한 톨 구경할 수 없을 정도라 생목숨을 끊을 판이었다.

어머니와 내 형제들이 숙부의 집 툇마루에 앉아 오랜만에 보는 보리밥을 먹고 있을 때, 숙부의 장모가 별안간 들이닥쳤다. 숙부는 장모의 행차에 반색하며 얼른 찬모에게 하얀 쌀밥을 지어내게 하여 커다란 그릇에 담아 밥상을 차려냈다.

숙부가 죽는 시늉을 하며 선심 쓰듯 마지못해 어머니의 손에 쥐여준 것은 보리 다섯 되였다. 숙부의 냉대와 차별에 필설(筆舌)로 다할 수 없는 굴욕감을 느끼면서도 어머니는 눈물을 보이지 않았다. 어머니는 말없이 가슴으로 눈물을 흘리고 있었다. 어머니가 시동생에게 받은 수모와 냉대는 아버지의 무능 때문이었지만, 어머니는 아버지 탓을 하지 않았다.

인간으로서 무능하고 가장으로서 무책임한 아버지를 어머니가 사랑할 까닭은 없었다. 시아버지조차 포기한 남편의 방탕한 생활을 바꾸기란 하늘의 별 따기만큼이나 어렵다는 것을 어머니는 잘 알고 있었다. 가망 없는 희망에 목을 매는 것, 이것은 스스로를 실망하게 만드는 어리석은 신념일 뿐이었다. 시간과 정력만 낭비하는 의미 없는 논쟁에 어머니는 관심이 없었다.

어머니는 현명했고 강인했다. 어머니는 사랑받지 못한 여자의 한을 혼자 묵묵히 삭여냈고, 자신의 애타는 목마름을 자식에 대한 사랑으로 승화시켰다. 어머니는 체구는 작아도 마음만은 거인이었고, 희생과 헌신으로 위기에 처한 가족을 지켜낸 위대한 영웅이었다.

담배는 어머니에게 인생의 고단함을 씻어주는 유일한 유희였다. 어머니는 논과 밭에서 녹초가 되도록 하루를 뒹굴다 해거름이 되면 피로가 다 가시지 않은 새까만 얼굴을 하고 마루에 앉아 담뱃가루를 곰방대에 얹어 불을 붙였다. 담배 연기를 한 모금 깊이 빨아 뱉어내면서 어머니로서는 시름도 고통도 서러움도 같이 털어냈다. 어머니에게는 이때가 하루의 시름을 잊는 유일한 시간이었다.

어머니는 나를 무척 아꼈다. 어머니는 담배를 내 보통학교 월사금을 위해 끊었다. 가족들은 굶고 있어도 나는 어머니의 따뜻한 배려 덕분에 월사금만은 단 한 번도 밀린 적이 없었다.

어머니는 가난과 역경을 딛고 열정적인 삶을 살았지만, 한 인간으로서는 매우 박복했고 기구했다. 어머니는 남편 복도 없었지만 자식 복도 없었다.

큰형 박동희는 한량 아버지를 대신해 가문을 일으키려 사업을 벌이다 부도를 내고는 만주로 피신해 가서 20여 년 동안 소식이 없었다. 지능이 모자랐던 막내 형 박한생은 상모리 산과 들을 놀이터 삼아 뛰어다니다가 내가 보통학교 1학년이었던 해 가을에 원인 모를 병으로 죽었다.

막내 형은 태어나면서부터 어머니에게 큰 짐이 되었다. 어머니에게는 세상에서 제일 아픈 생손가락이었던 아들이다. 어머니가 눈을 감기 전에 먼저 보내고 싶었던 아들이지만 막상 아들을 보내고 났을 때 어머니는 흡사 실성한 사람 같았다.

어머니의 작은 가슴에 한으로 묻은 자식이 또 있다. 셋째 형 박상희는 나와 함께 집안에서 유일하게 신교육을 받은 사람이었다. 상희 형은 《동아일보》와 《조선일보》의 구미지국장 겸 주재기자로 일했고, 사업 수완도 좋았다. 왜소한 체격의 나와 달리 키가 180센티미터나 될 만큼 훤칠한, 그야말로 헌헌장부(軒軒丈夫)였다. 가출 후로 소식이 없는 장남 대신 어머니가 마음의 의지로 삼았던 이가 셋째 형 박상희였다. 상희 형은 1946년 좌익이 일으킨 소요 진압에 나선 미 군정청 경찰에 의해 피살되었다.

이렇듯 어머니는 생전에 자식 두 명을 먼저 떠나보낸 한을 가슴에 묻고 살아야 했다. 어머니의 인생은 고운 성품과는 다르게 거센 풍파가 끝없이 밀려드는 굴곡진 삶이었다.

내 형제들은 나를 포함해 5남 2녀로 내가 막내다. 형제들은 나보다 나이가 훨씬 많아 나에게 질투를 느낄 사람은 없었다. 하지만 형제들은 나에 대한 어머니의 사랑을 '편애'라 부를 만큼 어머니는 나를 사랑했다.

어머니의 사랑을 한 몸에 받은 나도 어머니의 가슴에 큰 대못을 수차례 박았다. 나는 전처 김호남을 돌보지 않아 어머니를 며느리 앞에 죄인으로 살게 했고, 가족과 한마디 상의 없이 근무하던 학교에 덜컥 사표를 내어 어머니에게 배신감을 안겨주었다.

해방 후에는 거지꼴을 하고 돌아와 어머니를 낙담하게 했고, 전처와의 이혼 문제와 이현란이라는 신여성과의 재혼 문제로 어머니를 혼란에 빠뜨렸다. 게다가 나는 남조선노동당(약칭 남로당) 사건에 연루되어 당국에 체포되면서 또다시 자식을 잃지 않을까 하는 극도의 두려움과 공포를 어머니에게 심어주어 노심초사하게 했다.

남로당 사건으로 내가 군에서 파면을 당한 지 석 달 후인 1949년 8월, 내 문제로 속을 끓이던 어머니가 일흔일곱이라는 나이로 한 많은 인생을 마감했다. 나는 어머니에게 죄인이었다.

큰형 박동희

큰형은 나에게 아버지뻘 되는 사람이었다. 그는 나보다 스물두 살이나 많았다. 내가 이 집안에 태어났을 때 형은 사업 부도 문제를 해결하지 못해 만주로 피신한 상태였다. 말로만 전해 들었던 형의 얼굴을 본 것은 내가 열여덟의 나이로 첫 혼인을 할 무렵이었다.

큰형은 과묵했고 수치와 체면을 알았으며 분별력도 있었다. 내게 부담되는 일은 한사코 피했던 사람이었다. 나는 형과 내 유년 시절을 함께 보내지 못했으나, 다른 형제들이 모두 일찍 유명을 달리했기에 나는 형의 말년까지 그의 삶에 동행한 유일한 동생이었다.

둘째 형 박무희

둘째 형은 어머니를 빼닮은 착하고 순한 사람이었다. 얌전하고 성실했으며 어떤 경우에도 언성을 높이는 일이 없는 부드러운 사람이었다.

무희 형은 오랜 세월 동안 아버지의 거친 힘에 억눌려 지내다 보니 자신을 표현할 기회를 갖지 못했고, 자연히 인내가 미덕이라고 생각하게 되었다.

무책임한 아버지를 생각하면 화가 치밀 수도 있었지만, 무희 형은 아버지와 큰형의 빈자리를 대신하여 어머니와 함께 소처럼 묵묵히 농사지으며 집안을 꾸리는 데 적지 않은 공헌을 했다. 무희 형이 방파제가 되어준 덕에 나는 집안의 혼란에서 비켜서서 내 길을 갈 수 있었다.

무희 형이 소작을 붙인 땅이 이승만 정권 때 총리를 지낸 장택상의 부친 장승원의 땅이었다. 신민당의 김영삼은 장택상의 비서로 근무하다 정계에 입문했다. 소작농 집안 출신인 내 눈에 그가 좋게 비치지 않은 것은 어쩌면 인지상정일지 모른다. 내 눈에 비친 그는 부르주아였다.

셋째 형 박상희

셋째 형은 우리 집안에서 나와 더불어 유일하게 신식 교육을 받은 사람이다. 거침없는 호방한 성격을 지닌 형은 사회와 민족 문제에 대단히 관심이 많았다.

형은 열다섯 살에 구미보통학교에 입학하여 스무 살에 졸업하자마자 《동아일보》 선산지국 기자가 되었고 《조선일보》의 주재 기자도 겸했다. 이상재 선생이 창립한 신간회 일에 간여하기도 했다. 신간회는 조선 민족의 단결과 정치경제적 각성을 촉구하고 기회주의를 배격하는 등 비타협적이고 투쟁적인 운동을 전개한 단체다.

셋째 형은 내 인생에서 가장 많은 영향을 미친 사람 가운데 한 사람으로 꼽을 수 있다. 나는 형을 매우 존경했고 닮고 싶어 했다. 하지만 형에 대한 내 감정은 아주 복잡했다.

넷째 형 박한생

전술한 바와 같이 막내 형은 지능이 모자랐다. 흔히 말하는 바보였다. 늘 입가에 웃음을 띠고 다녔다. 열셋이란 나이에 짧은 생을 마감한 형을 생각하면 지금도 가슴이 몹시 아리다. 어머니의 눈물도 눈에 선하다.

형은 살아서도 우리에게 부담이었지만 죽어서도 부담으로 남았다. 어머니는 죄책감을 지닌 채 평생 막내 형을 가슴에 안고 살았다. 형이 눈을 감았던 구월의 그날이 오면 어머니는 아무것도 먹지 못하고 자리에 몸져누웠다.

두 누이, 박귀희와 박재희

나에겐 두 명의 누이가 있는데, 한 사람은 집안의 장녀인 귀희 누나이다. 그녀는 내가 태어나기 전에 이미 출가를 했고, 어머니가 나를 가졌을 때 누이도 임신 중이었다. 이 때문에 어머니가 내 출산 여부를 두고 큰 스트레스를 받았다. 누이의 임신은 한때 내 생명을 위협한 죽음의 그림자가 되기도 했으나 결국 내 생명을 구한 빛이 되었다. 고령에 출산한 어머니의 젖이 나오지 않아서 나는 누이의 젖을 먹고 자랄 수 있었다.

막내 재희 누나는 나보다 네 살이 많았는데, 어머니가 큰 형수와 같이 들판에 일을 나가면 나를 돌보아주었다. 나는 누이의 등을 타고 놀았고 나이 터울이 가장 적어 어린 시절 가장 친밀했다. 내가 보통학교를 졸업할 때 결혼을 해서 매형과 함께 일본으로 떠났다가 해방 이후에 귀국해, 내가 어려울 때 셋째 형과 더불어 여러모로 도움을 준 누이다.

유년 시절의 빛과 그림자

내 목숨은 질경이보다 질겼다. 나를 지우기 위해 온갖 방법을 다 동원한 어머니의 노력은 허사가 되었다. 1917년 11월 14일, 나는 큰 울음을 터뜨리며 보란 듯이 내 얼굴을 어머니에게 들이밀었다.

내 까만 눈과 마주친 어머니가 나를 살며시 끌어안았다. 어머니의 품이 몹시 따뜻했다. 어머니의 가슴은 작았지만 나에게는 우주의 중심인 것 같았다.

나는 태어나면서부터 건강이 신통치 않았고 체중이 적게 나갔다. 어머니는 노산에다 영양이 부족했다. 어머니의 뱃속에서부터 스트레스를 받고 자란 탓인지 나는 어릴 때부터 섬세하고 예민해서 작은 소리에도 놀라 자주 체했다. 그럴 때마다 어머니는 밥물에다 곶감을 넣어 끓인 물로 주린 내 배를 채워주었다.

내 주변에는 언제나 나를 장난감처럼 갖고 노는 어린 누이의 부드러운 손길과 천방지축으로 날뛰며 나를 부르는 바보 형의 미소가 있었다.

조금 나이가 들어서는 우악스런 아버지의 모습도 눈에 들어왔다. 아버지는 거의 매일 술을 드셨다. 아랫집 김씨는 아버지의 단짝 술친구였다. 두 사람은 날이 밝으면 어김없이 마을 어귀에 있는 주막으로 행차해 출근부에 도장을 꼭 찍었다. 두 사람은 창을 하고 시조를 읊다가 술상에서 이 세상의 주인공이 되어 세상을 재단했다. 아버지는 우쭐대길 좋아했고, 영악한 김씨는 아버지의 비위를 은근슬쩍 잘 맞춰주었다.

물론 술값은 속없는 아버지의 몫이었다. 꼬치에서 곶감 빼먹듯 아버지의 전대를 김씨가 야금야금 먹어 치웠지만, 이에 아랑곳하지 않은 아버지는 호기를 부렸고 자신이 세상에서 제일 똑똑한 사람인 양 늘 으스대고 다녔다.

아버지는 주로 동학란에 가담했다 옥고를 치른 청년 시절의 이야기를 과장해서 그럴싸한 무용담으로 둔갑시켰고, 김씨는 은근한 비웃음 속에서도 맞장구를 치며 아버지를 추켜세우는 것을 잊지 않았다.

"어쩌다가 가세가 기울었어도, 영웅호걸의 풍모가 있는 자네가 빛을 못 본다면 말이 안 되지, 꼭 빛을 볼 날이 올 걸세."

들판에 땅거미가 진 다음에야 두 사람은 술잔을 내려놓았다. 아버지는 집으로 돌아올 무렵이면 늘 술에 취해 비틀거렸다.

아버지의 기분은 종잡을 수가 없었다. 어떤 때는 마중을 나오지 않았다고 험상궂은 인상으로 몽둥이를 들고 자식들에게 불호령을 내리다가도 어떤 때는 내가 귀엽다며 나를 번쩍 안아 들고 볼을 부비기도 했다. 하지만 나는 아버지의 이런 애정 어린 포옹이 불안하고 무서웠다. 아버지의 거친 수염이 내 뺨을 찌를 땐 몹시 아팠고, 아버지의 기분이 언제 험악하게 바뀔지 모르기 때문이었다. 아버지는 술에 취하면 목소리가 커졌고 거칠어졌다. 욕설을 입에 담기도 했다.

나는 아버지가 낫과 호미를 손에 든 모습을 별로 본 적이 없다. 놀고먹는 아버지 앞에 모든 가족이 죄인인 양 설설 기었다. 어느 누구도 아버지의 권위에 도전하지 않았다. 일하지 않고도 가족 앞에 당당한 아버지에게 나는 모순을 느끼기보다 두려움을 느끼고 있었다.

일하지 않고도 당당한 것이 가족에게 얼마나 잔인한 폭력이며 인간으로서 크나큰 죄악인지 알게 된 것은 좀 더 나이가 들고 난 후의 일이었다. 아버지라는 이름만으로 그는 이 집안의 강력한 지배자였다. 그는 폭군이었다. 이 폭군에게 상처받지 않는 유일한 길은 그의 심기를 거스르지 않고 그의 말과 지시에 말없이 순종하는 것뿐이었다.

가출한 큰아들은 생사를 알지 못하고, 넷째는 바보이고 남편은 농사일을 모르는 한량이라 어머니의 고통은 무척 심했다. 어머니의 얼굴은 늘 그늘져 있었지만, 어머니는 나와 함께 있을 때면 언제나 꽃같이 화사한 웃음을 지었다. 나는 천사 같은 엄마의 고통에 마음이 아팠고, 무책임한 아버지에게 은근히 화가 치밀고 있었다.

나는 학교를 들어가기 전에 서당에서 한학을 공부했고 주일에는 인근에 있던 교회도 다녔다. 교회는 침울한 내 집안과는 전혀 다른 세상이었다. 교회에는 활기가 있었고, 웃음이 있었고, 인정이 있었고, 배려가 있었고, 존중이 있었다. 내가 주일날 교회에 나간 것은 하느님의 말씀이 좋아서가 아니었다. 목사님과 주일학교 선생님들이 나를 불러주고 반겨주고 같이 노래를 부르고 고사리 같은 작은 손에 작은 사탕도 한두 알 쥐여주었기 때문이다. 나는 교회에서 시간을 보내는 동안만은 참 행복했다.

완장을 찬 악바리

1

언행 불일치의 폭군. 이것이 내 아버지의 초상이었다. 소작으로 연명하는 농사꾼 집안은 무책임한 가장의 정신적·경제적 학대에 휘둘리며 연일 우울하고도 고통스런 신음을 토했다. 소작농이 살아가는 누옥(陋屋)은 몹시 음습하고 척박했다.

좁다란 마당을 포함해 스무여 평 남짓한 공간에 3대가 우글우글 살을 맞대며 살았다. 이 누옥에 사는 사람들의 얼굴에는 늘 짙은 그늘이 져 있었다. 웬만큼 가난해도 명절이면 음식을 장만한다고 분주한 것이 동네의 풍경이었다. 이 소작농의 집안만은 예외로 명절에도 가마솥은 끓지 않았다.

처진 어깨와 표정 없는 얼굴은 그들의 지친 삶을 말해주었고, 비굴함마저 느껴지는 우묵한 눈동자에는 생에 대한 두려움과 애타는 서글픔이 교차하고 있었다. 이리저리 아무리 뜯어보아도 도저히 그들의 초췌한 얼굴에는 희망을 안고 살아가는 사람들의 한 조각 흔적도 보이지 않았다.

하지만 이 가난한 소작농 집안의 안주인만은 꼭 배워야만 사람 구실을 한다고 생각했다. 그녀는 남편의 반대에도 고집을 꺾지 않았고 어려운 살림에도 셋째 아들에게 신교육을 시켜주었다. 서당에서 한학만 공부하던 나에게도 신교육을 받을 기회가 왔다.

나는 어머니의 배려로 순종 황제가 승하하기 한 해 전인 1925년 보통학교에 입학했다. 내가 다닌 구미보통학교는 상모리에서 20리 떨어져 있었다. 통학하려면 왕복 네 시간이 넘었다. 새벽길을 나서면 해가 뉘엿뉘엿 서산으로 떨어질 즈음에야 집에 돌아왔고, 겨울이면 어둑해진 다음에야 집에 도착했다. 내가 귀가할 즈음이면 길가에 엄마와 누나가 마중을 나왔고, 나는 엄마와 누나의 등에 업혀 금방 잠이 들었다.

어린아이에게 이 통학 거리는 몹시 버거웠다. 보통학교 1~2학년 시절에는 몸이 아파 거의 20일 가까이 결석했다. 학교까지 가기 위해서는 산길을 몇 차례나 오르고 내려가야 했다. 맹수를 만나 혼비백산 집으로 줄행랑친 일도 있었다.

나는 태어날 때도 약했고 발육도 부진해서 여전히 나이에 비해 체구가 작았다. 1학년 때 내 키는 129.9센티미터, 몸무게는 25.4킬로그램이었다. 6학년 졸업반 시절에는 신장 135.8센티미터, 몸무게 30킬로그램이었으니 보통학교 시절을 보낸 6년간 내 키는 거의 크지 않아 성장이 멈춰 있었다고 할 수 있다.

장거리 통학에 늘 잠이 부족했고, 먹는 것도 부실했다. 도시락은 얼어서 먹지 못하기 일쑤였고, 숙제를 하느라 늦게 잠이 든 탓에 새벽밥은 잠에 취해 먹기가 몹시 힘들었다.

비록 내 육체는 성장을 멈추고 있었을지 몰라도 내 정신만큼은 세월보다 더 빠르게 나날이 쑥쑥 자라고 있었다. 나는 공부에 대한 열의만은 강했다. 채 뜨이지 않은 무거운 눈꺼풀을 손가락으로 억지로 비벼 올리고도 등굣길에 오르면 나는 폴짝폴짝 뛰어 학교로 갔다.

학교 가는 길은 멀었지만 등굣길은 늘 즐겁고 설레었다. 학교엔 집에서 만날 수 없는 특별한 일들이 항상 나를 기다리고 있었다. 나는 다부져서 공부를 열심히 했다. 당연히 성적도 좋았고, 선생님이나 친구들이 나를 좋아했다.

"이 문제 풀 수 있는 사람 없나?"

선생님은 탁자 위에서 눈을 아래로 깔고 아이들을 삥 둘러보다 엉거주춤 고개 숙인 아이들을 대신해 언제나 나를 지명했다.

"정희야, 네가 나와서 한번 풀어봐라!"

나는 선생님의 호명을 받자마자 기다렸다는 듯 교탁 위로 올라가 까치발을 하고 마치 모범답안을 보고 적듯이 산수 문제를 술술 풀었고, 아이들은 신기한 눈으로 나를 바라보았다.

"이놈들아, 정희 좀 본받아라."

나는 선생님의 그 한마디에 세상의 모든 것을 다 얻은 듯 우쭐한 성취감에 젖곤 했다. 학년이 오르면서 나는 차차 장거리 통학에 익숙해져갔고 병으로 결석하는 횟수도 차차 줄었다.

3학년 봄, 나는 팔뚝에 완장을 찼다. 2학년 때까지는 담임선생님의 지명으로 학급 반장을 뽑았지만, 3학년이 되면서 성적순으로 뽑는 걸로 바뀌어 내가 반장이 된 것이다.

나는 선생님을 대신해 급우들을 지도했고, 말을 듣지 않으면 매를 들었다. 순진한 시골 아이들은 실력과 완장으로 무장한 내 위력 앞에 고개 숙이며 지시에 순순히 응했고, 내가 우연히 목도한 군인들처럼 질서 정연하게 움직였다.

대구에 주둔하는 일본군 보병 80연대가 가끔 구미 강변에서 야간 훈련을 하곤 했다. 어느 날 나는 그 보병들의 훈련 장면에 이끌려 친구 준상이와 함께 강변 둔치 풀밭에 쪼그리고 앉아 그들을 바라보고 있었다. 다리가 불편한 준상은 한 시간 넘게 앉아 있는 게 지루한지 계속 하품을 하고 있었다.

"정희야, 너는 저기 뭐가 그리 재미있노?"

"얼마나 씩씩하고 멋있노? 니는 안 멋있나?"

"멋은 무신 멋이고, 배고파 죽겠다. 고마 퍼뜩 집에 가자."

그의 뱃속에서도 내 뱃속에서도 쪼르르 물 흐르는 소리가 났다. 점심을 먹은 지 거의 여섯 시간이 흘렀다. 하지만 나는 시장기를 잊은 채 그들의 훈련 장면에 넋이 빠져 있었다.

지휘관의 지시에 따라 총을 든 병사들이 민첩하고 절도 있게 일사불란히 움직이는 모습은 한 편의 예술작품을 보는 것 같았다. 대열 앞에 서서 두 다리를 땅바닥에 힘차게 붙이고 지휘봉을 휘두르는 지휘관의 모습이 아주 늠름했다.

"준상아, 나는 어른이 되면 군인이 될 끼다."

"참말이가? 나는 다리가 아파 군대 못 가는데, 우리 크면 헤어져야 되는 기가?"

"헤어지기는? 니하고 내는 친군데 어찌 헤어진다 말이고, 내 평생 니 곁에 있을 거니까 걱정하지 말그래이."

내 친구 이준상은 한약방 주인의 아들이었다. 그는 자기 아버지의 실수로 약을 잘못 써서 다리 불구가 된 아이였다. 친구들은 다리를 저는 그를 '절름발이'라 놀렸고, 마음이 착하고 여린 준상은 그들의 놀림에 대항하지 못하고 풀죽어 지내기 일쑤였다. 그럴 때면 내가 달려가 그를 놀리는 친구들을 혼내주었고, 겁을 먹고 구석에 웅크리고 앉아 있는 준상을 일으켜 세워주곤 했다.

나는 보통학교 시절 내내 다리가 불편한 준상의 가방을 대신 들어주었고, 그를 괴롭히는 아이들이 근처에 얼씬도 하지 못하게 했다. 이 덕에 학교에서 5분 거리에 있는 그의 집에서 김이 모락모락 피어오르는 따뜻한 밥을 그의 어머니에게서 대접받기도 했다.

내가 그의 일에 대해 유별날 정도로 예민하게 반응했던 것은 그의 어머니가 지어준 따뜻한 쌀밥 때문은 아니었다.

"이 바보야, 등신 새끼야! 나 잡아봐라!"

가을걷이가 끝난 들판에서 온몸에 땟국물이 줄줄 흐르는 아이들 서너 명이 논에 쌓아둔 짚단을 빙빙 돌며 형 박한생을 향해 지푸라기와 흙을 던졌다. 형은 동네 아이들이 던진 흙과 지푸라기를 선 채로 가만히 맞고 있었다. 형은 동네 아이들이 혹여 자신과 놀아주지 않을까 겁을 내어 그들에게 반항할 엄두조차 내지 못했다. 형이 할 수 있는 것이라고는 무서워서 울거나 겁이 나서 참거나 아니면 바보같이 씩 웃는 것이 고작이었다. 내 바보 형은 동네 아이들이 유희로 삼는 동네북이었다.

나는 동네 아이들에게 놀림당하는 형의 모습이 수치스럽고 창피했다. 놀림당하는 형을 보는 것은 고통이었다. 힘만 있으면 형을 놀리는 그들을 혼내주고 싶었지만 나는 한 번도 그러지 못했다. 힘이 없기도 했거니와 비겁했다고 할 수 있다. 지금 정도의 힘만 있어도 동네 아이들에게 맞고 있는 형을 그냥 가만두고 보지는 않았을 것이다.

학교에 들어가고 난 후로 나는 서서히 독종이 되어가고 있었다. 친구들은 나를 '악바리'라고 불렀다. 덩치 큰 아이와의 싸움에서도 나는 밀리지 않았다. 나보다 키가 한 뼘은 큰 아이들도 폴짝 뛰어 박치기로 공격해 코피를 흘리게 만들었다. 승자는 언제나 땅꼬마 같은 나였다. 친구들의 기를 꺾는 데 반장이란 완장과 공부가 일단 먹혔고, 내 독한 악바리 근성은 그들의 간당간당한 투지마저 무력화시켰다.

나는 친구 준상을 보면 왠지 보통학교 1학년 때 죽은 내 형이 떠올랐다. 친구들이 이준상을 놀리는 걸 보면 울컥 화가 치밀어 가만두고 볼 수가 없었다. 그의 어머니나 주변 사람들은 이준상을 보호하는 나를 두고 의로운 아이라 칭찬했지만 나는 그렇게 생각하지 않았다. 나는 준상이를 통해 형에 대한 내 마음의 짐을 덜고 있을 뿐이었다.

3

집은 지옥이었지만 학교는 천국이었다. 학교생활을 통해 나는 사람을 다루는 법을 하나씩 터득해나가고 있었다. 실력과 지위는 나를 친구들 위에 군림하게 했고, 독한 나의 악바리 근성은 친구들의 무릎을 꿇게 했다.

나는 나 자신의 힘을 실증적으로 확인하면서 자신감이 넘쳤고 나 자신의 능력에 대한 믿음 또한 확고해졌다. 누추하고 볼품없는 소작농의 아들이 학교에서만은 거대한 성채를 지배하는 영주였다.

땅따먹기를 할 때도 나는 내 작은 손을 대신해 손이 가장 큰 아이의 손을 빌려 땅을 재게 했다. 이에 가끔 볼멘소리를 하는 아이들도 있었지만 내가 눈을 부라리면 아무도 더는 말을 꺼내지 않았다. 나는 작지만 강한 아이였다.

"정희야, 너 나하고 김천 갈래?"

"정말요?"

"그래."

보통학교 3학년 여름방학 때 《동아일보》 선산지국장을 하고 있던 상희 형이 처가인 김천을 들르는 길에 김천 구경을 시켜주겠다며 나를 데리고 갔다. 나보다 열한 살이나 많은 상희 형은 공부를 곧잘 하고 덩치는 작아도 깡이 있는 나를 몹시 귀여워했다. 형은 키가 훤칠하고 힘이 장사인 데다 신교육을 받아 기자 생활을 하는 인텔리였다. 나는 상희 형과 같이 있으면 왠지 어깨가 으쓱하고 근사해지는 느낌이 들었다.

김천 거리는 몹시 붐볐다. 곳곳이 사람들로 북새통을 이루었다. 시장 통을 벗어나 시내를 걷고 있는데, 형이 나를 살짝 잡아 끌었다.

"정희야, 니 아이스크림 맛 좀 볼래?"

"아이스크림이 뭔데요?"

"형이 돈을 줄 테니까 사서 한번 먹어봐라."

나는 형이 준 지폐를 들고 생전 처음 보는 아이스크림 장수를 찾아가 하얀 눈같이 빛나는 아이스크림을 하나 손에 들었다. 난생 처음 먹어보는 아이스크림이 입에서 살살 녹았다. 무더위로 갈증이 날 때인지라 달콤하고 부드럽고 시원한 그 맛은 좀체 형언하기가 어려웠다. 내 인생 최고의 아이스크림이었다.

아이스크림 맛에 정신이 팔려 혀를 날름거리고 있는데 형과 형수는 저만치 앞서 걸어가고 있었다. 형을 놓칠까 봐 덜컥 겁이 나서 형을 따라붙으려고 달리다가 아이스크림을 그만 손에서 놓치고 말았다. 아이스크림을 담은 용기가 쩍 깨어졌다. 나는 놀라서 울상을 짓고 형을 불렀다.

"형님, 이것이 깨졌어요. 물어주어야겠어요."

"야, 이 촌놈아. 이 아이스크림은 통째로 먹는 것이야."

내 말을 들은 형과 형수가 박장대소했다. 나는 아이스크림을 먹고 옥수수로 만든 용기는 주인에게 반납해야 하는 것으로 알았던 것이다.

상희 형 덕분에 처음으로 새로운 세상을 경험했다. 이 세상에 구미보다 더 큰 도시가 있다는 것을 나는 처음 알았다. 아이스크림을 먹고 김천을 구경하면서 내 마음이 두 뼘은 더 커진 기분이었다.

김천 구경을 하고 난 나는 더 이상 촌뜨기가 아니었다. 나 스스로 신비로운 나라의 아주 고상한 존재가 된 기분이었다. 나는 태어난 이후로 구미 땅을 한 발자국도 벗어나 보지 못한 친구들에게 김천에서 본 풍물과 아이스크림 얘기를 들먹이며 우쭐댔다. 나에게는 친구들에게 선보일 자랑거리가 하나 더 생긴 것이었다.

나는 김천 구경을 시켜준 상희 형에게 이전보다 더 깊은 친밀감을 느꼈다. 형과 같이 있으면 언제나 즐거웠고 설렘도 함께했다. 상희 형은 가련한 어린 왕자의 믿음직한 수호신이자 구원이었다. 형에 대한 내 애정이 점점 깊어갔다.

4

"정희 아버지, 큰일 났소!"

"와, 무신 일이고? 하늘이 무너졌나!"

이웃 김씨네 마당의 감잎이 노르스름하게 물들고 있었다. 해가 저물기 전, 오랜만에 귀가한 아버지는 낮 시간의 여흥을 깬 어머니의 다급한 소리에 다짜고짜 화만 버럭 냈다.

"상희가 순사들한테 붙잡혀갔어요."

"무신 일로?"

"낸들 압니까? 황태성이 하고 상희 처가 급히 왔다 갔는데 심상치가 않은가 봐요."

황태성은 상희 형의 절친한 친구로 《동아일보》 김천지국장을 맡고 있었고, 상희 형과 더불어 경북 지방에서 사회주의 운동을 같이 전개하고 있는 사상적인 동지였다. 그는 상희 형과 형수 조귀분의 결혼을 성사시킨 중매쟁이기도 했다.

지역 언론인으로 활동하는 상희 형은 구미 지역의 여론을 주도하는 인사였다. 이상재 선생이 설립을 주도한 신간회 구미 지부 결성식에서 형이 낭독할 축사의 내용이 불온하다고 하여 경찰이 형을 전격적으로 체포한 것이었다. 신간회 결성식에 참석했던 황태성이 이에 맞서 상희 형의 경찰 체포가 부당하다는 기사를 급히 작성해 신문에 올렸고, 이 사실이 《조선일보》에 큼지막하게 실렸다.

형의 체포 사건이 전국 최대의 일간지에 거론되면서 구미 시내가 술렁였다. 뜻이 있는 인사들은 경찰서를 항의 방문해 상희 형의 석방을 요구하고 있었다. 하지만 형은 나흘이 다 되어가도록 경찰서 문을 나서지 못했다.

형은 이전에도 불순분자로 지목되어 이미 여러 차례 경찰에 연행되었고 예비 검속까지 당한 적도 있었다. 그러나 당시에는 대개 당일로 훈방 조치되는 경우가 대부분이었다. 지금처럼 나흘이나 구금된 일이 없어, 하루 이틀 시간이 흐르면서 가족들은 피가 말랐다.

"그놈의 자식은 돈이나 벌 일이지, 지가 뭐 그리 잘났다꼬 신간흰가 뭔가 씰데 없는 짓을 하고 다니노? 그거 한다꼬 쌀이 나오나 밥이 나오나? 나오기만 해봐라, 이 노무 새끼 다리몽댕이를 분질러 놓을 끼다!"

"아니, 당신은 어찌 그리 사람이 무정하요? 자식이 순사한테 잡혀가 어찌 될지 모르는 판국에 이걸 말이라고 하고 있소?"

어머니는 어지간해서는 아버지에게 말대꾸하는 법이 없었다. 하지만 자식의 안위는 안중에도 없고 오로지 살림살이 타령만 하며 콧김을 부는 아버지가 너무 밉살스러워 화를 불끈 내며 쏴붙였다. 아버지도 이에 질세라 쌍심지에 불을 켰다.

"이, 여편네가 미쳤나!"

"……."

아버지의 주먹이 오르락내리락하고 있었다. 나의 작은 가슴도 두근거리며 전신에 열기가 후끈 일었다. 두 주먹에도 힘이 들어갔다.

"아니, 저 자석 봐라, 머리에 쇠똥도 안 벗겨진 기 버르장머리 없이 눈을 치키 뜨고 지 아비를 노려보노!"

아버지가 눈썹을 씰룩거리고 축 늘어진 엉덩이를 들썩이며 나에게 달려들 기미를 보이자 어머니가 얼른 몸을 내밀어 아버지를 막았다.

"당신 뭐하요? 어린 아한테! 정희야, 너는 밖에 나가 놀아라."

나는 아버지의 성난 눈길을 피해 고개를 숙이고 슬그머니 밖으로 나왔다. 내 손에는 『나폴레옹 전기』가 들려 있었다.

『나폴레옹 전기』를 읽으면 마음이 무겁다가도 언제나 용기와 희망이 생겼다. 나는 이 책을 상희 형에게 생일 선물로 받아 열 번째 읽고 있었다. 눈을 감아도 나폴레옹의 모습이 머릿속에 자연히 그려졌다. 프랑스의 식민지인, 지중해의 작은 섬 코르시카에서 태어난 나폴레옹이 마침내 코르시카를 지배한 종주국 프랑스의 황제가 되는 과정이 경이로웠다. 우리 조선도 일본의 지배를 받고 있기에, 나폴레옹의 삶이 내 눈에는 남다르게 보였다. 힘이 있다면 내가 일본의 천황이 되지 못할 것도 없을 것 같았다.

한정은 자신이 만든디는 나폴레옹의 말은 인간의 운명도 이지와 노력에 따라 얼마든지 비꿀 수 있다는 뜻으로 이해되었다. 좁다란 길을 따라 낙엽을 밟으며 걷다 보니 어느새 동구 밖 언덕이었다.

언덕 위에 서니 선선한 가을바람이 불어왔다. 언덕 위에 서면

동구 밖 저 멀리 들판까지 훤히 내려다보였다. 들판에는 누렇게 익어가는 벼가 바람에 넘실거렸다. 가을바람을 맞으며 높은 곳에 서 있으니 가슴이 탁 트이는 것 같았다.

나는 가슴이 답답할 때면 언제나 동구 밖 언덕에 올라 황제 나폴레옹처럼 일본 천황의 반열에 올라 세상을 호령하고 조선을 해방시키는 내 모습을 상상하곤 했다. 이런 즐거운 상상은 고통을 지우는 지우개와 같았다. 이 상상에 흠뻑 젖어 있으면 가슴 깊이 새겨진 슬픔이 거짓말처럼 말끔히 사라지곤 했다.

내가 생각하는 상희 형은 아주 착한 사람이었다. 형은 인정이 넘치고 예의가 바른 데다 정의감도 강했다. 성격도 호탕해서 형을 한 번 만난 사람은 모두 형의 지기가 되었다. 형의 친구들이나 동네 사람들 모두 형의 말이라면 전후 사정을 살피지 않고 무조건 신뢰했다. 이렇듯 누구에게나 인정받는 형이 경찰에 잡혀갔다는 것이 내 작은 머리로는 도무지 이해할 수 없었다. 무지는 인간을 더 불안하게 만들고 조바심치게 했다.

가을바람에 억새풀이 서걱서걱 소리를 냈다. 나는 왠지 억새 소리가 까마귀 울음같이 불길한 신호로 느껴졌다. 나는 눈앞에 보이는 한 무더기의 억새풀을 손으로 잡아 넘어뜨린 후 지근지근 밟아주었다.

오늘은 마음이 편치 않아서인지 좋아하는 『나폴레옹 전기』를 펼쳐 들어도 글이 눈에 들어오지 않았다. 나는 책을 펴들다 말고 언덕을 서성거리며 발끝으로 한참 동안 흙만 파고 있었다. 커다란 그림자가 동구 밖 언덕 아래에서 비쳐 들어왔다. 곧바로 중절모에 양복을 입은 키 큰 사내가 저벅저벅 걸어 들어왔다. 눈이 번쩍 뜨였다. 나는 한달음에 언덕을 쪼르르 달려 내려와 형의 품에 턱석 안겼다.

"형님!"

"정희, 니 여기서 뭐하고 있노?"

상희 형이 환히 웃으며 내 머리를 쓰다듬었다. 나는 형을 보자 가슴이 먹먹해져서 그만 울컥 눈물을 쏟았다.

"사내자식이 왜 울어!"

"그냥요."

나는 형을 보고 있는 게 꿈인지 생시인지 구분이 안 갔다. 나는 형의 손을 놓칠세라 손을 꼭 잡고 껌딱지같이 붙어 뒤뚱거리며 형을 따라나섰다.

5

"박 기자, 우리 출신 가운데 아직 대구사범에 진학한 사람이 없어요. 시원 가능힌 이이들은 일곱 명 정도 되지만, 그쥬에서 정희가 가장 뛰어납니다. 그냥 썩히기 아끼운 머리입니다. 정희가 합격한다면 학교의 영광이기도 하지만 집안에도 큰 경사가 아니겠습니끼? 부탁드립니다. 부모님을 꼭 설득해주세요."

황갈색의 훈도(訓導) 제복을 단정히 차려입은 담임선생님이 애원조로 상희 형을 설득하고 있었다. 중국 본토에 대한 야욕을 드러내며 일본의 우익 집단이 주도하여 만주에서 전쟁을 일으킨 지 달포쯤 지났을 때였다.

어머니와 아버지는 가정 형편을 들어 내가 대구사범에 진학하는 걸 한사코 반대했다. 어머니는 마음이 아파 눈을 감았고, 아버지는 싸늘한 표정으로 귀를 막았다. 어머니는 담뱃값을 아끼고 삯바느질을 해서 나를 구미보통학교에 가까스로 보냈다. 가을 타작을 하고 나면 칠팔 할의 곡식이 소달구지에 실려 지주 장승원의 곳간으로 고스란히 들어갔다.

대구사범은 국가에서 운영하므로 학비는 무료였지만 기숙사비는 자비로 부담해야 했다. 그 비용이 쌀 한 가마니 값이 족히 되는 자그마치 6원 50전이었다. 당시 시골에서 제일 끗발 있는 구미 면장의 월급이 20원이었다.

어머니는 사랑스런 막내아들이 수재들만 들어갈 수 있다는 명문 대구사범에 진학할 수 있을 정도로 비범하다는 것이 자랑스럽긴 했다. 하지만 대구사범 입학은 돈의 문제였다. 어머니는 담임 선생님의 말을 듣고 눈알이 빠지도록 주판알을 튕기며 계산하고 수를 내도 나를 대구사범에 보낼 자신이 없었다.

아이들에게 고무신 한 짝 신기는 것조차 그녀에게는 꿈같은 일이었다. 공책이며 연필 같은 학용품 구입비용도 내가 산에서 긁어모은 솔가리를 팔아 겨우 충당했다. 땅거미가 질 때까지 들판에 쪼그리고 앉아 호미질을 해도 하루하루 입에 풀칠하는 것이 큰일인 집안이었다.

"정희야, 네가 사범학교를 가는 것도 좋지만도, 다른 길을 좀 알아보면 안 되겠나? 공부를 더 시키면 좋겠지만 형편이 안 되는 걸 어찌하겠노? 괜히 시험을 봐갔고 못 가서 상심하는 것보다는 차라리 마음을 접는 기 어떻겠노?"

어머니는 내가 합격하고도 돈이 없어 진학을 못하게 되면 두고 두고 한으로 삼을까 봐 애초에 시험에 응시하지 말라고 줄기차게 설득하고 있었다. 담임선생님은 부모님을 설득하는 데 실패하자, 부모님 몰래 구미 지역에 이름이 나 있던 셋째 형을 학교로 부른 것이었다. 늦은 나이이긴 했지만 형도 대구사범에 관심이 있어서 이태 전에 입학시험을 보았다가 낙방한 경험이 있었다.

"선생님께서 저희 막내에게 이렇게까지 관심을 가져주시니 몸 둘 바를 모르겠습니다. 그런 문제라면 너무 걱정 마십시오."

상희 형은 내가 대구사범에 충분히 합격할 수 있다는 선생님의 판단에 크게 고무되었다. 그는 학교를 나서자마자 곧바로 상모리 로 걸음을 재촉했다. 그는 자신이 이루지 못한 합격의 꿈을 막내 동생이 이룰 수 있다면 어떤 무리를 해서라도 지원하고자 했다.

학교 선생은 의사나 판검사 못시않게 존경받는 직업이었다. 조 선에는 교원을 양성하는 학교가 경성사범, 평양사범, 대구사범, 이렇게 세 곳밖에 없었다. 사범학교는 학비가 무료라 전국의 내 로라하는 수재들이 치열한 입학 경쟁을 벌이고 있었다.

어머니와 둘째 형이 거적을 깐 마당에서 도리깨질을 하며 가을

걷이가 끝난 콩 타작에 여념이 없었다.

"공일도 아인데, 오늘 이 시각에 웬일이고?"

어머니는 사흘 만에 본 아들이 반가우면서도 해가 중천에 뜬 시각이라 고개를 갸우뚱거렸다. 해가 중천에 뜬 훤한 대낮엔 상희 형은 대개 일이 많아 바빴다. 어머니는 눈치가 귀신같이 빨랐다.

"정희 일 때문에 그러나?"

상희 형은 이 어머니의 물음에 말없이 싱긋 멋쩍은 웃음만 지었다.

"아버지는 안에 계십니까?"

"그래."

"같이 안으로 드십시다."

상희 형이 방으로 들자 아버지는 형에게 눈길도 주지 않고 싫은 내색을 하며 곰방대만 연신 빨았다.

"아버지, 어머니. 금방 정희 담임선생님을 만나고 왔습니다. 정희 시험 치는 거 허락해주이소."

"우리 처지에 언감생심 사범학교는 무슨 사범학교고? 사람이 분수를 모르면 가랑이가 찢어지는 기라, 소학교만 나와도 좋은데 취직해서 돈만 잘 벌더라. 딴소리 고마하고 니가 정희를 잘 타일러서 딴마음 안 묵도록 해라, 그 노무 자석은 누굴 닮아서 그리 고집이 센지…… 다 니 엄마가 저리 버릇없이 키워났다 아이가……."

아버지는 눈살을 잔뜩 찌푸린 채로 어머니에 대한 원망 반 타박 반의 비웃음을 흘리며 이죽거렸다. 어머니는 죄인처럼 대꾸도 못하고 수심 깊은 얼굴을 하고 땅이 꺼질 듯 깊은 한숨을 내쉬며 거들었다.

"상희야, 아부지 말마따나 니가 정희 설득 좀 해라. 나는 정희가 상처받을까 그기 더 겁이 난다. 대구사범은 어차피 못 오를 나무 아이가? 합격한들 보낼 수가 없는데, 그 아 마음이 오죽하겠나? 어미가 되어갖고 자식 가슴에 못 박는 그런 일은 내는 차마 할 수 없다. 정희 가슴에서 피눈물 흘리게 해서는 안 된데이. 내 그런 꼴을 어찌 보면서 살겠노? 차라리 시험이라도 안 보면 이 꼴 저 꼴 더러운 꼴은 안 볼 것 아이가. 제발 좀 니가 말리라!"

"너무 염려 마십시오. 정희가 공부를 잘해 관비 장학생이 되면 그리 많은 돈이 들지는 않을 겁니다. 제가 힘닿는 데까지 해볼 테니까 저한테 맡겨주십시오."

"날고 기는 아들이 천진데 관비 장학생이 아 이름이가? 씰데없는 소리 고마하라카이!"

형의 간곡한 설득에도 아버지는 요지부동 버럭 고함만 내질렀고, 어머니는 눈을 감은 채 곁에 앉아 한숨만 쉬었다. 부모님의 생각은 분명했다. 아버지는 나를 세상 물정 모르는 철부지로 보았고, 어머니는 네기 받을 상처만을 거정했다. 나는 내 앞길을 가로막아 선 아버지 때문에 몹시 화가 났다.

나는 뒷산에 올라가 애꿎은 소나무를 발로 차며 아버지에 대한 분풀이를 대신했다. 하지만 시험을 보는 것은 나 자신도 사실 은근히 겁이 났다. 어머니 말처럼 대구사범에 합격하고도 입학할 수 없다면 이보다 억울한 일은 없을 것이었다. 부모님의 반대에 부딪혀 마음을 정하지 못하다가 어느 날 어머니에게 말했다.

"어무이. 내 대구사범 시험 안 칠 거니까, 걱정 마이소."

"니 정말이가?"

"예."

"정희야, 이리 온나."

내 말에 놀라 눈이 휘둥그레졌던 어머니가 눈시울을 붉혔다. 어머니가 두 손으로 얼굴을 감싸며 어깨를 들썩였다.

"미안타, 니가 불쌍해서 우짜노, 이 에미가 죄가 많구나……."

현실의 벽에 부딪혀 무릎을 꿇긴 했으나 미련은 여전했다. 아침에 눈을 떴을 때 베개가 촉촉이 젖어 있었다. 오후 점심시간에 형이 학교로 날 찾아왔다.

나는 형의 손에 이끌려 운동장 한쪽 구석에 있는 철봉대 옆의 작은 간이 의자에 나란히 앉았다. 맥이 빠져 시무룩해진 나에게 형이 누런 봉지에서 빵과 음료수를 꺼내 내밀었다.

"배고프제, 이거 묵어라."

나는 형이 건넨 팥빵을 우적우적 씹었다.

"정희야, 어무이한테 말 들었다. 사내자석이 와 그리 마음이 약하노! 남자는 심지가 굳어야 되는 기라. 너무 걱정하지 말고, 일단 대구사범에 응시는 해라.

엄마하고 아버지가 뭐라 캐도 이 형은 몸이 부서지는 한이 있

더라도 내 너를 대구사범에 꼭 보낼 끼다. 알겠나? 니는 이 형 믿

제?”

“…….”

“급히 묵다가 체한다. 이거 좀 마셔라.”

“형님…….”

내 가슴과 목구멍을 덥힌 울음이 걷잡을 수 없이 밖으로 터져

나왔다. 교문을 나서는 형이 뒤돌아보며 하늘 높이 두 손을 크게

흔들었다.

6

“정희 이름이 어데 있노?”

“교장선생님, 여게 있다 아임니까!”

“어데? 어데?”

“만세!”

신문에 발표된 대구사범 합격자 명단을 보고 구미보통학교 교

장선생님과 담임선생님이 두 팔을 번쩍 들고 환호성을 질렀다.

구미보통학교 개교 이래 처음으로 대구사범 합격자를 배출한 것

이다. 합격생은 조선 사람이 90명, 일본인이 10명으로 내 등수는

대구사범학교 4기생으로 합격한 100명 가운데 51등이었다.

학교 선생님과 친구, 그리고 이웃의 축하 인사가 연일 이어졌

다. 하지만 집안 공기는 바깥세상과 달리 몹시 무거웠다. 내가 기

숙사 비를 면제받을 수 있는 관비 장학생에서 탈락했기 때문이었다. 거의 7원에 달하는 대구사범의 기숙사 비를 면제받기 위해서는 관비 장학생 선발 기준인 상위 30퍼센트 성적 안에 들어야 했다. 성적이 중간인 나는 꼼짝없이 기숙사 비를 전액 부담해야 할 처지였다.

스크루지 영감을 닮은 아버지는 이웃의 인사에 입을 꼭 다문 채 건성건성 대꾸하며 눈살만 찌푸렸다.

"치지 마라고 그리 말렸는데 저 자석은 뭐가 그리 잘났다고 기어코 이리 사고를 쳤노! 철딱서니 없는 놈 아이가, 나는 모르겠다!"

아버지는 드러내놓고 나를 원망하며 못마땅해했다. 그는 내가 보통학교를 졸업하고 곧바로 취직해서 돈을 벌길 바랐다. 어머니도 내 앞날에 대한 걱정으로 속을 끓이며 잠을 이루지 못했다. 합격증은 불쏘시개로 쓸 종이 한 장 이상의 가치조차 없었다. 그녀가 제일 걱정했던 일이 벌어진 것이다. 이 때문에 어머니는 정화수를 떠놓고 신령에게 손이 닳도록 아들의 낙방을 빌었었다.

합격의 기쁨과 즐거운 흥분도 잠시, 나는 한 달 동안 고치 속에 든 누에처럼 꼼짝도 않고 방 안에 틀어박혀 있었다. 한 가닥 희망을 걸었던 상희 형에게서는 연락이 없었다. 날이 가면서 점점 초조해졌다. 하루, 이틀, 일주일, 보름이 흐르도록 여전히 형에게서 어떤 기별도 없었다. 형은 돈을 마련하고자 동분서주하고 있었다.

“와 이리 누워갖고 청승을 떠노? 사람이라카는 거는 지 분수를 알아야지. 송충이는 솔잎을 먹고 살아야 된다, 뱁새가 황새 따라 갈라카다가 가래이 찢어졌다는 말 못 들었나?”

아버지의 비난에는 사람의 속을 야비하게 후비는 가시 같은 그 무엇이 있었다. 나는 이를 악물고 아버지의 조소에 눈을 감았다. 나는 그가 정말 내 아버지일까 하는 의문을 가졌다.

인간이 스스로의 자유의지와 절박한 내면의 목소리에 부응해 선택한 결과가 연기처럼 허망하게 사라지는 땅. 나는 아무런 의미를 찾을 수 없는 바로 그런 땅에 살고 있었다. 나는 내 운명을 저주했고, 가난을 저주했고, 관비 장학생에 들지 못한 어중간한 내 능력을 탓했다. 고인이 된 바보 형이라면 이런 고민을 하지 않아도 되었을 것이다. 돈 때문에 진학을 포기해야 할지도 모른다는 현실이 나를 몹시 슬프게 했다.

한 달여가 다 되어가도록 상희 형은 집에 코빼기도 비치지 않은 채 여전히 소식이 없었다. 상희 형은 큰소리는 쳤지만 막상 돈을 마련하기란 쉽지 않았다. 요즘 들어 상희 형이 경찰 당국의 감시를 심하게 받아 형의 주 수입원인 신문 판매와 광고 수주가 크게 줄어서 큰 어려움을 겪고 있었다.

내 학비를 구하러 사방으로 다니다 지친 형은 오늘 하루 온종일 안방 아랫목만 지키고 있었다. 셋째 형수 조귀분이 바느질을 하다 말고 무거운 표정으로 입에 문 담배를 질근질근 씹는 남편을 곁눈질로 힐금거리며 물었다.

“여보, 요새 당신 얼굴이 안 좋소. 막내 도련님 기숙사 비 때문에 그라요?”

상희 형은 한숨만 내쉬며 말없이 고개를 끄떡였다. 형수가 형을 물끄러미 바라보더니 앉은 채로 슬금슬금 뒷걸음질을 쳤다. 그러고는 장롱 앞에 놓인 바구니에서 빨간 복주머니를 하나 꺼내들고 내밀었다.

“이기 뭐꼬?”

“내 패물이요.”

“이거는 와?”

상희 형은 형수가 내민 패물 보따리를 열어보며 난감한 표정을 지었다.

“내는 괜찮으니까 이거 팔아서 막내 도련님 학비에 보태이소.”

“이거는 당신 결혼 예물인데, 안 된다.”

“그리 마음에 걸리면 당신이 돈 잘 벌게 된 다음에 더 좋은 것 사주면 안 됩니까?”

셋째 형수는 형 못지않게 정이 많고 아주 너그러운 사람이었다.

“내가 당신한테 염치가 없어서 우짜노?”

“카메라 맡기는 것보다 낫지, 뭘 그래요?”

형수가 씁쓸한 웃음을 지으며 가는 눈을 들어 형을 은근히 흘겼다. 형수는 형이 카메라를 들고 역전 전당포를 찾았다가 발걸음을 되돌린 걸 친정 집안사람인 전당포 주인을 통해 들어서 알고 있었다.

"카메라는 기자한테 생명이나 마찬가진데, 당신도 참 딱하요. 그리 답답하면 나한테 얘기하면 될 걸 어찌 그리 혼자 속앓이를 하요. 당신도 보기보다 참 어리석소."

형수의 사랑이 섞인 은근한 타박에 형이 민망한 기색을 감추지 못하고 멋쩍게 웃었다.

나를 못살게 구는 스크루지 영감만 내 곁에 있었던 건 아니었다. 산타클로스도 있었다. 셋째 형수 조귀분의 통 큰 배려로 기숙사 비와 용돈은 물론이고 교과서와 교복 및 교모 대금이며, 학용품, 공작 도구, 구두, 교련용 각반, 사범학교 학생들의 체육 필수품인 스케이트 신발 및 스파이크 신발 비용으로 거의 15원이나 되는 큰돈을 마련할 수 있었다.

아버지의 그늘

1

국제적인 압력에도 굴하지 않은 일본이 괴뢰정권인 만주국의 건국을 선언한 지 딱 한 달 지난 1932년 4월 1일, 나는 꿈에 그리던 대구사범에 입학했다.

신장 135.8센티미터, 체중 30킬로그램. 체격은 여전히 왜소해 동급생 가운데 제일 작은 난쟁이 과에 속했다. 그래도 검정 교복과 스승 '사(師)' 자가 새겨진 교모를 착용한 내 모습을 거울에 살짝 비추어보면 무명 바지와 저고리로 촌티 물씬 풍기던 때와 달리 꽤 지적이고 세련된 느낌이 들었다.

대구사범의 일과는 숨 쉴 틈도 없이 우리를 몰아세웠다. 항상 6시 기상, 밤 10시 취침이었다. 깨어 있는 시간 내내 빈틈없이 일과가 진행되었다. 배워야 할 과목이 무려 26개였고, 실험과 실습을 중요시해서 농사를 짓고 목공소에서 대패질을 하고 바이올린도 익혀야 했다. 주말에야 외출이 허용되었기에 우리는 목을 빼고 주말을 기다렸고, 주말이 되면 우르르 거리로 몰려나가 해방감에 젖었다.

주말 나들이는 무척 즐거웠다. 친구들과 어울려 대구 시내에 나가면 사람들의 시선이 우리에게 쏠렸다. 대구사범 제복을 입은 우리를 향한 대중들의 선망과 동경을 느낄 수 있었다. 절로 어깨가 으쓱해졌다. 단정한 제복과 스승 사(師)까지 새겨진 교모는 나의 사회적 신분 상승을 세상에 증명하는 우아하고 멋있는 장식이었다.

첫 여름방학을 보름 남겨둔 어느 날, 기숙사 1층 게시판 앞이 아침부터 몹시 시끄러웠다. 아침식사를 마친 친구들이 게시판 앞에 몰려들었다. 기말고사 석차가 발표된 것이었다. 성적은 기숙사 비를 면제받는 관비 장학생 선발 기준에 드는 30등까지만 발표했다. 기쁨에 탄성을 지르는 친구와 풀이 죽어 우거지상을 짓는 친구, 성적을 게시한 학교 측의 처사에 불만을 품고 욕하는 친구들이 뒤섞여 소란스러웠다.

나도 친구들 사이를 비집고 들어가 까치발을 하고 가슴을 졸이며 게시판을 살짝 올려다보았다. 설마 하고 보았던 게시판에 내 이름 석 자는 없었다. 날밤을 세우고 쿠피를 터뜨리며 공부해서 본 기말고사의 결과였다.

내 기숙사 비를 전적으로 부담하고 있는 형의 부담을 덜어주고 싶었다. 그러나 관비 장학생의 꿈이 깨져서 모든 것이 물거품이 되었다. 1학년 최종 성적은 내 바람과는 달리 중간으로 마감했다. 상희 형의 지원에 몸을 기댈 수밖에 없는 처지였다. 기자인 상희 형도 사정이 크게 좋은 편은 아니었다. 형에 대한 경찰의 감시가 강화되어 신문사 지국 운영이 어려웠다.

이듬해 2학년에 진급한 이후로는 기숙사 비용 마련이 몹시 어려웠다. 첫 학기 두 달 동안 기숙사 비를 내지 못했다. 어느 날 오후에 사감 사토(佐藤)가 나를 불렀다.

"박정희 군, 집안 형편이 크게 어려운가?"

"……."

기숙사 비 납부 독촉을 학교 측으로부터 서면으로 두 번이나 통지받은 직후였다.

"자네가 써 낸 가정 형편을 보면 논도 꽤 있어서 크게 나쁜 것 같지 않은데……."

사감인 사토는 서른이 넘도록 결혼을 하지 않은 사람인데, 깡마른 체형만큼 신경질적인 사람이었다. 그는 이해가 안 된다는 듯 고개를 갸우뚱거리며 들고 있던 연필로 탁자를 가볍게 쳤다.

내가 적어 낸 가정환경 조사서에는 15마지기 정도의 논이 있는 것으로 기록되어 있다. 문제는 모든 땅이 소작이라는 것이다. 일부는 외가의 문중 땅이고, 일부는 창랑 장택상의 아버지인 대지주 장승원의 땅을 임차해 경작하고 있었다. 내가 가타부타 아무런 말이 없자, 사토가 은근한 비웃음을 일자형의 얇은 입술에 담았다.

"자네 형편이 어떤지 모르겠지만, 두 달이 넘도록 아무 답이 없다는 건 말이 안 되지. 자네 혹시 기숙사 비를 받아서 딴 데 쓰는 것 아니야? 가끔 그런 친구들이 있던데…… 보름 정도 말미를 주겠네. 그 기한 내에 꼭 해결하도록 하게. 안 되면 기숙사에서 퇴소시킬 수밖에 없다네.”

기숙사에 입소한 학생들 가운데 사감에게 불려 간 사람은 내가 유일했다. 그의 재촉을 받고 방으로 돌아와 누웠다. 저녁식사 시간을 알리는 종소리가 들렸다. 책상에 앉아 공부하던 친구들이 우르르 식당으로 몰려갔다. 내 배꼽시계도 요란하게 울렸다.

생리적인 욕구는 아직 남아 있었다. 나는 터벅터벅 식당으로 걸어 들어가 밥을 식판에 받아 들고 입구에서 끄트머리 식탁 왼쪽 귀퉁이에 앉았다.

“저 거지 새끼, 저거 돈은 안 내면서 밥은 잘 쳐묵네.”

같은 반 오길도가 눈을 내리깔고 나를 째려보며 빈정거렸다. 그의 아버지는 대구에서 유명한 양조장의 사장이었다. 그는 제 아버지의 돈과 힘을 믿고 동료들에게 으스대며 자주 건방을 떨었다. 주말에 외출하면 그는 친구들을 불러다 돈을 풀어 환심을 샀고, 그에게 자주 음식과 술을 얻어먹은 친구 가운데 몇몇은 벌써 그의 똘마니처럼 행동하고 있었다. 오길도의 주변에 앉은 두세 명의 친구들도 그에 동조하여 나를 바라보면서 키득거렸다. 나는 자리에서 벌떡 일어나 그에게 다가갔다.

“니 지금 나한테 금방 뭐라 캤노? 이 새끼야!”

그가 일어설 새도 없이 내 주먹이 그의 얼굴을 정통으로 맞혔다. 바닥에 쓰러져 넘어진 그가 정신을 차리고 일어나 눈을 부라리고 덤벼들었다. 오길도와 나의 주먹다짐으로 식당은 순식간에 난장판이 되었다.

그 이후로 나는 작지만 깡이 있는 아이로 동료 사이에 정평이 나서 건드리는 친구들이 좀처럼 없었다. 하지만 밥알은 목구멍으로 더 넘어가지 않았다. 나는 모래알 같은 밥알을 잘근잘근 씹으며 눈물을 삼켰다.

여름방학이 끝나도록 기숙사 비를 마련하지 못해 처음으로 열흘 넘게 결석했다. 상희 형의 도움으로 간신히 돈을 마련해 학교에 나갔지만, 학교에 대한 회의가 크게 일었다. 송충이는 솔잎을 먹고 살아야 한다는 아버지의 이야기가 옳을지도 모른다고 생각했다.

나는 공부보다 검도와 복싱에 매달렸다. 샌드백을 두드리고 목검을 휘두르며 땀을 흘렸다. 땀을 흘리는 동안에는 나를 괴롭히는 상념에서 잠시나마 벗어나 숨을 쉴 수 있었다.

2학년 성적도 역시 중간을 면하지 못했다. 내가 가장 자신감을 가졌던 공부가 점점 두려워졌고 시험을 보는 게 겁이 났다. 나는 공부에 흥미를 잃어가고 있었다.

상희 형에 대해서는 동생으로서 무척 미안했다. 상희 형도 내색하지는 않았지만 차차 지쳐가고 있었다. 상희 형은 얼마간의 용돈까지 내 손에 덤으로 쥐여주며 어깨를 토닥여주던 1학년 때와는 달랐다. 내가 형의 사무실에 들어서면 형은 마뜩치 않은 얼굴로 나를 바라보다가, 어디론가 나갔다가 한참 후에야 봉투를 들고 사무실에 나타났다.

"너 성적이 와 이 모양이고, 너 공부 안 하나? 쓸데없는 데 정신 팔지 말고 공부 좀 열심히 해라!"

형의 질책 안에는 나에 대한 실망과 원망의 빛이 그득했다. 사범학교 생활은 나를 몹시 우울하게 만들었다. 어떤 것도 나를 기쁘게 하지 못했다. 성적표를 받아 들 때마다 우울했다. 결과는 항상 나 자신에게조차 실망스러운 것이었다. 한때 자신했던 수학조차 사범학교에서는 거의 꼴찌 수준의 성적이었다.

어느 순간엔가 나는 공부보다 운동에 더 열을 올렸고, 일반 학과 공부보다 교련 같은 군사 과목에 더 많은 관심을 기울이게 되었다. 그 결과 사격·검도·총검술 같은 과목에서 유난히 높은 점수를 얻었다. 그래서 나는 교련 담당 아리카와(有川) 대좌(대령)의 총애를 받았다. 히틀러의『나의 투쟁』같은 책도 즐겨 보았다. 손때 묻은『나폴레옹 전기』도 여전히 내 품에 있었다.

공부에 손을 놓으면서 성적은 가파르게 추락했다. 대구사범에서는 긴장을 늦춘다는 게 불가능했다. 3학년 이후 내 성적은 끝없이 추락했다. 노력에도 불구하고 중위권을 벗어나지 못한 나는 공부에 대한 자신감을 완전히 잃어버렸다.

2

아버지 박성빈은 선산 도개면 김세호가 소개한 그의 딸 김호남의 얼굴을 찬찬히 살폈다. 세월의 무게만큼 입꼬리가 늘어진 그의 입가에 몹시 만족스런 웃음이 피어났다.

'정희 놈 짝으로 손색이 없어. 키도 훤칠하고 자태가 여간 곱지 않구먼.'

술을 입에 달고 살았던 아버지는 근래 몸이 좋지 않아지자 막내아들인 나의 혼처를 여기저기 알아보고 있었다. 김세호의 외가는 상모리 우리 집의 이웃에 있었다. 이것이 인연이 되어 설을 지낸 지 며칠 되지 않아 김세호의 집을 방문한 것이다. 아버지 박성빈은 막내아들의 성격이 여간 까다롭지 않다는 걸 알아 그 나름대로 신중에 신중을 기하며 혼처를 고르고 있었다. 아들이 사람들에게 존경받는 훈도가 될 터이므로 배필은 그에 걸맞은 짝이 되어야 한다고 생각했다.

먼저 반듯한 미모가 있어야 하고, 키가 작은 아들의 2세를 생각해 키도 커야 하고, 남편과 시부모를 잘 받들고 자식을 잘 기를 수 있는 현모양처의 자질을 두루 갖춰야 했다.

김세호가 차려낸 떡 벌어진 주안상으로 한껏 배를 불리고 술에 취한 아버지는 아주 기분이 좋았다.

"사돈, 우리 날을 잡읍시다."

아버지는 화끈했다. 그는 농사꾼 김세호를 만난 그날로 김세호를 '사돈'이라 불렀고, 김세호도 그의 시원시원한 말에 날아갈 듯이 기뻤다. 대구사범에 다니는 수재를 자신의 맏사위로 맞이할 생각을 하니 몹시 흥분되었다. 당사자는 물론이고 가족들도 모르는 사이에 아들의 혼사 문제는 일사천리로 진행되었다.

"아버지, 안 됩니다."

"와 안 된다 말이고? 애비가 죽기 전에 자식을 결혼시키려고 하는데, 이기 뭐가 잘못된 기고!"

"정희가 졸업하고 혼인을 시켜도 늦지 않습니다. 아가 안 그래도 마음을 못 잡고 있는데 덜컥 혼인을 시켰다가 정희가 실망을 하면 더 큰일 아닙니까? 정희가 얼매나 예민한 놈인 줄 몰라서 그리 합니까?"

"정희 혼인은 호주인 내가 알아서 할 일이지 너그들이 참견할 일이 아니다, 치워라 고마!"

아버지는 자신의 생각을 이해하지 못하고 반대만 하는 장남과 셋째 아들의 태도가 섭섭해 흥분을 감추지 못했다.

온 가족의 반대에도 불구하고 아버지는 자신의 생각을 거둘 여지를 털끝만치도 남겨두지 않았다. 일방적으로 날을 잡아 가족들에게 통고한 것이었다.

사범학교에 다니는 나와 달리 그녀의 학력은 보통학교 2년 과정 수료가 전부였다. 가족들은 학력 차이가 많이 나면 부부간 대화에 어려움이 있을 것이라 생각해 그녀를 내 짝으로 마땅치 않게 보았다. 하지만 아버지 박성빈은 가족들과 생각이 정반대였다. 그는 여자가 많이 배우는 것은 아녀자로서 오히려 흠이라 여졌다. 남편에게 순종하고 아이를 잘 낳고 길쌈이며 바느질이며 집안일 잘하는 여자를 최고로 여긴 것이다. 아버지는 종 같은 여자를 원했고 나는 동반자를 원했다.

아버지가 혼인날을 덥석 잡아 가족들에게 통고하던 날, 나는 그 길로 대구로 도망쳤다. 나는 결혼에 대한 생각이 눈곱만치도 없었다. 아버지는 마지막 학년인 5학년 신학기 개강일인 4월 1일을 일방적으로 내 결혼식 날짜로 잡았다.

나를 잡아오라고 불같이 닦달해대는 아버지의 성화를 이기지 못해 셋째 형이 부득불 대구사범학교 기숙사로 나를 찾아왔다.

"정희야, 미안하다. 하지만 지금은 어쩔 수가 없다. 내려가자."

"어떻게 아버지가 자식의 인생을 이렇게 난도질할 수가 있소? 나는 안 갑니다. 못 갑니다."

"나도 편치 않은데, 네 기분이야 오죽하겠나? 그래도 어찌하겠노? 아버지가 저리 난린데, 네가 참석 안 해서 혼인이 파탄이라도 나면 불같은 아버지 성격에 가만있겠나? 큰 사달이 나도 날 끼다. 배움이 부족해 네 상대로 나도 마음에 걸린다마는, 부족한 것은 채우면 되는 것 아니겠나? 내가 이리저리 알아보았는데 네 댁이 될 사람은 심성이 곱다 카더라. 이번만큼은 네가 양보를 좀 해다오. 정희야, 형이 부탁한다."

상희 형은 손사래를 치는 나를 강제로 끌고 선산 도개면으로 내려갔다. 상희 형은 힘이 장사여서 그의 손아귀를 벗어날 수 없었다. 도개면까지 나를 따라나선 몇몇 친구에게는 내가 도망갈 수 있게 망을 봐달라는 부탁도 했다.

초례청(醮禮廳)은 그녀의 집 마당에 차려졌다. 담 너머 길가에
는 벚꽃이 만개했고 하객으로 온 집안이 붐볐다. 하지만 흥겨운
여느 잔칫집 분위기와 달리 이 혼례는 몹시 생경하고 어색했다.
신랑인 내가 꿔다놓은 보릿자루처럼 무심한 표정만 짓고 있었기
때문이다. 양가 집안 어른들은 하객들 때문에 억지웃음을 짓고
있었지만 속내는 여간 불편하지 않았다.

밤이 이슥해졌다. 주안상을 사이에 두고 그녀와 내가 마주 앉
아 있었다. 그녀는 혼례 복장을 그대로 입은 채 우두커니 앉아 커
다란 눈을 껌뻑거리며 내 눈치만 살폈다. 그녀는 나보다 세 살 적
은 열일곱이었다.

일렁이는 호롱불빛 사이로 그녀의 얼굴 윤곽이 춤을 추며 드러
났다 숨었다 했다. 아버지의 말처럼 그녀는 꽤 아름다웠다. 하지
만 나는 도무지 그녀에게 티끌만 한 욕구와 흥미도 느끼지 못했
다. 생면부지의 여자와 낯설고 좁은 방 안에 앉아 있다는 게 여간
불편하지 않았다. 나는 어둠이 물러가고 빨리 날이 밝기만을 바
랐다. 나는 작은 잔에다 술을 붓고는 입안에 툭 털어 넣었다. 내
가 술을 마시는 동안 그녀는 아무 말 없이 나를 뭄끄러미 바라보
며 가만히 앉아 있기만 했다.

연지와 곤지를 찍은 그녀의 상기된 얼굴이 호롱불빛에 번들거
렸다. 그녀가 땀을 흘리고 있었다. 그녀의 얼굴엔 긴장의 빛이 역
력했다.

"족두리가 무거우면 벗지요."

"괜찮습니다."

그녀 역시 나와 마찬가지로 몹시 어색해했다. 첫날밤을 맞은 새색시는 내게 무슨 말을 해야 할지 몰라 망설이는 눈치였다. 나는 그녀에게 달리 할 말이 없었다. 마지막 남은 한 방울의 술까지 쥐어짜 마신 다음에 나는 벽에다 등을 기댔다.

"편히 쉬시오, 나도 잠시 눈을 좀 붙이겠소."

"자리에 누우시지요?"

"난 이게 편해요. 그쪽이나 누워서 눈을 붙였으면 좋겠소."

그녀와 나의 말투는 무미건조했고 여전히 서먹서먹해서 방 안 공기가 무거웠다. 나는 구석에 웅크리고 앉아 잠을 청했다. 설핏 잠이 들었는데, 벌써 홰치는 소리가 들렸다. 희뿌연 새벽이 문 앞까지 와 있었다. 그녀도 혼례 복장을 그대로 한 채 앉은 자세로 졸고 있었다.

나는 혼례 다음 날 바로 신행길에 오른 그녀를 상모리 시댁에 데려다 주고는 도망치듯 대구로 올라왔다. 나는 어제 하루 동안 벌어진 일들이 꿈같기만 했다. 내가 아닌 누군가가 잠시 딴 세상에 다녀간 것 같았다. 나는 영문도 모른 채 유부남이 되어 있었다.

나는 땅굴을 파는 두더지처럼 열차의 가장 구석진 곳을 찾아 들어가 앉았다. 창밖에 비가 내렸다. 빗줄기가 가늘어 몹시 감질났다.

나는 눈을 지그시 감고 길게 호흡했다. 그리고 최면을 걸듯 나 자신에게 암시를 주었다.

'그 사람은 네 아버지가 인정한 며느리일 뿐이야. 네가 받아들인 네 여자는 아니야. 넌 그 여자와 잠도 자지 않았어. 그러니 넌 어떤 책임도 느낄 필요가 없어. 그녀를 돌볼 이유도 없어. 양심의 가책을 느낄 일도 아니야. 넌 네가 생각한 그 길을 가면 되는 거야. 이건 결혼이 아니야. 네 아버지의 무자비한 폭력일 뿐이야. 넌 희생자니까 네 권리를 너 스스로 찾아야 해.'

강제 결혼이 준 충격의 여파는 컸다. 머릿속은 텅 비고, 생각이 나지 않고, 아무것도 느낄 수 없었다. 나는 내가 완전히 백치가 된 느낌이었다. 흥미로운 것이 아무것도 없었다. 온몸의 세포가 울분으로 차올라 신경이 날카롭게 곤두서 있었다. 건드리기만 해도 폭발할 지경이었다. 나는 솟구치는 울분을 기숙사 동료 이정찬에게 마구 퍼부었다.

그는 모든 면에서 나와 대조적이었다. 그는 열등생인 나와는 달리 공부도 줄곧 10등 안에 들었던 우등생이었다. 나는 성격이 음울하고 괴팍했지만 그는 인격적으로도 흠잡을 데가 없는 친구였다.

나는 자포자기의 심정이 되어 공부에 거의 손을 놓고 있었다. 이정찬은 나를 걱정해서 노파심에 자주 충고했다.

"박 군, 시험도 얼마 남지 않았는데 공부 좀 하시게."

"나한테 신경 끄시고 이 형이나 잘하시게."

나는 그의 충고가 늘 귀에 거슬리고 고깝게 들려 그와 사소한 일로 자주 설전을 벌였다. 때로는 주먹다짐을 하기도 했고, 그의

얼굴이 보기 싫어서 책상을 돌려 앉기도 했다. 나는 그의 일거수
일투족이 몹시 신경에 거슬렸다.

3

혼인을 올린 이래로 나는 여전히 그녀의 몸에 손대지 않았다.
그녀를 찾지도 않았다. 그녀는 아직 처녀의 몸이었다. 나는 아버
지가 나에게 강요한 이 결혼에 저항하고 있었다.

당시 결혼 풍습은 부모가 결혼을 주선하고 자식은 싫든 좋든
거기에 맞추어 순종하며 사는 것이었다. 누구나 이 같은 관습에
암묵적으로 동의하고 있었으므로 내가 아버지가 주선한 결혼을
부정한 것은 일상적인 모습은 아니었다.

아버지에 대한 평소 불만 때문에 아버지가 나에게 강요하고 결
정한 것들을 몹시 싫어하긴 했지만, 그보다는 여느 사람들보다
유난히 강한 내 자의식이 더 문제였다. 나는 나 자신의 자아에 크
게 눈뜨고 있었다. 내가 그간 알고 있던 여자들은 남편의 무능과
학대조차 아무런 불평불만 없이 묵묵히 받아들이는 것을 미덕으
로 알았다. 어머니는 순종과 희생의 전형으로 내가 생각하는 최
고 아름다운 여성이었다. 하지만 신교육을 받고 새로운 문화를
접하면서 이보다 더 아름답고 멋있는, 진취적인 신여성이 많다
는 것을 알게 되었다.

게다가 나는 막내로 태어나서 태생적으로 막내 기질이 강했다.

신학문까지 배웠기에 다른 형제들보다 개인주의적인 경향이 강
했다.

졸업을 앞둔 대구사범의 마지막 겨울방학이 시작되었다. 지긋
지긋한 대구사범 생활도 이젠 끝이었다. 나는 얼마간 해방감에
젖어 있었다. 졸업을 하고 임용을 받게 되면 나는 감옥 같은 상모
리를 벗어날 수 있었다. 아버지를 보지 않아도 될 것이고 아내의
얼굴을 볼 일도 없을 것이다.

나는 서너 벌의 옷가지만 챙겨서 간단한 가방을 꾸려 학교를
나섰다. 나는 구미역에 내리는 길로 아내를 피해 상모리로 가지
않고 어릴 적 단짝 이준상을 찾았다. 준상은 자기 아버지가 운영
하는 한약방에서 일하고 있었다. 그는 작두로 약재를 썰고 있다
가 나를 보고는 반가움에 얼른 나왔다.

“니 언제 왔노?”

“지금 왔다.”

“집에 오늘 들어갈 끼제?”

“당분간 안 들어갈 끼다, 좀 재워도.”

“…….”

그는 딱하다는 표정을 지으며 나를 바라보다가 알았다는 듯 고
개를 끄덕이며 더 이상 묻지 않았다.

“친군데 어짜겠노, 니 하나 구해줘야지.”

그는 금방 구미 시내에서 일하고 있는 친구들을 불러 모았다.
대장장이가 된 이득칠, 농사꾼이 된 경운기, 제재소에서 일하는

공칠수, 술도가에서 일하는 주정용, 기생집에서 아코디언을 연주하는 안기생이 나왔다.

그들에게는 한결같은 공통점이 있었다. 반장이었던 나에게 매질을 심하게 당한 친구들이었다. 우리는 대폿집에서 구미보통학교 시절 얘기를 하며 웃음꽃을 피웠다.

"정희야, 내가 요즘 같으면 니한테 안 맞는다. 자석이, 콩만 한 게 어찌 그리 깡이 있는지, 기가 질리더라카이."

"야, 여북했으면 정희보고 악바리라 캤겠나?"

정작 매를 들었던 나는 그들이 기억하는 것들을 다 기억하지는 못했다. 그들에게 의미 있는 것이 내게는 그다지 소중하지 않았던 것 같다. 아무튼 나는 친구들의 집을 전전하며 동가숙 서가식 한 지가 보름이 넘었다.

내가 집에 들어가지 않고 구미 시내만 돌아다니며 방황하자, 가족들은 애가 탔다. 마음이 여린 어머니는 혼자 시댁을 지키고 있는 며느리가 안쓰러워서 혼자 조바심을 치고 있었다. 도개면의 사돈 집안에 면이 서지 않는 것은 물론이고, 조석으로 얼굴을 마주 대하는 며느리를 보는 것도 어머니에게는 여간 괴로운 일이 아니었던 것이다. 어머니는 세월이 약이 되리라 생각하며 기다렸지만 이 상황이 나아질 가망이 도무지 보이지 않자, 애를 바짝 더 태우고 있었다.

선술집에서 만난 상희 형이 대신 내어준 술값 덕에 오늘은 푸짐한 부침개까지 원 없이 먹고 흠뻑 취했다.

준상의 집에 들어가니 준상이 어머니의 기별을 받고 어머니가 와 계셨다. 두 사람은 자식들 때문에 서로 형님 아우 하는 매우 친밀한 사이가 되어 있었다.

어머니가 바짝 다가와 내 손을 붙잡았다.

"정희야, 많이 놀았으니 이제 엄마하고 고만 집에 돌아가자."

"어무이, 나는 집에 안 갑니다. 용서하이소."

"내도 니 기분은 이해한다. 하지만도 젊은 니 각시를 생과부로 만들 수는 없는 노릇 아이가? 사람이 하고 싶은 거 하며 살면 좋지만 안 그럴 때도 있다. 니 각시를 니가 품어주는 것도 인정을 베푸는 기다. 그게 사람 아이겠나? 정희야, 이 에미가 부탁한다. 고만 내려가자."

미꾸라지처럼 요리조리 잘 피해왔지만, 어머니의 눈물 공세 앞에 결국 무릎을 꿇었다. 도살장에 끌려가는 소의 심정이 이럴까? 나는 고개를 푹 숙인 채 땅바닥만 쳐다보며 상모리로 내키지 않은 걸음을 하고 있었다.

동장군이 기승을 부렸는지 겨울바람이 이날따라 유난히 거셌다. 준상의 어머니도 상모리 길에 동행했다. 침통한 내 표정과는 달리 두 사람은 눈웃음을 서로에게 치며 미소 짓고 있었다. 두 사람은 안도하는 기색이 역력했다. 어머니와 준상이 어머니는 죽이 잘 맞았다. 준상이 어머니가 손에 든 흰 무명 보자기에는 오늘 밤 내 잠자리에 쓸 정종 한 병과 씨암탉 한 마리가 들어 있었다. 두 사람은 어떤 일이 있어도 오늘 밤엔 반드시 나와 그녀의 합궁을 성사시켜야 한다고 믿고 있었다. 두 사람의 뜻대로 나는 방에 들었고, 한 시간쯤 지나서 아내가 주안상을 들고 들어왔다. 곧이어 둔탁한 쇳소리가 들리며 문이 잠겼다.

"이게 어찌 된 일이요?"

"어머니께서 잠그신 것 같습니다."

아내의 말은 내가 도망을 갈까 봐 어머니와 준상의 어머니가 방문 앞을 지키고 있다는 것이었다. 어이없었지만 도리가 없었다. 장작을 많이 넣어 방바닥이 뜨끈뜨끈했고 방 안도 훈훈했다.

그녀가 다소곳이 앉아 중탕을 한 정종을 잔에다 따랐다. 내가 말없이 잔을 비우자 그녀가 다시 잔을 채웠다.

"안주를 좀 드시지요."

"난 생각이 없소, 당신이나 드시오."

내 목소리는 꽤 퉁명스러웠다. 열여덟 살 여자의 볼이 발갰다. 그녀가 고개를 떨어뜨렸다. 왠지 그녀가 측은해 보였다.

"한 잔 하겠소?"

"전 술을 못합니다."

"그냥 한 잔 하시오."

나는 막무가내로 그녀의 잔에다 술을 따랐고, 내 잔에도 술을 채웠다.

"같이 한 잔 합시다."

서너 순배 잔이 돌았다. 나와 그녀 사이에 가로 놓여 있던 어색한 기운이 다소 풀렸다. 그녀도 긴장이 풀리는 듯 움츠린 어깨를 펐다.

"내 말을 너무 서운하게 듣지 마시오. 하지만 내 심정을 솔직히 말하지 않을 수가 없소. 난 한 번도 내가 사랑하지 않는 여자와 결혼한다고 생각한 적이 없소. 나는 불행히도 당신을 사랑하지 않소. 나는 당신에 대해 아는 게 없소. 당신 얼굴을 본 것은 혼인식을 올릴 때가 처음이었소. 아버지의 강권의 못 이겨 내가 당신의 법적인 남편이 되었지만 난 지금도 이 상황을 이해할 수 없소. 내가 왜 당신과 부부가 되어야 하는지…… 당신은 당신을 사랑하지 않는 남자와 동침을 한다는 것이 억울하지 않소?"

그녀는 아무 말 없이 내 얘기를 잠자코 듣고 있었다. 나이답지 않게 그녀는 꽤 인내심이 있었다. 그녀가 머리칼을 쓸어 올리며 무릎을 세워 단정히 앉았다. 그녀가 나를 물끄러미 바라보았다.

"서방님이라 제가 불러도 되겠습니까?"

"……"

나는 그녀가 나를 부르는 호칭이 몹시 어색하고 생경했다. 차라리 내 이름을 불러주었으면 하고 마음속으로 생각했지만 더 이상 토를 달지는 않았다.

"저는 나이가 어리고 배운 것이 부족해 사랑이라는 것은 잘 모릅니다. 부모님의 뜻에 따라 혼인을 했고, 서방님을 저의 지아비로 받아들였습니다. 동침을 하건 하지 않건 상관은 없습니다. 다만 저는 서방님에게 출가를 한 몸입니다. 제가 돌아갈 곳은 이 세상 어디에도 없습니다. 서방님께서 저를 내치신다 해도 저는 이

자리에서 죽을 수밖에 없는 몸입니다. 죄송합니다.”

보송보송한 솜털이 채 가시지 않은 그녀의 말에 나는 내심 놀라웠다. 유교적 가풍이 강한 고장에서 자란 여자라 하지만 아직 그녀는 어렸다. 그러나 그녀의 말투는 이미 오랜 세월을 살아버린 고루한 사람의 말투였다. 아무런 이의 없이 순순히 일부종사(一夫從事)를 입에 올리는 그녀가 신기하면서도 어색했고 안타까웠다.

그녀가 일부종사를 미덕으로 아는 것은 아마도 전통적인 가치와 관습에 세뇌된 탓이리라 생각했다. 어쩌면 그녀의 부모가 그녀에게 귀에 못이 박히도록 교육을 시켰을지도 모른다. 그녀는 내 어머니처럼 순종적이고 헌신적인 여자가 될 것이 틀림없어 보였다. 하지만 나는 그녀에게서 상투적인 말을 듣는 순간 이 여자가 이전보다 더 싫어졌다.

그녀는 아름답긴 하지만 매력적이지는 않았다. 사랑이 나에게 고통을 주고 나를 불행하게 만들지라도 나는 내가 살아 있음을 느끼게 하는 의미 있는 사랑을 하고 싶었다. 나의 사랑이 미풍과 양속을 파괴해 많은 사람들의 야유와 조롱, 그리고 저주를 받는다 해도 나는 내가 원하는 여자와 사랑에 빠지고 싶었다. 나 자신의 생각과 욕구에 충실한 것, 이것이 나다운 삶이라 생각했다. 나는 철저히 나다운 삶을 살고 싶었다.

나는 봉건적인 여성을 원치 않았다. 진취적이고 열정적인 신여성을 내 여자로 삼고 싶었다.

"난 당신을 돌볼 자신이 없소. 아니 더 솔직히 말하자면 난 당신을 돌보지 않을 것이요. 그래도 내 곁에 있을 생각이요?"

"저는 이미 출가한 몸입니다. 여자는 일부종사라 했습니다."

"봄이 오면 꽃이 피는 것이 자연의 이치지만, 사람의 마음은 그렇지 않소. 당신에겐 아주 서운하고 매우 야속하게 들리겠지만 당신은 내가 원하는 이상형이 아니요. 난 내가 원하는 그런 이상형을 만나고 싶소. 세월이 흘러도 당신에겐 봄이 오지 않을 것이요. 그래도 괜찮소?"

"……."

그녀는 고개 숙인 채 한동안 말이 없었다. 잠시 후에 그녀가 한숨을 쉬며 옷소매로 눈물을 훔쳤다.

"사람의 마음을 어찌 억지로 하겠습니까? 이것도 제 운명 아니겠습니까."

그녀의 눈가를 촉촉이 적신 눈물을 보니 몹시 미안했다. 그녀에게 죄스럽기도 했다. 대체 나와 그녀가 왜 이렇게 아파해야 하는지 알 수 없었다. 우리가 선택하지 않은 삶 때문에 아파해야만 하는 것이 너무 억울했다. 말도 안 되는 이 비상식적인 혼인의 전후를 다시 생각하면 머리만 아팠다.

나는 눈을 들어 그녀를 찬찬히 살펴보았다. 결혼 이후 처음으로 그녀를 제대로 보고 있었다. 초야에는 혼례복을 입고 있어 그녀를 살필 기회가 없었다. 그녀는 몸매가 늘씬했다. 얼굴은 갸름히고 이마가 넓고 눈썹도 짙었다. 살은 뽀얗고 이목구비까지 수

려해 어느 누구에게 견주어도 뒤지지 않는 상당한 미인이었다. 뭇 사내들의 시선을 단번에 끌 만한 매력이 있었다.

그녀가 평범한 다른 남자를 만났더라면 여자로서 한평생 행복한 인생을 살 수 있을 것이라 생각했다. 나는 나 자신의 운명도 비참했지만, 나 못지않게 그녀의 운명도 기구하다는 생각이 들어 안타까웠다. 어느덧 주전자가 바닥을 드러냈다.

4

입학생의 30퍼센트가 이런저런 사유로 탈락하고, 70명의 졸업생 가운데 나는 69등으로 간신히 대구사범을 턱걸이로 졸업했다. 탈락자들은 사회주의 서적을 탐독했다거나 항일운동에 연루되어서, 혹은 혹독한 교과 과정을 이겨내지 못해 자의 반 타의 반으로 그만두는 경우였다.

그해 봄에 나는 산간벽지에 해당하는 문경보통학교의 훈도로 발령을 받았다. 졸업 성적이 불량했기 때문이다. 난 갑갑한 도시에 근무하는 것보다 한적한 시골 마을 문경에서 근무하게 된 것이 오히려 좋았다. 나는 사람들과 부대끼는 것이 지긋지긋했다.

선비들의 과거 길인 해발 642미터의 문경새재는 마음만 먹으면 반나절에 오갈 수 있는 가까운 거리에 있었다. 나는 문경에 부임하면서 학교 관계자의 소개로 제자 이순희의 집에서 처음 몇 달간 하숙했다. 이순희의 아버지 이춘동은 제재소를 운영하는, 문경의 이름 있는 사업가였다. 인근에 상당한 재력가로 알려진 그가 나를 그의 집에 들인 것은 돈 때문이 아니라 딸아이의 공부를 지도해달라는 숨은 뜻이 있어서였다.

"훈도께서 우리 집에 기숙을 하시는데 내가 어찌 가만히 있을 수 있겠소!"

그는 첫날부터 고기를 굽고 전을 부쳐 입이 떡 벌어질 만큼 큰 주안상을 차려냈다.

"선생님은 올해 나이가 얼마나 되셨소?"

"스물하나입니다."

"내 평생 이렇게 젊으신 선생님은 처음 보았소, 내 비록 박 선생님보다 나이가 스무 살 위지만 친동기간처럼 지내봅시다."

"제 백형(伯兄)도 스무 살 위입니다."

"아 그렇소? 하하!"

이춘동은 사업하는 사람답게 성격이 서글서글하고 붙임성이 아주 좋았기에 내성적이고 말수가 적은 나와 금방 친해졌다. 나로서는 안정적인 수입원이 생기고 인정 넘치는 순박한 시골 사람들을 만나면서 흐트러졌던 마음이 얼마간 정리가 되는 듯했다.

4월 마지막 주 휴일이었다. 며칠 전 다녀온 봄 소풍날, 내가 물에 빠진 아이를 구한 일을 두고 이춘동은 입이 마르도록 칭찬을 하며 대낮부터 술을 권했다.

"정말 대단하시오. 헤엄을 잘 친다 해도 물살이 거센 곳이라 여간 위험한 일이 아닌데, 어찌 그리 겁도 없이 뛰어드셨소?"

"젊은 사람의 객기 아니겠습니까!"

"허허, 무슨 겸손의 말씀을 그리 하시오. 박 선생님은 목숨을 내놓는 훌륭한 일을 하셨습니다. 박 선생님 소문이 문경 시내에 파다합니다."

그의 치사는 낯간지러울 정도로 과분했지만 과히 듣기 싫지는 않았다. 하지만 따지고 보면 선생이 물에 빠진 학생을 구했다는 것은 내놓고 자랑할 만한 일은 아니었다. 오히려 선생의 수치였다. 학생을 보호하고 감독해야 할 선생들이 노는 데 정신이 팔려 학생이 물에 빠진 것도 모르고 있었다는 게 도무지 말이 되지 않았다. 내 담당 학생은 아니었지만 아이를 구해서 목숨을 살린 것은 불행 중 다행이었다.

이런저런 얘기를 나누고 있는데 이춘동의 딸이 가느다란 팔을 흔들며 팔짝팔짝 뛰어왔다.

"선생님, 아버지라고 하시는 어떤 할아버지가 찾으시는데요?"

"지금 어데 계시노?"

"대문 앞에서 기다리고 계시는데요."

이순희의 말이 끝나기가 무섭게 저고리를 주섬주섬 주워 입은 나는 잰걸음으로 달려나갔다. 아버지는 풀을 잘 먹인 하얀 무명 두루마기를 걸치고 뒷짐을 진 채 먼 산을 바라보고 있었다. 그 옆으로 산판(山坂)에서 실어 내온 목재를 운반하는 짐차들이 시커먼 연기를 내뿜으며 분주하게 들락거렸다.

"아버지, 연락도 없이 웬일이십니까? 위험한데 여기 계시지 말고 안으로 들어가십시다.”

“내 상주에 친구 만나러 왔다가 잠시 들렀다 아이가, 내는 다른 약속이 있어 퍼뜩 가야 된다.”

“뭐가 그리 급하십니까? 고마 하룻밤 주무시고 가이소.”

“니 얼굴 봤으니 됐다. 그건 그렇고 니 댁이 얼라 가진 거는 알아야 되지 싶어서 왔다.”

“예?”

“야가 와 이리 놀래노? 니 댁이 시집온 지 1년이 넘었는데도 태기가 없다가 이제 생겼는데, 니가 와 그리 놀라노? 이상한 사람 아이가…….”

아버지는 얼굴이 잔뜩 굳어 있는 나에게 눈살을 찌푸리며 선 채로 타박을 한참 늘어놓았다.

“니가 아무리 이 아비가 밉다 캐도 어쨌든 니 처는 니가 거둬야 되는 것 아이가? 사내자식이 옹졸하게 그라면 못쓴데이. 니가 선생질 하면 뭐 하노, 사람이 그러는 거 아이다.”

아버지는 내게 사람의 도리, 남편의 도리, 자식의 도리를 강설했다. 아버지의 장광설은 구구절절 옳은 것이었다. 진리만 골라 담은, 가히 공자님의 말씀이었다. 나는 이 공자님의 말씀에 가슴이 답답해지고 머리가 지끈거렸다

“죄송합니다. 아버지, 고마 여기 서 계시지 말고 안으로 들어가십시다. 빨리 가시더라도 요기는 하고 가셔야지요.”

“요기는 나중에 하면 되는 기고.”

아버지가 정색을 하며 나풀거리는 허연 수염을 쓰다듬고는 헛
기침을 했다.

"니 월급 얼매 받았노?"

"45원입니다."

"하, 마이도 받았다. 훈도가 좋기는 좋구나!"

아버지의 입이 귓가에 걸렸다.

"내는 괜찮지마는 니 처 생활비하고 니 어무이 용돈은 좀 줘야
안 되겠나?"

아버지는 내 월급의 3분의 2를 챙긴 후 봉투를 호주머니에 찔러
넣고 총총히 사라졌다.

5

"박 형, 방학인데 집에는 언제 가시오?"

"당분간 여기에 있을 겁니다."

"근데 요즘 박 형 안색이 안 좋소. 무슨 일이 있소?"

"별일 아니오, 술이나 마십시다."

문경군청 농회 기사 허동식이 상체를 구부리고 올려다보며 안
경 너머로 내 안색을 조심스레 살폈다. 동갑내기인 그는 나와 같
이 하숙을 하고 있었다. 제재소의 기계 소리가 귀에 거슬려 이춘
동의 집을 나와 학교 근처에 있는 삼십대 후반 과부의 집으로 하
숙을 옮긴 지 한 달쯤 되었다.

허동식과 나는 퇴근하고 나면 거의 매일 마당 가장자리에 있는 그늘진 평상에 앉아 술을 마셨다. 그는 구변이 좋아 신소리를 잘 했고, 나는 늘 그의 얘기를 듣는 편이었다. 오늘도 양동이로 받아 온 막걸리가 반쯤 비었다. 몸집이 큰 하숙집 여주인이 호박전을 부쳐 내어오며 평상에 털썩 주저앉았다.

"아유, 날이 와 이리 덥노, 나도 한잔 줘."

여주인은 주막을 운영하다 하숙집을 연 사람이라 웬만한 남정네보다 술을 잘 마셨다. 세 사람이 술을 주거니 받거니 하는 사이에 양동이의 술이 바닥났고, 모두 얼큰하게 취해버렸다. 그녀가 헤픈 웃음을 지으며 어눌한 말투로 물었다.

"우리 허 기사는 총각인 거 아는데, 우리 박 선생님은 어떤교? 술을 안 마시면 하도 말이 없어 내사 묻기가 겁나더라니까."

"어째 오늘 우리 김순아 여사님의 태도가 심상치가 않소? 왜 박 형이 탐나시오?"

"와, 질투 나나? 내는 니같이 배가 불룩한 아는 싫더라, 꼭 미련 곰탱이같이 생긴 아를 누가 좋아하겠노? 박 선생이야 자그마하지만 다부지겠다 예의 바르겠다 직장 좋겠다, 빠진 데가 어데 있더노? 내가 열 살만 젊었어도 한번 마음을 묵어볼낀데. 아깝다, 지금이야 우짜겠노 내 자식 같은 사람한테."

여주인의 넉살에 허동식이 너털웃음을 터트렸다.

"그런데 참말 박 형 아직 총각이요?"

나는 그의 물음에 답하는 대신 어색한 웃음을 지으며 술을 마셨다. 나는 결혼 여부를 묻는 이런 질문이 귀에 거슬리기도 했지만, 이 질문에 어떻게 답해야 할지 판단이 서지 않았다.

나는 나 자신이 기혼인지 미혼인지 구분이 안 갔다. 나는 여전히 내 결혼을 인정하지 않았다. 결혼은 내 의사와 상관없는 강압에 의한 것이었다. 그런데 그녀의 뱃속에서 내 아이가 자라고 있었다.

이처럼 주변에서 벌어지고 있는 일들은 죄다 내 의지나 의사와는 무관했다. 나는 이 기이한 현실을 어떻게 이해해야 할지 난감했다. 아무런 준비도 예고도 없이 이 현실은 갑자기 하늘에서 뚝 떨어진 것이었다.

방학 내내 나는 붙박이가 되어 두 평 남짓한 하숙방을 지켰고, 울화가 울컥 치솟을 때면 술을 양동이째로 끌어안고 마시며 날밤을 새웠다.

아버지는 월급날이면 어김없이 정오에 나타나 빚쟁이같이 내 월급을 꼬박꼬박 챙겨갔다. 아버지는 내가 받들어야 할 영원한 주인이었고, 나는 아버지의 충직한 종이었다.

이런 날이면 나는 미친 듯이 술을 마셨다. 술이 나를 구원할 수는 없지만, 이마저도 없다면 상처 입은 내 영혼이 너무 불쌍할 것 같았다.

내가 부임하던 해 일어난 중일전쟁 이후 황국신민화 교육이 노골화되었고, 이를 틈타 일본인 교사들은 걸핏하면 조선 사람들에게 인격적인 모욕을 크게 주었다.

"조선 여자들은 야만스럽게 젖가슴을 드러내놓고 다닌다."

"조선 여자아이들은 정숙하지 못하게 밤늦게까지 돌아다녀 정조가 의심스럽다."

심지어 그들은 돈이 없어 머리를 깎지 못한 아이들의 머리칼을 듬성듬성 좀 파먹은 것처럼 가위로 난도질했고, 이것도 모자라 한겨울에 어린아이들을 차가운 시멘트 바닥에 오랫동안 무릎을 꿇게 했다.

나는 이 비교육적인 처사에 항의하다 자연스럽게 일본제국에 비협조적인 불령선인으로 낙인찍혔다. 때문에 나는 조선 학생들을 집요하게 괴롭히는 두 사람, 오기시(大岸)와 시마다(島田)와 앙숙지간이었다.

나는 신간회 활동을 하는 셋째 형처럼 골수 민족주의자는 아니었다. 다만 잘못된 것은 시정해야 한다는 상식을 그들에게 소신 있게 요구한 것뿐이었다.

나는 상식을 존중했다. 사람이 자신이 존엄을 짓밟는 야만과 폭력에 저항하는 것은 자연스런 현상이다. 이것은 자신을 보호하기 위한 본능이다. 몰상식한 사람은 그가 조선인이든 일본인이든 나는 싫었다. 상식을 존중하는 사람은 그의 출신이 무엇이

든 나는 좋아했다.

나는 원래 군인의 길을 가고자 했다. 이 때문에 훈도 생활이 그다지 즐겁지 않았다. 나를 따르는 귀여운 제자들이 있었지만 이것이 내 꿈에 대한 미련을 버리게 하지는 못했다. 사범학교 졸업생에게 훈도로서 의무적으로 복무해야 하는 기한이 없었다면, 나는 졸업과 동시에 군인의 길을 걸었을 것이다.

문경은 깊은 산세로 사방이 가로막혀 파란 하늘밖에 보이지 않았다. 시간이 흐르면서 이 좁은 공간이 내 가슴을 짓누르듯 몹시 갑갑해져 왔다. 훈도 생활에 대한 염증이 나날이 더해갔다.

훈도 생활을 시작하고 두 번째로 맞는 여름방학이 끝난 어느 날 학교로 전보가 날아들었다. 전보는 뜻밖에 아버지의 부음을 알리고 있었다.

노환을 앓곤 있어도 아버지의 병색이 그리 깊지는 않았었다. 나는 아버지가 가족의 원성과 원망을 한 몸에 받고 있어 명줄이 고래심줄보다 더 질길 것이라 여기고 있었다. 그런데 별안간 아버지가 운명한 것이다.

나는 여느 형제보다 아버지에 대한 회한이 많아 몹시 우울했다. 아버지에 대한 생전의 내 인상은 늘 가족들을 괴롭히고 골칫거리만 잔뜩 가져오는 매정하고 야속한 사람이었다. 그러나 아버지가 막상 돌아가시고 나자 원망보다 연민이 크게 일었다. 따지고 보면 아버지도 자신을 낳아준 부모에게 인정받지 못하고 버림받은 불운한 사람이었다. 이 불운과 불행의 모든 책임이 아버지에게 있긴 했으나, 지나친 사랑으로 자식의 눈과 귀를 멀게 한 조부에게도 책임이 없지는 않았다.

나에겐 아버지에 대한 풀지 못한 숙제가 많았다. 이것이 내 몸에 덕지덕지 붙어 다니는 검고 칙칙한 감정의 앙금으로 남았다. 나는 이 불편한 감정들과 대면하고 싶지 않아 늘 아버지를 피하곤 했다. 아버지와 있으면 가시방석에 앉아 있는 기분이 들어 자리에서 얼른 일어나곤 했다.

아버지 역시 은연중에 나를 피했다. 생활비를 받으러 와서도 한사코 아버지는 내 하숙집에 들지 않았다. 길에서 만나서 내가 건넨 돈을 받아 든 아버지는 그 길로 바로 떠났었다. 막내인 나도 아버지에게는 편안한 상대가 아니었던 것이다.

아버지는 언제나 아버지답게 살았다. 생전에도 매정했고 죽음을 앞두고서도 매정했다. 아버지는 자식에게 서로 화해할 촌각의 시간도 허락하지 않았다.

아버지의 이기심, 무책임, 무능이 나에게 꼭 나쁜 영향만 끼친 것은 아니었다. 기댈 언덕이 없다는 것은 외롭고 고통스러운 일이지만, 살을 저미는 고독이 나를 강하게 만들었다. 야무지고 강한 내 성격은 괴팍한 아버지가 내게 준 부산물이었다.

나는 어지간한 고통과 절망에는 면역이 되어 있었다. 웬만한 일에는 미동도 하지 않았다. 어느 때부터인지 나는 사람에 대한 기대와 믿음을 접었다. 나는 상처받고 싶지 않았다.

사람에 대한 기대를 버려 상실감에 따른 상처로부터 나를 보호했고, 내 마음을 비움으로써 상실에 대한 두려움에서 나를 해방시켰다. 나는 점점 과묵해지고 고독해지고 있었다. 종내에는 황량한 벌판에 차가운 외톨이가 되어 나 혼자 남을지도 모를 일이지만 쓸쓸한 고독이 나를 지키는 데는 더 안전하고 편안했다. 난 잃어버릴 것이 없었다. 이것이 나를 무척 용감하게 만들었다.

아버지가 운명한 이후 나는 이전보다 훨씬 자유로워졌다. 아버지와 아버지에 대한 불편한 감정 때문에 내 정력과 인생을 낭비할 필요가 없어진 것이다. 지금까지 나는 아버지의 인생을 살았다. 앞으로는 내가 원하는 인생을 살고 싶었다.

아버지가 돌아가신 후에도 여전히 내 인생에는 훼방꾼이 있었다. 아내가 제일 큰 고민이었다. 백옥 같은 젖니를 드러내며 방긋방긋 해맑게 웃는 딸아이를 보고 있으면 눈물이 났다. 혼자 아이를 돌보는 아내도 가련해 보이기는 마찬가지였다.

아내를 돌보아야 한다는 도덕적 의무감과 그녀에게 아무것도 느끼지 못하는 메마른 내 감정 사이에 끊임없는 충돌이 일어났다. 아이를 보면 슬펐고 아내를 보면 우울했다. 내 마음이 갈대같이 흔들렸다.

나는 집에 들어가는 것이 겁났다. 대문간에 들어서는 순간, 감방 같은 철문이 잠기고 다시는 그 문을 열고 나올 수 없을 것 같았다. 딸아이가 보고 싶어 집 근처까지 갔다가 몰래 되돌아온 적도 있었다.

집에서 침식(寢食)하는 것은 가장의 책임을 지겠다는 의미였다. 동시에 이것은 오래전부터 꿈꾸어왔던 군인의 길을 포기하는 것을 의미하기도 했다.

나는 의도적으로 밖으로만 나돌았다. 방학 기간 중에는 이준상을 비롯한 소꿉친구들과 어울려 술집을 전전했다. 선술집을 나와 구미역 근처에 있는 길모퉁이 다방을 들어가는데 귀에 익은 목소리가 나를 불렀다.

"정희야!"

셋째 상희 형이었다.

"나 좀 보자!"

형의 목소리가 싸늘했다. 형은 친구들을 먼저 보낸 후 나를 역전 뒤에 있는 자신의 집으로 데려갔다. 방에 들어서더니 느닷없이 미닫이 문고리를 채운 형이 눈을 부릅뜨고 나를 노려보았다.

"형님, 왜 그러시오?"

"니가 지금 몰라서 묻나?"

말이 입에서 떨어지기 무섭게 눈앞에 불이 번쩍했다. 형이 날린 따귀에 내가 나동그라져 방구석에 맥없이 처박혔다. 형은 체격이 건장한 데다 힘이 장사였다.

"니는 대체 뭐하는 놈이고? 제수씨가 재옥이 키운다고 얼매나 고생하는 줄 아나? 그런데 니 생활비는 와 안 주노? 45원이나 반는 월급은 어데다 다 쓰고 댕기노?"

피할 새도 없이 형의 주먹이 계속 날아왔다. 문틈으로 가느다란 흐느낌이 들려왔다. 아내였다.

상희 형은 사고가 매우 진보적인 사람이었지만 나를 이해하지 못했다. 셋째 형 역시 가족 문제에 있어서만큼은 다른 가족들과 마찬가지로 보수적이었다. 아내의 삶을 가장인 내가 책임져야 한다는 형의 판단과 생각은 순수하고 도덕적으로 옳았다.

그러나 나라는 인간의 자아에 눈을 뜨고 있던 내게는 형의 판단이 비합리적으로 보였다. 맞지 않은 옷을 입고 사는 것은 서로의 인생을 절름발이로 만드는 것이었다. 왜 인간이 서로를 불행하게 만들며 살아갈 필요가 있는지 형에게 묻고 싶었다.

형과 나는 열한 살 터울이었고, 문화와 교육에 있어서도 큰 차이가 있었다. 형과 나 사이에는 분명한 세대 차이가 존재했다. 형은 전통과 관습이라는 단단한 껍질에 갇혀 있었다. 나는 그 껍질을 깰 생각이 없었다. 온몸에 피멍이 든 채로 나는 집을 나와 곧장 문경으로 향했다.

7

형에게 구타당한 것이 너무 억울해 한동안 울화가 치밀었다. 수업이 끝나고 하숙집으로 되돌아오면 그날의 기억이 생생히 떠올랐다. 한가한 여가 시간이 몹시 괴로웠다. 아무것도 하지 않으면 미칠 것 같았다. 나를 괴롭히는 이 상념을 잊기 위해 나는 동네를 한 바퀴 뛰다가 대폿집에서 나를 학대하듯 술을 마셨다.

형은 나를 처자식도 건사하지 않는 무책임하고 몰염치한 철면

피로 보고 있었다. 나에 대한 상희 형의 실망과 분노는 얼마간 이해했다. 형의 눈에 비친 내 모습은 온 가족이 다 싫어했던 무책임하고 방탕한 아버지의 그 모습과 다르지 않았던 것 같았다.

나는 내 처지를 이해하기보다 의무와 책임만을 요구하는 형에게 몹시 화가 났다. 나는 형의 손에 강제로 이끌려서 혼례에 참석했다. 내 결혼은 불가항력인 아버지의 힘에 눌린 결과였다. 이건 폭력이나 진배없었다. 상희 형은 내 결혼의 전후 사정을 가장 잘 알았다. 내 기분에 대한 이해는 차치하고라도 일방적으로 나를 철면피한 인간으로 매도하는 것만은 참기 어려웠다.

나는 내 아내가 가여웠다. 아내에 대한 깊은 연민도 있었다. 그녀도 나와 같은 억울한 피해자라 생각했다. 그녀는 시아버지가 자행한 폭력의 유탄에 맞아 쓰러진 간접적인 피해자였다. 문제는 내가 그녀를 사랑하지 않는다는 것이다. 부부가 연민과 동정만으로는 살 수 없지 않은가.

그녀는 착하고 인내심이 강하고 순종적이었다. 그녀는 가슴도 따뜻했고 인정도 많았다. 어른을 공경할 줄도 알았다. 내가 배회하고 있는 중에도 그녀는 시어머니를 친정엄마처럼 대했다. 어머니 역시 그녀를 머느리기 이니리 친딸같이 여기며 살뜰히 살폈다. 나의 무관심과 냉대에도 불구하고 시어머니와 며느리, 이 두 사람은 사월의 봄 같은 온화한 관계를 유지하고 있었다. 어머니를 비롯한 모든 가족들은 나만 돌아오면 집안이 평화를 찾을 것이라 생각했다.

형이 나를 일방적으로 다그친 것은 바로 이 때문이었다. 가족의 평화를 위해 나의 양보와 희생을 요구하고 있었던 것이다. 나는 가족의 이 요구를 수용할 생각이 눈곱만치도 없었다. 아내와 나는 추구하는 바가 본질적으로 달랐다. 아내는 착하긴 해도 어린 나이답지 않게 인습에 젖어 고리타분했다. 그녀는 며느리와 엄마라는 이름만으로 자신의 존재를 확인하려고 했다. 그녀에게는 자기 존재감이라는 게 없었다. 자기 존재감을 상실한 채 살아가는 것은 멸시와 천대를 용인하는 노예의 삶을 수용한 굴욕적인 삶이라 생각했다.

나는 진정한 나를 찾아서 거리낌 없이 훨훨 날고 싶었다. 진정한 나를 찾기 위한 자유를 갈망했고, 그 자유에 대한 강한 의지와 열정으로 내 영혼은 쉼 없이 타오르고 있었다.

사랑이 죽음을 부를지라도 죽을 만한 가치가 있는 완벽한 사랑을 하고 싶었다. 나와 아내는 서로에게 의지가 될 상대가 아니었다. 상대에게 짐이 되고 부담스런 존재가 될 뿐이었다.

형에게 구타를 당한 후에는 그녀가 내게 티끌만 한 기대를 갖는 것도 부담스러웠다. 나는 우리 미래에 어떤 가망도 없다는 분명한 메시지를 그녀에게 전하고 싶었다. 이후로 나는 구미 땅에 아예 걸음을 하지 않았다.

나는 차근차근 만주군관학교 시험 준비에 나섰다. 만주군관학교 시험에 박차를 가하게 된 것은 상희 형의 절친한 벗인 황태성 형의 도움이 컸다. 나는 상희 형 못지않게 황태성 형의 사상을 사숙(私淑)하며 큰 깨우침을 얻곤 했다. 상희 형 다음으로 내가 인생 문제를 상의하고 있던 유일한 사람이었다.

"돈도 개처럼 벌어서 정승같이 쓰면 된다고 안 카더나, 네가 어디서 무얼 하든 괜찮다. 언젠가 이 나라에서는 네가 배운 것이 다 쓰일 것이다. 대신 열심히 부지런히 배워야만 한다. 우리 조선 사람들이 피땀 흘려 번 돈들이 거기 다 들어가 있다. 사내가 기왕 마음먹었으면 남보다 열 배 스무 배 더 열심히 해야 되는 기다. 알겠제? 명심해라!"

만주군관학교에 입학하고 싶다는 내 뜻에 대해 황태성 형은 친일 행동이라는 왜곡된 시선으로 반대하기보다 따뜻한 격려로 나를 감싸주었다.

하숙집에서 식사를 하고 시간을 아껴 공부하기 위해 숙직을 자청했다. 하숙집에 있다가는 술의 유혹을 뿌리칠 재간이 없었기 때문이다. 문경군청의 허동식은 나 못지않은 애주가였다. 그 역시 1년 365일 가운데 술을 마시지 않는 날은 손가락으로 헤아릴 정도였다.

내가 숙직실에서 공부하고 있으면 더러는 아이들이 놀러와 내 시간을 빼앗았다. 그렇지만 귀찮기보다는 즐거웠다. 저가는 아이들은 늘 알고 싶은 게 많았다. 아이들이 까만 눈을 반짝이며 물을 때면 왠지 귀엽고 사랑스러웠다.

"조선 사람하고 일본 사람하고 어떻게 달라요?"

"우리는 왜 집에서는 조선말을 쓰고 학교에서는 일본말을 써야

만 해요?”

“일본 사람이 왜 조선에 와 있지요?”

나는 아이들의 물음에 진지하게 답해주었다.

“일본이 조선을 강제로 먹어 치웠기 때문이란다.”

“일본이 왜 조선을 먹었지요?”

“조선에게 힘이 없었기 때문이지, 나라든 사람이든 자신을 지킬 힘이 없으면 불행해진단다. 사람이 공부를 하는 이유도 힘을 기르기 위함이야. 그러니 공부는 농땡이 부리지 말고 열심히 해야만 한단다.”

한 여자아이가 심각한 표정으로 물었다.

“그럼 우리 조선도 원래는 국기가 있었나요?”

“당연히 있지.”

나는 흰 종이 위에 크레용으로 음양을 뜻하는 태극 문양을 그려 넣고는 그 귀퉁이에 사괘를 쓱쓱 그렸다.

“이게 우리 조선 국기란다.”

아이들은 태어나서 처음 보는 태극기를 신기한 눈으로 바라보았다. 다음 날 태극기에 대한 얘기는 아이들의 입과 입을 통해 돌고 돌아 도교육청 관계자의 귀에까지 들어갔다. 배후를 캐기 위해 교육청 관계자가 감찰할 것이란 소문이 돌았다.

시월 어느 날 교감선생 가토(加藤)가 심각한 표정을 하고 나를 불렀다.

“박 선생님은 교무실에서 대기하고 있도록 하시오.”

나는 그의 지시를 무시하고 아이들을 데리고 뒷동산에 올랐다. 이미 배후가 나라는 것이 문경 시내에 파다했다. 구태여 배후를 가리고 말고 할 것이 없었다. 도교육청에서 사람을 보내는 것은 시간 낭비였다. 그들이 원한다면 나에게 징계를 내리면 되는 것이었다. 나는 아이들에게 태극기를 그려준 일을 굳이 그들에게 해명할 필요성을 느끼지 못했다. 내 아이들에게 내 나라의 국기를 그려준 것뿐이었다.

"자, 마우스피스에 입술을 모으고……."

내 지휘에 맞춰 트럼펫이 울릴 때, 학교 잡부로 근무하는 한씨가 헐레벌떡 산비탈을 오르며 나를 불렀다.

"박 선생님, 도에서 사람들이 왔어요. 교감선생님이 빨리 내려오라고 합니다."

"지금 수업 중이라고 전하세요."

성질 급한 교감 가토가 흥분하는 모습이 눈에 선했다. 하지만 당국의 행정적인 조사보다 학생들의 학습권이 우선이었다. 학생을 가르치는 선생으로서는 당연한 처신이었다. 그의 뜻을 거부한 것은 의도적으로 그를 자극하기 위해서가 아니었다.

수업을 마치고 교무실에 들어서자, 교감 가토가 허리춤에 손을 괴고 시뻘건 눈으로 나를 잡아먹을 듯이 노려보았다. 그의 주변에는 일본인 교사 네댓 명이 포진하고 있었다.

"이 조센진! 너희 조선 놈들은 인간이 아니야, 개돼지의 먹이로 줘도 시원찮은 새끼들이야!"

"뭐라카노, 이 날강도 같은 새끼가!"

유도로 몸이 단련된 데다 어깨가 떡 벌어진 가토가 나를 번쩍 들어 집어던졌고, 정신을 차릴 새도 없이 오기시와 시마다가 나를 덮쳤다. 나는 몸을 웅크린 채 두 팔로 얼굴을 감쌌다. 사방에서 주먹과 발길이 날아왔다.

조선인 여교사가 이들을 말리는 사이에 나는 가까스로 빠져나와 운동장을 내달려 시내를 향해 정신없이 뛰었다. 나는 급히 하숙집에 몸을 숨겼다. 그들은 내 하숙집에까지 찾아왔다. 그들이 돌아간 것은 내가 정신을 잃고 난 뒤였다. 그들은 사무라이의 후예가 아니라 깡패들이었다.

정신을 차렸을 땐 허동식이 물수건으로 피가 흐르는 내 얼굴을 닦고 있었다.

"박 형, 어찌된 일이요?"

"……."

하얘진 머릿속으로 울분과 굴욕감이 비집고 들어섰다.

"이 개새끼들, 다 죽여버릴 거야!"

202

광복, 그리고 전쟁

1

1945년 8월 15일 아침, 황사 바람에 만주 하늘이 뿌옇다.

"15일 정오에 천황께서 중대 발표를 하신다.

국민들은 한 사람도 빠짐없이 라디오에 귀를 기울여라.

낮 시간에 송전을 하지 않는 지역에서 특별 송전을 한다.

관공서, 공장, 우체국에서는 모든 수신기를 활용해 국민들이 듣게 하라."

천황의 중대 발표가 있다는 방송이 나온 직후 영내가 술렁였다. 원자폭탄이 8월 6일에는 히로시마(廣島)에, 8월 9일에는 나가사키(長崎)에 투하되었다. 병사들은 어느 정도 방송 내용을 어림짐작하고 있었다. 소련군이 북방이 모든 전선에서 전면전을 개시했다는 보고가 들어와 있었다.

내가 근무하고 있던 만주군 8단은 병력 3,000여 명의 연대 규모 부대였다. 병사들과 장교들 대다수가 중국인이었다. 일본인 장교가 20명, 조선인 장교가 나를 포함해 4명으로 만주군관학교 출신인 방원철, 이주일, 신현준, 그리고 나였다.

일본인 장교들은 침통해했고, 조선과 중국 출신 군인들의 표정에는 콕 짚어 말하기 힘든 미묘한 감정이 흐르고 있었다. 정오가 되자 라디오에서 여린 여자 목소리를 닮은 쇼와(昭和) 천황이 대동아전쟁 종결 조서를 발표했다.

일본인 장교들이 일제히 흐느꼈고 일부 중국인들은 환호성을 지르기도 했다. 2년 전에 이탈리아가 연합국에 항복했고, 넉 달 전에 세계 최강을 자랑하던 독일 군대마저 무너져서 일본의 항복은 이미 예정된 것이었다.

일본의 항복 선언으로 모두가 갈피를 잡지 못해 영내가 몹시 어수선했다. 일본 군인들은 중국인들이 보복할 가능성에 잔뜩 몸을 사려 두문불출 영내만 지키고 앉아 있었고, 중국 장교들도 우왕좌왕했다.

일본의 항복으로 만주가 권력의 진공상태에 빠졌고, 만주군 지휘부는 누구의 지시를 받아야 할지 몰라 여기저기 눈치만 살피고 있었다. 장개석(蔣介石)이 이끄는 국민당과 모택동(毛澤東)이 이끄는 공산당 양쪽을 견주어가며 어느 쪽과 손을 잡아야 자신들의 앞날에 유리할지 신경을 곤두세운 채 주판알을 튕기고 있었던 것이다.

오리무중에 빠진 역사의 탁류는 만주 군인들에게 '쿼바디스 도미네(Quo Vadis Domine)'를 외치게 했다. 나 역시 쿼바디스 도미네를 외쳤다. 십자가를 지고 골고다 언덕을 오르는 예수의 뒤를 기필코 따르겠다는 충성스런 마음으로 베드로는 예수에게 '주여 어디로 가시나이까?' 하고 물었다. 베드로와 달리 나는 내가 정말 어디로 가야 할지를 몰라 예수에게 내 갈 길을 묻고 싶었다.

군인의 길은 내가 가족을 버리면서까지 선택한 나의 길이었다. 만주군관학교 수석 졸업, 일본 육사 300명 졸업생 가운데 3등 졸업. 이처럼 사관학교에서 거둔 내 성적은 화려했다. 엘리트 군인의 길이 보장된 성적이었다. 일본의 패전으로 내 성적표는 아무도 눈여겨보지 않는 휴지 조각이 되어버렸다.

아비규환의 혼란 속에 각자가 살길을 찾아 나섰고 무국적자가 된 우리 조선 장교들도 살길을 찾아야 했다. 일본의 패전으로 나를 비롯한 조선인 장교 4명은 하루아침에 고등실업자가 되었다.

고향으로 돌아가는 것이 가장 시급했다. 하지만 교통도 통신도 거의 두절된 상태였다. 가족들에게 내 생사를 알릴 방법도 없었다. 중국 천지가 무정부상태라 무장한 세력들과 집단들이 사방에서 충돌하고 있었다. 혼자 움직이는 것은 몹시 위험했다.

"나는 봉천으로 가겠네. 모두 몸조심 하게, 조국에서 다시 만나세."

반군 선배 방원철은 아내를 찾아 급히 봉천으로 길을 떠났고, 나와 신현준, 이주일은 중국 군인들에 의해 무장해제를 당한 채 병영에서 며칠 머물다가 간단한 짐만 꾸려 만리장성을 넘어 천신만고 끝에 2주 만에 북경에 도착했다.

우리 일행은 조선 동포가 운영하는 '덕경루'라는 음식점에 가서 며칠 쉬었다가, 상해임시정부에서 보낸 최용덕 장군이 마련한 숙영지(宿營地)로 이동했다. 그는 장개석의 전용기를 몬 중국 공군 소장 출신이었다.

상해임시정부는 팔로군, 일본군, 학병, 만주군, 중국군 가릴 것 없이 조선 출신 군인들을 모집했다. 임시정부는 조선의 독립을 대비하여 군대 조직을 창설할 필요성을 느끼고 있었다.

임시정부의 조치로 나는 만군 출신 일행들과 같이 광복군 3지대 1대대에 편입되었다. 총 인원 400여 명의 병력이었다. 임시정부 측은 귀국을 서둘렀으나 중국 정부 그리고 미국 정부와의 이견으로 입국이 계속 늦추어졌다. 미국 정부는 우리의 단체 입국을 거부했고 광복군 명칭 사용도 불허했다.

우리는 개인 난민 자격으로 미 해군 수송선을 타고 광복 이듬해인 1946년 5월 8일 부산으로 조용히 입국했다. 영도다리 위를 날고 있는 한 무리의 기러기 떼만이 우리를 반길 뿐 어느 누구도 우리를 향해 미소 짓지 않았다.

2

같은 시간 같은 공간에도 빛과 그림자가 공존하듯, 하나의 사건이 모든 사람에게 늘 공평한 손익계산서를 나눠주는 것은 아니다.

어떤 이의 기쁨이 다른 이에게는 슬픔이 되고, 어떤 이의 축복

이 어떤 이에게는 재앙이 되고, 어떤 이의 희망가가 다른 이에게
는 절망가가 되기도 한다.

일본의 패전은 우리 조선 민족에게 조국의 광복이란 큰 경사를
안겨주었다. 일본의 영원함을 믿고 조선총독부의 식민지 정책에
적극 협력하고 봉사했던 친일파들에게 일본의 패전은 죽음의 재
앙이 되어 돌아왔다.

일본의 패전으로 나 역시 천당에서 지옥으로 추락했다. 만주군
관학교와 일본 육사 출신의 전도양양한 엘리트 장교에서 하루아
침에 가난한 빈털터리 무직자로 전락했다. 천당과 지옥을 오간
이 경험이 내게 생소한 것은 아니었다. 내 인생은 1막 1장부터 지
금까지 지옥과 천당의 궤도를 연속으로 그렸다.

뱃속에서는 어머니에게 위협을 받았고 태어나서는 아버지에
게 시달렸다. 자라면서는 상모리라는 지옥과 구미보통학교라는
천당을 수시로 오갔다. 구미보통학교 졸업생 최초의 대구사범
합격이란 영광과 대구사범 꼴찌라는 불명예의 꼬리표도 동시에
안고 있었다.

일본의 패전으로 나는 실업자가 되었다. 오랜만에 만나는 딸
에게 양과자 한 봉지 사줄 돈도 구미로 갈 열차 삯도 수중에 없었
다. 열 달 동안 한 번도 벗어보지 못한 땀에 전 검정 군복 단벌과
군화 한 켤레, 그리고 평소에 쓰던 작은 지휘봉이 나의 전 재산이
었다.

딸아이에게 빈손으로 갈 생각을 하니 왠지 무안하고 민망했다.

그렇지만 빈털터리가 된 내 모습에 그다지 낙담하지는 않았다. 내 인생 자체가 늘 굴곡의 연속이었기 때문이다.

일본의 패전은 이태 전 이탈리아가 무너질 때부터 예견된 것이라 크게 놀라울 일은 아니었다. 일본 육사 유학 시절 2·26 쿠데타 사건에 대해 충분히 연구한 것만으로도 내게는 큰 수확이었다. 이 2·26 사건은 나라를 지키는 것도 중요하지만 위기에 빠진 나라를 구하는 것도 군인의 몫이란 생각을 갖게 했다.

내가 본 오월의 서울은 몹시 어수선했다. 이른바 조선 정판사 사건이 터진 때였다. 위조지폐를 발행한 조선 공산당과 미국 군정이 극단적인 대결 국면에 접어들고 있었다.

나라의 지도자들도 각기 제 갈 길만 가고 있는 듯했다. 이승만과 김구 선생이 반목하고, 여운형 선생의 좌우 합작 노력도 큰 실효를 거두지 못했다. 서울의 정세도 중국과 다르지 않은 '쿼바디스 도미네'였다.

나는 국내 정세를 알아보고 나서 갈 길을 정할 요량으로 을지로 뒷골목의 오래된 여관에서 이한림을 만났다. 그는 나보다 나이가 네 살 적었지만 만주신경군관학교와 일본 육사 내 동기생으로 아주 친밀한 사이였다. 그는 일본 패망 직후 곧바로 서울로 돌아와 영어군사학교를 졸업하고 임관을 받은 후 군정에서 일하고 있었다.

"형님, 반갑소!"

"자네도 오래만이야."

그가 내 손을 덥석 잡더니 코를 막았다.

"아, 어찌 이리 냄새가 고약하시오?"

"열 달 동안 더운물 구경 한 번 못했네. 미안하네."

이한림은 여주인장에게 부탁해 더운물을 받게 했다. 오월이긴 하나 비가 온 뒤여서 그날따라 날이 제법 쌀쌀했다. 그 덕분에 땀에 찌든 육신이 오랜만에 호사를 누렸다. 그의 부탁으로 여주인이 준비한 제철 옷까지 갈아입고 나니 날아갈 것 같았다. 그는 벌써 술상을 봐놓고 기다리고 있었다.

"형님, 빨리 군에 들어오시오. 할 일이 많소. 북쪽에서는 이미 군대가 틀을 잡고 있는데, 남쪽에서는 아직 걸음마도 떼지 못했소. 형님 같은 엘리트 장교가 얼른 들어와야 우리 군도 틀을 잡을 수 있어요."

"나도 군인인데 어차피 갈 길이 이 길밖에 더 있겠나? 그런데 듣자하니 조선 정판사 사건이 예사롭지 않던데, 어찌 될 것 같은가?"

"조선 공산당이 너무 심했어요. 아무리 운용 자금이 없다고 해도 위조지폐가 웬 말입니까? 서민들을 살리겠다는 놈들이 서민들을 죽이고 있으니 내 참, 어이가 없어서……."

"무슨 말인가?"

"그놈들이 위조지폐를 푸는 통에 물가가 난립니다. 쌀값이 아침에 다르고 저녁에 달라요. 이래서야 되겠습니까? 미군정도 조선 공산당을 잡지 않고서는 물가 대책이 아무 소용없다는 걸 알고 있어요. 군정 분위기가 상당히 경직되어 있어요. 당장은 아니지만 머지않아 불법 단체로 규정할 가망이 있어 보입니다. 내 생각에는 형님도 좀 걱정입니다. 이병주 얘기에 너무 귀 기울지 마십시오.”

일찍이 사회주의 이념에 물든 만주신경군관학교 동기생 이병주가 사회주의를 찬양할 때마다 내가 맞장구쳐준 것에 대해 이한림은 은근한 우려를 드러냈다. 나는 소수 특권 계층이 세상의 전부를 소유하는 것은 정의롭지 못한 것이라 생각했다. 식민지 시대 대지주들은 소작농의 소출 가운데 적어도 절반에서 많게는 칠팔 할까지 가져갔다.

수도경찰청장 장택상의 아버지 장승원의 땅에 소작을 부치고 살던 우리 집안도 다른 소작농과 마찬가지로 수탈에 시달렸다. 피땀 흘린 소작농들에게 가을에 돌아오는 것은 수확의 기쁨이 아니라 대지주들의 수탈과 절망과 한숨뿐이었다. 그나마 이 부당한 조건도 울며 겨자 먹기로 받아들이지 않으면 땅이 없는 빈농들은 굶어 죽어야 할 판이었다.

가난한 사람은 더욱 가난해지고 대지주들은 땀 한 방울 흘리는 수고도 하지 않고 나날이 곳간에 재물이 쌓여만 갔다. 땀을 흘린 자의 입에 밥알이 들어갈 수 없다는 것은 부조리한 세상의 심각한 모순이었다.

이병주는 이한림과 같이 영어군사학교를 나와 사관학교 중대장으로 재직하고 있었다. 미군정이 공산당을 불법 단체로 몰아간다면 집안에도 풍파가 몰아닥칠 가망이 있었다. 셋째 형은 식민지 시절 독립운동을 하면서부터 사회주의에 심취해 있었고, 근래에는 여운형 선생을 추종하고 있었다. 나는 이한림에게 얼마간의 여비를 얻고는 서둘러 구미로 내려왔다.

3

구미의 오월은 따뜻했다. 엄마를 닮아 자그마한 막내 누이가 마당에서 빨래를 널고 있었다.

"누이!"

"정희 아이가! 그런데 니 꼬라지가 그게 뭐꼬?"

누이의 눈이 휘둥그레졌다. 누이는 내가 금빛 찬란한 제복을 입고 나타날 줄 알았던지 반소매 윗옷에다 반바지를 입고 밀짚모자를 눌러쓴 내 모습에 실망하는 눈치였다. 누이는 나를 원망의 눈으로 보다가 깊은 한숨을 내쉬며 딱하다는 표정을 지었다.

"어쨌든지 니가 살아서 돌아와 다행이다마는, 암만 힘들어도 소식은 있어야 할 거 아이가. 어무이는 니가 죽었는가 살았는가 알지를 못해 잠도 못 자고 매일 점 보러 댕긴다꼬 난리다. 퍼뜩 어무이한테 먼저 가서 인사나 하자."

"누이, 미안해. 세상이 난리라서 연락할 길이 없었어."

어머니는 셋째 형의 집 인근에 있었다. 집은 형이 마련해준 것으로 어머니와 아내와 딸 재옥이 같이 살았다. 출타를 준비하고 있던 상희 형은 내가 왔다는 소식을 듣고 선걸음에 달려왔다. 형이 나를 보고는 어이없어하는 표정을 짓고 혀를 찼다.

"꼬라지 좋다, 니 이 꼬라지로 돌아올라꼬 학교 그만뒀나? 학교 선생이나 하고 있었으면 니 식구들 고생은 안 할 꺼 아이가? 니 언제 정신 차릴래?"

내가 없는 동안 어머니와 내 가족의 생활까지 보살피느라 마음고생이 심했던 상희 형은 나를 보자 치미는 화를 참지 못했다. 형은 맹수 같은 눈을 하고 사납게 나를 노려보고 있었다. 큰 시숙의 서릿발 같은 질책에 자리를 지키고 있던 아내가 무거운 낯을 하고 슬그머니 자리에서 일어섰다. 오랜만에 만난 아버지의 손을 잡고 재롱을 떨던 딸은 살풍경한 모습에 어리둥절해져서 엄마를 따라 나갔다.

"셋째야, 고만해. 지도 잘 될라꼬 카다가 이리 된 긴데, 지금 원망해서 뭐하노? 살아 돌아왔으면 된 기다."

"어무이는 가만히 좀 계시이소, 정희 자가 나이가 몇입니까? 어무이가 자꾸 야를 끼고 도니까, 아직도 철이 안 드는 거 아입니까? 사람이 어찌 지가 하고 싶은 거 다 하면서 삽니까? 힘들어도 참고 견디며 사는 게 사람 아입니까? 지만 특별났습니까? 내 저 자식이 꼬라지 보고 나니까, 지금까지 지 식구 건사할라꼬 머리 싸매고 돌아 댕긴 기 서글프고 울화가 치밀어 콱 죽고 싶습니다."

상희 형은 그간 쌓아둔 나에 대한 불만과 원망을 다 털어놓고 싶었던지 반시간 넘게 훈시하듯 일장연설을 했다. 나를 대신해 가족을 위해 희생한 형에 대해서는 어떤 변명의 구실도 찾고 싶지 않았다. 형에게 미안했고 고마웠고 죄스러울 따름이었다. 나는 고개 숙인 채 입을 다물었다. 내 머리 위로 쏟아지는 형의 따가운 눈길이 느껴졌다.

오랜만에 돌아온 고향에서 나는 눈칫밥을 먹는 천덕꾸러기 신세가 되었다. 식사는 온 가족이 모여 셋째 형 집에서 하고 있었는데, 형은 한동안 식사 시간에 나를 부르지 못하게 했다.

형이 출타하고 나서야 형수가 챙겨준 요깃거리를 아내와 딸이 들고 왔다. 사관학교의 성적도 엘리트 장교의 경력도 당장 먹고 사는 데는 아무런 보탬이 되지 못했다. 친구들과 어울려 다방에 앉아 공짜 커피를 얻어 마실 때, 친구들의 호기심에 대한 답례로 약간의 과장이 가미된 무용담을 늘어놓는 데만 쓰이는 허접스런 것에 지나지 않았다. 화려한 과거 경력과 이야기에서 쌀이 나오는 것은 아니었다.

4

거의 넉 달 동안 무위도식하며 시간을 보냈다. 내 인생에서 가장 게으른 시간이었다. 찾아주는 친구가 없으면 낮에도 방 안에서 뒹굴었다. 신문을 보는 것이 유일한 낙이었다.

조선 정판사 사건 이후 미군정 포고령 강도가 나날이 세지고 있었다. 미군정의 활동을 방해하는 단체를 철저히 단속하겠다는 보도가 나온 지 얼마 지나지 않아 박헌영에 대한 미군정의 체포령이 떨어졌다. 조선 공산당 수뇌부는 미군정의 압박에 저항해 9월 9일 전국적인 총파업을 결의했다. 시국이 어디로 갈지 오리무중이었다.

마침 나를 조선경비사관학교 2기생으로 받아들인다는 통지서가 날아왔고 입학일은 9월 24일이었다. 보름 남짓 남았다. 내가 지금 이 순간에 호구지책으로 삼을 수 있는 건 군인의 길 외에는 없었다. 통지서를 받자마자 조용히 채비를 서둘렀다.

서울에 올라가려면 얼마간의 경비가 있어야 할 터이지만 노잣돈을 변통할 길이 없었다. 아내에게는 일언반구도 말을 꺼내지 않았다. 형편이 가장 나은 셋째 형은 내 얼굴을 보지 않으려 했고, 오랜만에 찾은 큰누이는 형편이 너무 어려워 그만 발길을 돌렸다.

염치 불고하고 형에게 손을 벌린다 해도 가족을 두고 다시 떠나려 하는 나에게 불호령이 떨어질 게 불을 보듯 했다.

사방으로 돈을 구하러 다니다가 서울로 떠나기 하루 전날 막내자형에게 얼마간의 노잣돈을 어렵사리 구하게 되었다. 자형이 마련한 돈을 누이에게 받아 호주머니 깊숙이 찔러 넣었다. 안방시렁에 얹힌 카메라가 눈길을 끌었다.

“누이, 이게 웬 카메라고?”

“오빠가 맡겨논 기다.”

“형님이!”

"그래."

"값 좀 나가겠는데……."

"뭐할라꼬?"

"누이, 이거 내가 좀 써야 되겠다."

"미쳤나? 오빠 알면 어짤라꼬!"

"괜찮다, 형님은 이 정도 능력 된다. 내 서울 가고 나면 형님한
테 얘기해라. 알겠제!"

"정희야, 니 어짤라고 그라노. 안 그래도 오빠한테 미운털이 박
혔는데, 니 오빠 안 보고 살라카나?"

"내가 와 형님을 안 보노? 서울 가서 출세하면 이거 내 열 배로
갚아준다. 어쨌든 얘기해도 좋은데 대신에 내가 가고 난 다음에
얘기해야 된다. 알았나!"

나는 누이에게 신신당부를 하고 카메라를 얼른 보자기에 싸서
누이의 집을 나왔다. 처음에 누이는 놀라서 설레발을 치며 나를
가로막다가 뻔뻔한 내 행동에 기가 찼는지 더 이상 막지 않았다.
누이는 내가 떠난 다음에야 오빠에게 혼날 일이 걱정되어 발을
동동 굴렀다.

내가 서울에 도착하고 그다음 날 카메라 때문에 한바탕 큰 소
동이 구미 집에서 벌어졌다. 아침식사를 하던 상희 형이 형수에
게 버럭 고함을 질렀다.

"당신, 당장 제수씨 좀 불러와라!"

"와요? 막내 서방님이 문제지 그 사람이 무슨 잘못이 있소."

“가장이 말을 하면 들을 것이지, 와 그리 말이 많노? 퍼뜩 불러 오라캐도…….”

셋째 형은 카메라가 없어진 걸 알고는 속을 부글부글 끓였다. 형은 아내가 오자 나에 대한 화를 아내에게 대신 마구 퍼부었다. 아내는 영문도 모른 채 아침부터 시숙에게 야단을 맞고 있었다.

“제수씨, 제수씨는 어찌 남편 한 사람 그리 건사하지 못하시오. 그놈이 집에 온 지 얼마 되었소? 집 두고 나가면 또 언제 올지 모르는 놈 아니요? 내 지금 화내는 거는 카메라가 아까와 그러는 것 아니요.

그놈이 집을 나갈 기미가 보이면 나한테 먼저 말해주어야 되는 거 아니요? 그래야 무슨 대책을 세웠을 것 아니요.

부부가 한 이불을 덮고 살아도 사네 못 사네 하고 지지고 볶는 판인데, 제수씨가 재옥이 아빠하고 떨어져 산 세월이 거의 10년이요? 남남이나 마찬가지인 세월을 살았어요.

들어왔을 때 콱 붙잡아놨어야지 어찌 그리 사람이 무르시오. 내 답답해서 못 보겠소. 그놈 새끼가 역마살이 있어 어느 한군데 진득하게 앉아 있지를 못해요. 그놈 몇 달 동안 하는 꼬라지 보니까 제수씨한테 영 마음이 없어요.

글마 이제 집 나가면 안 돌아올지도 모르는데, 어쩌자고 나한테 말 한마디 없었소. 참 답답하요. 내 이 노무 새끼 어데 못 가도록 다리를 분질러놨어야 했는데…….”

남편이 시숙의 카메라를 들고 서울로 날랐다는 소식에 그녀는 가슴이 철렁 내려앉았다가 시숙이 꺼낸 뜻밖의 말에 그만 눈물을 울컥 쏟아내고 말았다. 나는 그녀에게 있어 자신에게 살갑게 대하지는 않아도 생사를 몰라 애를 태우게 했던, 수년 만에 본 남편이었다. 그럼에도 나는 그녀를 여전히 소 닭 보듯 했다. 그녀는 나에게 받은 냉대에 서러움이 북받쳐서 바닥에 주저앉아 통곡했다.

하지만 내 마음은 이미 돌이킬 수 없었다. 나는 활시위를 떠난 화살이었다. 도쿄 유학 시절은 아내가 내 평생의 반려자가 될 수 없다는 사실을 새삼 나에게 깨우쳐주었다. 나는 화려한 도쿄 거리를 누비던 수많은 신여성을 보면서 내가 원하는 여성이 어떤 사람인지 분명히 깨달았다. 내가 원하는 사람은 세련되고 진취적이고 열정적인 여자였고 내 정신적 공허감까지 채워줄 수 있는 마음이 넉넉한 여자였다. 어느 한구석도 아내에게는 내가 찾는 매력이 없었다.

5

10월 1일 일어난 대구 폭동이 미군정의 강력 조치에 힘입어 진정 국면으로 접어든 가운데, 구미 땅에서는 대구 폭동의 여파가 시꺼먼 구름이 되어 몰려오고 있었다.

10월 3일 아침, 구미의 하늘은 초가을답게 몹시 파랬다. 해발 850미터의 금오산도 붉게 물들어가고 있었다.

2,000여 명에 달하는 구미 젊은이들이 죽창을 든 채 목청이 터

지도록 힘차게 적기가를 부르며 키가 큰 한 사나이를 따르고 있었다. 그 사나이를 호위하는 몇몇은 총을 들었다.

민중의 기 붉은 기는 전사의 시체를 싼다
시체가 굳기 전에 혈조(죽음을 각오한 선봉)는
깃발을 물들인다
높이 들어라 붉은 깃발을 그 밑에서 굳게 맹세해
비겁한 자여 갈 테면 가라 우리들은 붉은 기를 지키리라
원수와의 혈전에서 붉은 기를 버린 놈이 누구냐
돈과 직위에 꼬임을 받은 더럽고도 비겁한 그놈들이다

높이 들어라 붉은 깃발을 그 밑에서 굳게 맹세해
비겁한 자여 갈 테면 가라 우리들은 붉은 기를 지키리라
붉은 기를 높이 들고 우리는 나가길 맹세해
오너라 감옥아 단두대야 이것이 고별의 노래란다
높이 들어라 붉은 깃발을 그 밑에서 굳게 맹세해
비겁한 자여 갈 테면 가라 우리들은 붉은 기를 지키리라

이 노래는 작사자도 작곡자도 미상인 노래로 일본 제국주의에 맞서 싸운 독립 운동가들의 입과 입을 통해 구전으로 내려온 항일 운동가였다.

혼자일 땐 순한 양 같은 사람들이 무리를 짓자 용감한 군인같

이 사기가 충천했다. 그들이 타격 목표 1호로 삼은 선산경찰서가 눈앞에 들어왔다. 피를 격동시키는 노랫말이 선동적인 적기가가 하늘을 찌를 듯이 우렁차게 울려 퍼져 나갔다.

경찰서 내에 있는 서장 이하 경찰관들은 시위대의 엄청난 규모에 압도되어 어찌할 바를 모르고 발만 동동 굴렀다. 유혈사태가 났다간 모조리 저승길로 갈 판이었다.

경찰서장은 상부에 상황을 보고하려 급히 전화기를 들었지만, 어찌된 일인지 전화는 불통이었다. 시위대가 이미 전화선을 끊은 탓이었다. 시위대가 선산경찰서 정문에 다다르자 시위 군중들의 흥분이 최고조에 이르렀다.

"저놈들은 왜놈의 앞잡이들이다. 죽이자!"

"저놈들은 반드시 처단해야 한다!"

"저놈들은 선산 군민들의 피를 빨아먹고 산 악질 반동들이다, 한 놈도 살려두면 안 된다."

일본 제국주의에 부역한 경찰에 대한 분노와 증오로 눈이 발개진 시위대가 흥분해 경찰서로 앞다투어 뛰어들려고 했다. 그 순간 선두에 섰던 사내가 자신의 허리춤에 찬 권총을 빼들고는 하늘을 향해 총을 발사했다.

"타—앙"

떡 벌어진 어깨와 우람한 체격, 절도 있는 행동이 한눈에 보아도 예사롭지 않은 사나이 대장부였다. 그는 선산 인민위원회 내 정부장 박상희였다.

그가 쏜 총소리에 놀란 시위대가 그의 눈치를 보며 멈칫거렸다. 그가 경찰서 정문에 떡 버티고 서서 마이크를 잡고 대열을 향해 소리쳤다.

시위대에 의해 완전 포위된 경찰서장 이하 경찰관들은 몸을 바들바들 떨면서 그의 입을 예의주시했다. 사태가 여의치 않으면 죽음을 각오하고 시위대를 향해 자신들이 발포를 해야 할 상황이 올지도 모르기 때문이었다. 서장은 만약의 사태에 대비해 긴장의 끈을 조이면서 경찰관 전원에게 총기와 실탄을 휴대하게 했다. 총알이 장전되었고 경찰관의 손가락이 방아쇠에 걸쳐 있었다.

"여러분, 오늘 우리는 이 자리에 구미를 인민의 이름으로 해방시키기 위해 온 것이지, 인명을 살상하기 위해 온 것이 아닙니다.

경찰도 우리의 가족이나 마찬가지입니다. 경찰을 절대 해쳐서는 안 됩니다. 생명을 해치는 행위는 금수나 할 짓입니다. 만약 그리 되면 우리는 우리가 징벌하러 온 저 친일 경찰관들과 하등 다를 바가 없는 사람이 되는 것입니다.

그들에게 친일 행적에 대해 고백케 하고 그들의 죄상을 낱낱이 밝혀 진정한 마음으로 우리에게 용서를 구하게 하고 다시는 나쁜 짓을 하지 않도록 하여 그들이 새로운 사람으로 거듭나게 하는 데 우리의 목적이 있습니다.

다시 한 번 말씀드립니다. 절대 인명이 상하는 일이 있어서는 안 됩니다. 만에 하나 그러한 일이 일어날 때는 제가 이 총으로 용서하지 않겠습니다."

박상희의 강력한 호소에 시위대의 흥분이 가라앉았고, 경찰서 안에 갇혀 눈알이 동그래져 있던 경찰관들도 안도의 한숨을 내쉬고 있었다. 한 경찰관은 너무 긴장한 나머지 박상희의 말이 끝나자마자 바지를 입은 채로 오줌을 흘렸다.

6

박상희의 노력으로 선산경찰서는 별다른 물리적 충돌 없이 시위대의 손에 접수되었다. 그들은 서장 이하 경찰관들을 무장해제시켜 인민재판이 끝날 때까지 일단 유치장에 구금했고, '선산경찰서'라는 현판 대신에 '선산군 인민위원회 보안서'라는 현판을 내걸었다.

현판식을 바라보던 박상희의 눈에 이슬이 맺혔다. 그는 감개무량한 표정으로 포효하듯 앞에 모인 시위 군중을 향해 말했다.

"여러분, 오늘 우리는 누구의 도움도 없이 우리 힘만으로 이 구미 땅을 해방시켰습니다. 친일 세력은 척결될 것이며 그동안 빈민과 서민을 착취한 악질적인 반동 부르주아 인사에 대한 대대적인 심판이 있을 것입니다.

오늘은 너무나도 경사스러운 날입니다. 모두 축배를 들고 만껏 먹고 마시며 흠뻑 취해봅시다."

박상희가 군중들에게 건배 제의를 하며 막걸리 잔을 높이 들자 시위대들이 잔을 들고 다시 적기가를 힘차게 불렀다. 구미의 산과 들, 하늘에 적기가가 장엄하게 메아리쳤다. 이날 밤 구미 시내는 온통 해방의 기쁨을 나누는 축제의 열기로 뜨거웠다. 투명한 하늘엔 총총한 별빛이 물같이 흘렀다.

다음 날 대구 폭동이 경찰에 의해 완전 진압되었다는 보고가 들어오면서 선산 인민위원회 보안서 위원들이 크게 동요하기 시작했다. 박상희를 비롯한 시위 대원들은 대구 폭동이 성공하고 경북 전 지역에서 궐기를 하게 되면 경상도 지방을 해방시키는 것은 식은 죽 먹기일 것이라 판단했다. 조직을 갈고닦은 지가 십수 년이 된 그들은 대구 폭동 사태를 맞아 전 조직이 일사불란하게 움직일 것으로 보고, 혁명의 불쏘시개가 될 심정으로 다른 지역보다 먼저 움직인 것이었다.

시위 대원들에게는 몇 가지 오해가 있었다. 그들은 미국을 너무 몰랐다. 미국은 법치 국가였다. 미국은 불법적인 파괴 행위에 대해서는 철저하게 엄단하는 국가였다. 그들은 악질 반동의 손에서 구미를 해방시켰다고 생각했지만, 미국의 눈에 비친 그들은 실정법을 위반하고 사회 질서를 파괴한 불순분자에 지나지 않았다. 또 그들은 모든 조선 사람들이 인민의 이익만을 생각하는 자신들의 편에 서서 강력한 지지를 보내줄 것이라 기대했다. 하지만 사람들은 서로 생각이 달랐고 미군이 내세운 강력한 총칼의 무력 앞에 오랜 시간 동안 갈고닦은 조직도 그 기민성을 잃고 있었다. 시위 대원들은 현실을 모르는 순진하고 감상적인 이상주의자들이었던 것이다.

박상희는 기대했던 대구가 단 나흘 만에 경찰에 의해 완전 진압되었다는 사실이 놀라울 뿐이었다. 대구가 넘어갔으면 구미가 경찰의 손에 접수되는 것은 순식간의 일이 될 게 틀림없었다. 충청도에서 동원된 700여 명의 무장 경찰이 곧 구미에 투입될 것이란 정보까지 있었다. 그는 시위 대원들의 안전과 앞날에 대한 걱정으로 잠을 이루지 못하고 뒤척이다 곁에 누워 막 눈을 붙인 황태성과 이재복을 깨웠다. 이재복은 목사 출신으로 경북 지방에서 박상희, 황태성과 더불어 사회주의 운동을 같이 전개하고 있던 친구였다. 박상희가 구미에서 시위를 일으켰다는 소식을 듣고 한 조각 힘을 보태려 그들도 부리나케 달려온 것이었다.

"태성이하고 재복이는 여기 있지 말고 빨리 몸을 숨겨라. 암만캐도 시간이 얼마 안 남은 것 같다."

"니도 같이 가자."

"내가 어찌 가겠노? 내가 책임잔데 다른 사람들을 남겨두고 도망가는 기 있을 수 있는 일이가? 내가 죽든 살든 다른 사람들은 내가 챙기야 된다. 너그나 퍼뜩 몸을 숨겨라."

황태성과 이재복도 긴박하게 돌아가는 상황이 불가항력임을 알고 어쩔 수 없이 후일을 기약하며 안개 낀 새벽길을 나섰다.

"상희야, 봄조심해라."

"너그도 조심하고…… 야! 그라고 재수 없는 소리 하면 안 되지만도 혹시 모르니 하는 말이다. 내가 잘못되면 우리 식구들 좀 부탁 좀 하재이."

이념과 사상을 같이하며 오랜 지기로 살아온 동갑내기 세 남자는 서로 부둥켜안고 체온을 나누었다. 세 남자의 볼에서 똑같이 뜨거운 눈물이 흐르고 있었다. 그들은 어쩌면 오늘 이 자리가 세 사람이 함께하는 마지막 시간이 될지 모른다고 생각하고 있었다.

그들이 떠난 지 여섯 시간 만에 수십 대의 차량에 나눠 탄 수백 명의 무장 경찰이 선산경찰서를 향해 달려오고 있었다. 경찰 차량이 뽀얀 흙먼지를 일으키며 서서히 그 모습을 드러내고 있었다.

박상희는 시위 대원들을 서둘러 밖으로 내보내고 유치장에 구금되어 있던 서장 이하 경찰관들을 모두 풀어주었다. 서장은 박상희에게 연신 머리를 숙이며 감사를 표했다.

"박 기자, 정말 고맙소. 당신이 시위대들의 마음을 진정시키지 않았으면 정말 큰일 날 뻔했소. 당신 덕에 아무도 다치지 않았소. 내가 당신은 꼭 신원 보증할 테니 어디 가지 마시오. 밖에 나가면 위험하오."

서장의 말이 끝나기가 무섭게 사방에서 콩 볶는 소리가 요란했다. 시위대들이 경찰의 총구를 피해 사방으로 흩어졌고, 경찰의 총구는 솜씨 좋은 사냥꾼처럼 들판에 훤히 노출된 채 달아나는 먹이를 향해 정확하게 불을 뿜었다.

총이 불을 뿜을 때마다 사람들이 고꾸라졌다. 총소리가 점점 경찰서에 가까워지고 있었다. 웬만해서는 놀라지 않는 박상희의 얼굴에도 초조감이 비쳤다. 서장실 창문 너머로 정문을 막 들어서고 있는 무장 경찰이 박상희의 눈에 보였다. 그가 어금니를 질끈 깨물었다.

"서장님, 미안하오. 부디 우리 양민들이 다치지 않게 좀 도와주
시오."

말을 마친 박상희는 서장의 만류에도 불구하고 갑자기 서장실
창문을 열고 몸을 훌쩍 던지고는 들판을 내달리기 시작했다. 그
가 내달리기를 스무 걸음이나 했을까. 경찰서를 포위한 채 정조
준하고 있던 총구가 먹이를 놓치지 않고 박상희를 향해 세 번 불
을 뿜었다.

결국 박상희는 자신의 꿈을 펼쳐보지도 못한 채 마흔한 살의
젊은 나이로 생을 마감했다. 김옥균이 일으킨 갑신정변이 3일 천
하로 끝났듯 박상희가 주도한 구미의 해방 운동도 만 사흘 만에
막을 내렸다.

박상희를 공산주의자라 말하는 사람도 있으나, 엄밀히 말해 그
는 공산주의자하고는 거리가 먼 사람이었다. 그는 몽양(夢陽) 여
운형을 따르던 사람으로 조선의 독립을 갈망한 온건하고 합리적
인 민족적 사회주의자로 보는 것이 옳을 것이다.

7

상희 형의 부음을 전해 듣고 한 달 만에 형의 무덤을 찾았다. 나
는 떼도 없는 누런 흙더미의 봉분을 찾아 형에게 머리를 숙이고
인사를 올렸다.

비석에 새겨진 '고령 박씨 박상희의 묘'라는 비문을 보고도 나는 도무지 형이 죽었다는 사실이 믿기지 않았다.

"자형, 대체 이게 어찌 된 일입니까?"

"……."

"얘기 좀 해보세요."

자형 한정봉은 입에 문 담배를 깊이 빨아들이고 나서야 자초지종을 설명했다.

"대구에서 폭동이 일어나고 사흘 후에 구미에서도 소요가 있었어. 형님이 선산 인민위원회에서 내정부장을 맡고 있었거든. 형님은 평소 서민들을 못살게 굴던 사람들을 잡아다 혼을 냈지.

하지만 형님은 시위대가 절대 사람들을 해치지 못하게 했어. 인민재판은 잘못을 바로잡고 사람을 뉘우치게 하는 데 의의가 있지, 사람을 죽이는 것은 아니라고 말이야.

형님 덕분에 경찰은 아무도 다치지 않았어. 그런데 외부에서 지원을 나온 경찰이 들이닥치고 시위대들이 도망가는 바람에 형님도 어쩔 수 없이 창문을 뛰어넘어 도주 행렬에 끼어들었어.

경찰서에서 가만히 있기만 했어도 아무 일 없이 끝났을 낀데…… 선산경찰서장도 면목이 없다고 아주 미안해하더라……."

자형 한정봉의 얘기는 경찰의 오인 사격으로 형이 등에 총알 세 방을 맞고 경찰서 옆 들판에서 절명했다는 것이었다.

어머니와 형수는 충격을 받아 아직도 자리에서 일어나지 못했다. 가장의 갑작스런 죽음으로 생계가 막막해진 집안 살림을 형의 친구인 목사 이재복이 돌봐주고 있었다.

나는 이재복을 찾아가 인사한 후에 집안일을 누이와 자형에게 부탁하고는 상희 형과 함께 소요를 주도한 황태성 형을 찾아갔다. 그를 나를 보자마자 끌어안고 울음을 터뜨렸다.

"이 쳐 죽일 놈들이, 친일파 놈들이 어찌 상희 같은 애국지사를 죽인단 말이냐? 어찌!"

그는 분을 참지 못해 주먹을 불끈 쥐고 방바닥을 쳤다. 식민지 시대에 경찰 생활을 하던 친일 경찰은 해방이 된 지금도 치안을 유지할 인력이 부족하다는 구실 아래 여전히 경찰관으로 근무하고 있었다. 세상이 바뀌어도 부자들의 곳간에는 곡식이 넘쳐났고, 가난한 사람들은 늘 배를 주리고 있었다.

"정희야, 내 말 명심해서 잘 새겨들어라."

"형님, 말씀하십시오."

"이 땅에는 희망이 없다. 해방이 되고 나서도 친일파 놈들은 여전히 떵떵거리고 있다. 내는 이런 더러운 꼬라지 두 눈 뜨고는 못 본다. 나는 북으로 갈 끼다. 가서 니 형의 원수도 갚고 친일파 놈들을 모조리 몰아낼 끼다. 그라고 내가 니한테 단단히 약속받을 게 있어 불렀다."

그는 눈물을 훔치고 잠시 흐트러진 감정을 추슬렀다.

"니 형이 반대했어도 내가 너 만주 가는 거 반대 안 한 이유는 니가 잘 알 끼다. 이제 때가 왔다. 니가 배운 거 민족을 위해 써 묵어야 할 때란 말이다.

니 형님이 니한테 어떤 사람이고? 아버지 같은 사람 아이가. 너를 위해 평생을 헌신한 사람이다. 니 형님의 유지를 꼭 명심해라. 바른 세상을 만들고 가난한 사람이 행복하게 사는 세상 만드는 기 니 형의 꿈이었다.

너는 군대에서 니가 할 일을 꼭 찾아야 한다. 그래야 지하에서라도 니 형님이 안 웃겠나?”

황태성 형은 내게 말한 대로 달포도 되지 않아 월북했다. 아버지나 다름없던 상희 형을 잃고, 또 하나의 정신적 지주인 그마저 월북해버렸다. 나는 천애고아 같은 신세가 되었다. 두 사람의 형이 나를 받쳐주고 있기에 나는 지금까지 치기 어린 투정과 호기를 부릴 수 있었다.

나는 미국이라는 나라가 몹시 혐오스러웠다. 경찰의 총에 맞았다곤 해도 따지고 보면 미국이 형을 죽인 것이나 다름없었다. 미국은 내 발목도 잡았었다.

“미국, 이 개새끼들, 절대 용서하지 않을 거야…….”

8

1946년 12월, 나는 스물아홉의 나이로 만주군관학교와 일본 육사를 거쳐 내 인생에서 세 번째 사관학교인 조선경비사관학교를 졸업했다. 정식 임관을 받고 이듬해 초봄에 춘천의 8연대에 배치를 받아 월남하는 사람들을 조사하는 경비 업무를 맡았다.

미군정과 남로당의 대립과 갈등으로 남쪽에서는 일촉즉발의 긴장감이 고조되고 있었지만, 북조선을 코앞에 둔 38선에는 도무지 긴장감을 찾을 수 없었다. 38선에는 철책이 없어 사람들이 비교적 자유롭게 남과 북으로 왕래했고, 아직도 장사를 위해 남과 북을 오가는 보따리상들도 있었다.

긴장감 없는 38선에서 하는 경비 업무는 하품이 나올 만큼 지루하고 한가했다. 나는 여가 시간에는 동료들과 어울려 늘 술을 벗하며 살았다. 때로는 막걸리를 직접 만들어 먹기도 했다. 나는 문경의 하숙집 여주인에게 막걸리 제조법을 배운 적이 있었다.

군 동료들과 세상에 대한 토론을 벌이기도 했다. 일본의 2·26 사건은 내가 가장 관심을 갖고 동료들과 토론을 벌인 단골 주제였다. 사관학교 1기생이자 내 직속상관으로 있던 경비대대의 중대장 김점곤과 술자리에서 열띤 토론을 자주 벌였다.

"2·26 사건은 권력욕에 눈먼 단순한 군인들의 쿠데타가 아니라, 세상의 적폐와 모순을 해결하고 새로운 세상을 열기 위한 젊은 군인들의 뜨거운 충정이 발로한 아름다운 일이요."

"군인은 정치에 중립을 지켜야지, 개입하는 건 언제나 역사를 불행하게 할 것이요."

"그건 너무 단순한 생각이요. 군인두 이 나라의 국민인데, 어찌 세상의 모순을 두고 그냥 보고만 있을 것이요. 해야 할 일과 필요한 역할이 있다면 마땅히 해야지요."

군의 정치 개입을 반대하는 사람들은 내 생각에 우려의 뜻을 전하기도 했으나, 사회 변혁을 꿈꾸는 이들 가운데는 내 생각에 동조하는 이들도 있었다. 특히 나보다 여섯 살 아래인 중대장 김점곤은 젊은 나이 탓에 호기심 어린 눈으로 두 귀를 쫑긋 세운 채 내 얘기에 큰 관심을 보였다.

어쨌든 나는 모든 인간이 행복하고도 평등하게 살 수 있는 새로운 세상이 열려야 한다는, 새 시대에 대한 열망이 몹시 강했다.

형의 죽음으로 유품이 되어버린 형의 카메라를 나는 아직도 간직하고 있었다. 카메라를 볼 때마다 형에 대한 생각과 추억이 새록새록 떠올랐다. 형의 죽음은 생각하면 할수록 분했다. 친일 경찰과 미국이 형을 죽인 것이었다.

어느 여름날 밀짚모자를 깊이 눌러쓴 이재복 형이 춘천으로 나를 찾아왔다.

"박 중위, 그간 잘 있었나?"

"아니, 재복이 형님이 어찌 이 먼 길까지 웬일이시오?"

이재복은 오랫동안 대구 지방에서만 살아서 춘천에는 연고가 없었다. 나를 찾아온 데는 어떤 특별한 연유가 있음이 틀림없었다. 나는 직감적으로 짚이는 구석이 있었다. 그는 목사 신분이지만 남로당의 군사 책임자였다.

나는 그를 춘천 시내의 조용한 중국집으로 안내했다. 그가 주변을 살피면서 나지막이 입을 열었다.

"내가 자네를 찾아온 이유는 다름 아니라, 단도직입적으로 말하겠네. 친일파를 몰아내고 남조선을 개혁하기 위해서는 우리 조선노동당에게 힘이 필요하네. 군 내부에 우리 조직을 심는 데 자네 도움이 꼭 필요하네."

"……."

내가 예상한대로 그는 나를 남로당에 가입시키려고 했다. 상희 형의 억울한 죽음을 생각하면 당장에라도 그의 요구를 받아들이고 싶었지만 감히 입이 떨어지지 않았다. 큰형은 있어도 능력이 없어서 집안에 큰 도움이 되지 못했다. 따라서 나 외에는 집안을 건사할 사람이 딱히 없었다. 내가 잘못되면 집안이 풍비박산 나는 것은 물론이고 화병으로 시름시름 앓는 어머니의 명줄까지 재촉할 판이었다.

"형님 뜻을 잘 알겠지만 시간을 두고 생각해야 하겠습니다."

"자네 걱정은 나도 아네. 어머니 때문에 마음이 쓰이는 것 아네만, 이건 한 개인의 일이 아닐세. 모든 사람이 사연을 들어 뒷짐만 지고 있으면 이 더러운 세상을 어떻게 바꾸겠는가?

자네 집안같이 혁명성이 투철한 가정에서 동참해주어야 역사적인 혁명 과업을 이룰 수 있네. 무얼 망설이나, 이 사람아. 미국이 자네 원수라는 걸 잊었는가? 형의 복수를 해야 하지 않겠는가?"

"형님, 제가 어떻게 복수를 해야 옳겠습니까?"

"혁명에 성공하는 것이 곧 복수하는 것이네. 방법은 차차 생각하고 먼저 당에 가입하도록 하게. 우리에게 당장 필요한 것은 힘을 모으는 것이네."

이재복 형은 상희 형의 죽음과 내가 가난한 소작농 출신 집안의 자식이라는 점을 환기시키며 은근히 이 사회에 대한 적개심을 내게 고취시키려 했다. 그의 채근에 나는 즉답을 피한 채 생각할 말미를 달라고 했고, 그는 십여 일 동안 춘천에 머물면서 나를 꾸준히 회유했다. 이윽고 나는 그에게 단서를 달았다.

"형님, 내가 이름을 올리지만은 당장 활동은 하지 않겠소. 나는 아직 사상적으로 완전하지도 않고, 어머니 입장을 생각해도 좀 그렇소. 내 입장을 이해해주시오."

"괜찮아. 난, 자네 같은 엘리트 장교가 당에 가입한 것만으로도 충분히 만족하네. 자네 같은 전설적인 인물이 가입만 한다면 웬만한 장교들에게는 좋은 자극이 될 걸세."

군내 현직 장교 가운데 만주군관학교 수석 졸업, 일본 육사 3등 졸업을 한 사람은 내가 유일해서 다른 장교들은 나를 특별한 존재로 보고 있었다. 이재복은 나에 대한 군 내부의 시각이 이렇기에 남로당의 얼굴마담으로서 내 효용 가치를 높이 사고 있는 것 같았다. 나는 나 대신 우리 집안을 돌보아준 이재복의 포섭에 넘어가 남로당에 적을 두게 되었고 군대 내 남로당 군사부장이라는 직책을 받았다.

하지만 나는 그와 약속한 대로 적극적 가담자가 아닌 묵시적 동조자로 남로당의 당적에 이름만 올렸다. 나는 상희 형과 황태성 형의 영향으로 사회주의적 이념에 대한 소신은 강했으나 공산주의 이념에 대해서는 아직 뚜렷한 판단이나 가치관이 서지 않았다.

미친 사랑의 노래

1

1947년 9월 27일, 나는 대위로 승진하면서 육군사관학교 중대장 보직을 받았다. 사회주의에 심취했던 형의 사상적 배경과, 소작농의 설움을 크게 겪은 집안 환경 탓으로 나는 사회주의에 대해 상당히 긍정적인 시각을 갖고 있었다. 하지만 나는 남로당에 가입했어도 공개든 비공개든 남로당을 위한 활동은 일절 하지 않았다. 나는 단순히 사회주의에 대한 이념적 동조자일 뿐이었다.

그해 12월 나는 육사 동기생인 경리장교 박경원의 결혼식에 신랑의 하객으로 참석했다. 신부 들러리로 나선 아가씨가 단숨에 내 눈길을 사로잡았다. 그날 결혼식 뒤풀이에서 그녀는 화려한 율동과 춤, 세련된 매너로 뭇 남자들의 시선을 끌었다. 그녀는 키가 컸고 늘씬한 몸매에 서구적인 미모를 하고 있었다. 나는 그녀를 보자 숨이 막혔다. 하늘에서 여신이 강림한 느낌이었다. 두근거리는 가슴을 진정시키며 육사 동기 회장인 이효에게 조심스럽게 물었다.

“이 형, 저 아가씨 좀 어때?”

“자네 저 아가씨에게 관심 있어?”

나는 괜히 계면쩍어서 말은 못하고 싱긋 웃었다.

“자고로 중이 제 머리는 못 깎는 법이지, 자네가 관심이 있으면 내가 중신 한번 서주지.”

그는 선심 쓰듯 한마디 내뱉고는 갑자기 성큼성큼 그녀에게 다가가 귀엣말을 속삭였다.

“만주군관학교를 수석 졸업한 엘리트 장교가 당신에게 호감을 갖고 있는데 한번 만나볼 생각이 없소?”

이효의 말에 그녀가 싱긋 웃으며 고개를 돌려 나를 바라보았다. 순간 나는 순진한 소년같이 낯이 화끈 달아올랐다. 그녀는 이화여대 아동학과 1학년에 재학 중인 이현란이었다. 함경도 원산이 고향이었는데 홀로 월남해 학교를 다니고 있어 학비며 생활비 감당에 크게 애를 먹고 있었다.

나는 그날로 바로 그녀와 깊은 사랑에 빠졌다. 나는 거의 매일 이화여대 기숙사를 찾아가서 그녀에게 사랑을 고백했고 정성을 들인 노력 끝에 드디어 사랑의 결실을 이루었다.

빨갱이가 싫어서 내려왔다는 그녀는 아주 솔직했다.

“미스터 박, 난 재미 삼아 하는 데이트는 원치 않아요. 그럴 겨를이 없어요. 혼자 내려와서 갖고 온 돈이 다 떨어졌거든요. 지금 난 수중에 돈 한 푼 없는 빈털터리에요. 돈이 필요해요. 결혼을 전제로 한다면 나도 같이 살고 싶어요. 학교는 보내주실 수 있죠?"

이현란에게는 명문 여대생으로서 자신감 넘치는 기품이 있었고 남자의 마음을 사로잡는 애교도 넘쳐흘렀다. 대중 앞에 서면 괜히 긴장해서 움츠러드는 나와 달리 그녀는 주눅 들지 않고 누구 앞에서도 당당했다. 그녀가 내 곁에 있으면 괜히 어깨가 으쓱해졌다.

이현란은 감수성이 풍부했고 하루 종일 종달새처럼 내게 밀어를 속삭이며 재잘거렸다. 그녀와 같이 앉는 자리는 부드러운 꽃방석이 되었고 그녀와 함께 눕는 침대는 향기로운 꽃밭이 되었다.

느닷없는 그녀의 출현은 내 인생을 뒤바꾸어 놓았다. 나는 이전과는 완전히 다른 세상에서 살고 있었다. 도무지 믿을 수 없었다. 이것은 이전에 전혀 경험하지 못한 새로운 세상이었다. 내 삶이 암흑의 세계에서 빛의 세계로 순간 이동을 한 것이다.

인간에 대한 불신, 가진 자에 대한 증오, 삶에 대한 절망과 고독이 인간에 대한 사랑과 믿음, 삶에 대한 기쁨으로 바뀌고 있었다.

나는 늘 세상의 아웃사이더로만 살아왔었다. 지금은 내가 세상의 주인공이 된 느낌이었다. 늘 어둡게만 보이던 불공평한 세상이 찬란하게 빛났다. 그냥 눈을 스쳐 지나가던 소소한 것들이 예사롭게 보이지 않았다. 발에 걸리는 돌멩이, 길가의 이름 모를 들풀, 개울을 흐르는 물소리, 나무를 스치는 바람소리까지 모두 내 앞길을 축복하는 듯했다.

사랑은 불평불만이 많았던 나를 몹시 긍정적인 사람으로 바꾸어놓았다. 사랑은 세상에 대한 증오로 얼룩진 내 가슴을 따뜻하게 감쌌고, 그녀가 속삭이는 밀어는 내 투쟁 의지를 무디게 했다. 그녀 덕분에 나는 과거의 고통스런 기억에서 해방되고 있었다. 그녀는 상처받은 내 영혼의 구원자였다.

그녀와 함께라면 당장 죽어도 여한이 없을 것 같았다. 나는 그간의 고통에 대한 보상을 받기라도 하듯 게걸스럽게 그녀의 사랑에 흠뻑 취했다.

나는 돈을 빌려 동기들이 참석한 가운데 내 형편에 걸맞지 않은 성대한 약혼식을 올렸고, 곧바로 그녀와 용산 장교 관사에서 동거에 들어갔다. 용산 장교 관사는 미군들이 사용하다 한국 정부에 넘긴 것으로 서양식 구조를 한국식으로 개조해서 방이 서너 개나 되었다.

약혼에 앞서 아내와 법적 관계를 정리하려 아내에게 이혼을 요구했지만 아내는 내 요구를 단호히 거부했다.

"못 들은 걸로 하겠어요. 어차피 지금까지도 당신 없이 혼자 잘 살았어요. 굳이 이혼녀라는 딱지를 붙이고 살고 싶지는 않네요. 지금까지 살던 대로 그냥 사세요."

아내는 내가 여자가 있어 자신에게 이혼 요구를 한다는 걸 몰랐다. 눈이 반짝반짝 까맣게 빛나는 딸아이가 내 손을 놓지 않는 통에 차마 아내에게 사랑하는 여자가 있다는 말을 하지 못했다. 나는 입이 떨어지지 않아 결국 빈손으로 되돌아왔다.

한 지붕 아래에서 이현란의 숨소리를 들으며 사는 것은 행복했지만 이혼 문제를 깔끔하게 정리하지 못해 늘 가시방석에 앉은 기분이었다.

동거한 지 석 달 만에 그녀는 아이를 가졌다.

"여보, 나 임신 3개월이래요. 아이 낳기 전에 식 올려야 되지 않겠어요?"

나는 그녀가 내 아이를 임신했다는 것이 더없이 반가웠다. 그녀의 임신으로 나는 그녀가 행여 나를 떠날까 노심초사 가슴 졸일 필요가 없어진 것에 안도의 한숨을 내쉬었다. 나는 그녀 몰래 아내의 눈치를 보며 이혼 시기를 저울질하고 있었다.

그녀와 나는 밀월의 시간을 보냈고 달콤한 시간은 꿈만 같이 흘렀다. 그녀와의 동거는 내가 신봉하고 있던 사회주의적 이념에 대해서도 큰 영향을 끼쳤다. 현실의 안락함은 이념에 대한 기억을 희미하게 만들었고 투쟁의 열기도 사그라지게 했다. 어느덧 나는 평범하고 성실한 직업군인이 되어 있었다. 일과가 끝나면 나는 곧장 관사로 직행했다. 나는 늘 그녀가 원하는 것을 사서 한 아름 가슴에 안고 들어갔다.

시월이었다. 봄에 제주에서 일어난 4·3 사태에 이어 여수 14연대에서도 반란이 일어났다. 남로당에 가입한 군인들이 무장을 하고 궐기한 것이었다. 이승만 정권이 출범한 지 몇 달 되지 않은 때였다.

정부에서 토벌대를 파견했고, 나도 광주 토벌 사령부의 작전참모로 여수 순천 반란군 토벌 작전에 참여하고 있었다. 이 사건으로 군대 내에 있는 남로당 당원들을 적발하는 대대적인 숙군 작업이 진행되었다.

2

반란 사태가 어느 정도 정리되어 여수와 순천 일대가 좀 잠잠해졌다. 육군본부에서 나에게 본부로 모레까지 복귀하라는 명령이 내려왔다.

서울의 아내를 본 지 한 달이 넘어, 한참 그녀에 대한 그리움이 사무치고 있었다. 본부 복귀 명령이 가뭄에 단비 만난 듯이 기뻤다. 나는 짬을 내어 송정 5일장에서 아내에게 줄 건미역, 마른김, 젓갈, 굴비를 준비했다. 아내는 해산물을 좋아했다. 혼자 월남했으므로 출산을 하면 아내의 산후조리를 도울 마땅한 사람이 없었다. 나는 미리 준비하는 게 좋겠다 싶어 미역은 제일 질이 좋은 놈으로 골라 넉넉하게 세 다발을 샀다.

사무실에서 후임 참모에게 인수인계를 하고 점심시간에 그간 정들었던 동료들과 인근 식당에서 삭힌 홍어에다 막걸리를 곁들인 식사까지 마쳐 아주 기분이 좋았다. 아내를 볼 생각만 해도 마음이 설레었다. 군용 배낭에 짐을 꾸리고 있는데 부관 오 상사가 나를 불렀다.

"박 소령님, 서울에서 전화입니다."

"누구야?"

“김점곤 전투정보과장이라 하십니다.”

“웬일이야, 이 친구가 그제도 전화를 하더니, 별일이네…….”

그는 춘천 경비대에서 나와 같이 근무하며 친분을 쌓았고, 내가 살고 있는 용산 관사와 마주 보는 자리에 그의 관사가 있어 그와는 내왕이 잦았다. 그는 아직 총각이라 우리 집에 와서 자주 밥을 먹곤 해서 김점곤과 우리 부부는 한 가족처럼 지내고 있었다.

통화망이 잘 구축되지 않아 전화 한 통 하는 데도 절차가 무척 복잡했기에 그의 전화가 별스럽게 느껴졌다.

“웬일이요?”

“박 형, 아무 소리 말고 그냥 내 말을 듣기만 하시오.”

떨리는 그의 목소리가 어딘지 불안하게 느껴졌다.

“무슨 일이 있소?”

“지금부터 아무 소리 말고, 가만 듣기만 해요. 남로당 군사 총책 이재복이 불심검문 중에 정보국의 김창룡에게 체포됐어요. 그 양반 수첩에서 박 형 이름이 나왔소. 박 형 때문에 육군본부가 발칵 뒤집혀졌소.

이재복이 수첩에서 나온 사람들을 지금 김창룡이가 은밀하게 체포하고 있소. 서울로 오지 말고 당장 피하시오.”

그의 말에 뒤통수를 맞은 듯 갑자기 머릿속이 하얘졌다. 나는 내가 남로당에 가입했다는 사실을 잠시 동안 잊고 있었다. 이재복이 체포되었다면 큰일이었다. 나는 활동 여부를 떠나서 조직 체계상 고위직인 군내 남로당 조직의 군사부장으로 이름이 올라 있었다.

"일단 알겠소. 서울에 올라가서 얘기합시다."

"서울은 위험해요, 당장 피하시오!"

김점곤은 김창룡의 직속상관이었다. 그가 나에게 이처럼 중요한 정보를 미리 귀띔해준 것은 그간 나와 쌓은 정 때문이기도 했지만, 춘천에 있을 때 그가 내 소개로 이재복과 식사한 것이 마음에 걸린 탓일 수도 있었다. 아무튼 그가 내 신변 안전을 걱정해 미리 귀띔해준 것은 몹시 고마운 일이었다. 하지만 내가 진짜로 몸을 피하게 된다면 만천하에 수사 당국이 나에게 두고 있는 혐의를 인정하는 꼴이 되는 것이었다. 나는 이것이 무척 억울했다.

월북의 길을 선택하지 않는 한, 나는 독 안에 든 쥐 신세나 다름이 없었다. 변명의 여지가 없는 도망자의 길을 선택하는 것은 더욱 어리석은 일이었다. 이것은 나의 죽음을 의미했다. 새로 맞은 사랑하는 아내와도 영원히 이별해야 할 판이었다. 아내의 산달도 넉 달 앞이라 자칫 아이를 아버지 얼굴도 모르는 유복자로 만들 수도 있었다. 나는 당국에 모든 것을 털어놓기로 결심했다.

광주역에서 기차를 타고 서울역에 도착한 것이 저녁 6시였다. 검정 가죽점퍼를 입은 김점곤이 손수 지프를 운전하고 나와 역 광장에서 나를 기다리고 있었다. 그는 호랑이 굴을 향해 제 발로 걸어 들어오고 있는 내가 몹시 어리석게 보였던지 만나자마자 벌컥 화부터 냈다.

"박 형은 정말 답답한 사람이오, 왜 이렇게 고집을 피우시오?

소나기는 일단 피하는 법이 아니요!"

"나도 불안하오. 도피도 생각은 해봤소. 하지만 이건 아닌 것 같다는 생각이오. 도피는 최악의 선택이오. 어쨌든 김 형이 나를 좀 도와줘야겠소! 부탁이오, 이대로 죽을 수는 없지 않소?

남로당에 가입한 적은 있지만 정말 남로당 활동을 한 적은 없소. 진정이요. 아내를 만나면서 난 많이 바뀌었소. 좀 도와주시오."

"……."

그가 딱하다는 표정을 지으며 말없이 고개만 끄떡였다.

3

"여보, 오늘은 웬 머릿기름을 이렇게 많이 발라요? 파리가 앉다가 미끄러져 나가 자빠지겠어요."

"한 달 만에 본부에 나가는데 단정하게 하고 나가야지……."

그녀는 한 달 동안 집을 비운 내가 돌아오자 몹시 기뻐했고, 내 출근 준비를 하며 아침부터 연신 콧노래를 불렀다. 그녀는 거실 바닥에 앉아서 내가 입고 나갈 군복을 각을 잡아 윤기 나게 다리고 있었다.

나는 그녀가 아무런 눈치를 채지 못하게 이전보다 더 밝은 표정을 지으며 출근 준비를 서둘렀다. 현관을 나서면서 그녀의 손에 얼마간의 돈을 쥐여주었다.

"어머나, 5,000원이나! 월급날도 아닌데, 이게 웬 돈이에요?"

"당신 필요할 때 쓰라고. 미안해, 많이 주지 못해서……."

"오늘 참 당신 이상하네. 미안하다는 말도 할 줄 알고, 생전 안 하던 짓을 다해요. 혹시 당신 나 몰래 광주에서 나쁜 짓 한 건 아니에요?"

그녀는 수상쩍다는 듯이 눈을 살짝 흘기더니 금방 방긋 웃으며 나를 꼭 껴안았다.

"여보, 하여튼 고마워요. 잘 쓸게요."

내 월급은 만 원을 겨우 넘었다. 아내 혼자 아껴 쓴다면 넉넉하지는 않아도 한 달 생활비는 될 수 있을 것이었다. 내 신병(身柄)이 어떻게 처리될지 모르므로 아내를 위해 김점곤에게 급히 융통한 비상금이었다.

어느 쪽을 선택하든 나로서는 모험이었다. 나는 목숨을 건 큰 도박을 선택했고 태연히 호랑이 굴로 들어갔다.

내가 남로당의 적극적인 가담자가 아니라 묵시적인 이념적 동조자에 지나지 않았다는 진정을 알릴 수만 있다면 구명 가능성은 충분히 있다고 생각했다. 이적 활동을 한 적이 없기 때문이다. 나는 다분히 감상적인 이념적 사회주의자였을 뿐이다.

11월 11일, 나는 신의 자비를 구하며 방첩 부대에 내 신병을 인도했다. 내 심문을 담당한 정보과 주임 김창룡 대위는 오랜 수사 경험 탓인지 능구렁이같이 노련하게 사람을 갖고 놀았다. 그는 일본 헌병 출신으로 식민지 시절에는 일본 관동군을 위협하는 사회주의자 색출에 잔뼈가 굵은 사람이었다.

“박 소령, 당신 같은 엘리트가 왜 남로당에 가입했는지 난 도무지 모르겠소? 가만있으면 인생 구만 리가 탄탄대로일 텐데, 어쩌자고 이런 바보짓을 하셨소! 보아하니 형님이 대구 폭동 때 돌아가셨던데 그 때문이요? 복수하고 싶어서?”

김창룡은 눈을 가늘게 찢어 냉소적인 미소를 지으며 지휘봉으로 내 어깨를 툭툭 쳤다. 그는 최대한 내 감정을 자극하고 싶어했다. 기왕 나 스스로 찾아 들어간 호랑이 굴이니만큼 에둘러 갈 필요는 없었다. 나는 담담한 어조로 말했다.

“일부러 나한테 겁을 줘가며 시간 질질 끌 것 없소. 알고 싶은 것, 묻고 싶은 것, 바라는 것이 있으면 다 말하시오. 대신 하나만 부탁합시다.”

선 채로 내 주변을 빙글빙글 돌면서 시종 위압적인 태도로 겁을 주던 그가 눈을 반짝이며, 마주한 나무 의자에 슬그머니 앉았다. 은근한 야유와 조롱으로 나를 위협하던 그의 사나운 얼굴빛이 아까와는 달리 온화해져 있었다.

“말해보시오, 부탁이 뭐요?”

“난 살고 싶소. 나를 살려줄 수 있겠소?”

“그건 내 권한이 아니라는 걸 박 소령이 잘 알지 않소?”

그가 난색을 표했다. 그 표정이 무겁게 보였다.

“잘 알고 있소. 하지만 이 같은 문제는 실무 담당자의 보고가 가장 중요한 법이요. 당신이 어떤 보고서를 올리는가에 따라 내 운명은 결정될 것이오. 최대한 우호적인 보고서를 써달란 것이요.”

김창룡은 내 조사 보고서의 첫 단추를 꿰는 인물이었다. 그가 내 운명을 쥐고 있었다. 그가 한참 동안 뜸을 들이더니 찬찬히 내 얼굴을 뜯어보며 고개를 끄덕였다.

"최대한 선처를 부탁해보겠소. 나도 남자인데 하늘이 두 쪽 나는 한이 있더라도 약속하겠소. 대신 박 소령도 티끌만 한 거짓도 없이 모든 것을 털어놓아야 하오. 그렇지 않으면 내 약속도 무효라는 걸 알아야 하오."

나는 내가 알고 있는 군내 남로당의 조직 계보를 도표로 그려가며 김창룡에게 소상히 전달했다. 내가 작성한 남로당 계보의 도표를 받아 든 그의 손이 파르르 떨렸다. 그가 도표를 반으로 접어서 책상 위에 올려놓고는 나를 지그시 바라보며 물었다.

"박 소령, 정말 고맙소. 그런데 하나 묻고 싶소. 이렇게 순순히 털어놓은 이유가 뭐요? 단순히 목숨 때문은 아닌 것 같은데……."

"그 얘기는 그만합시다. 나도 마음이 복잡하오."

"알겠소, 인간적인 갈등이 있으리라는 것 충분히 이해하오."

오늘부로 나는 조직을 밀고한 배신자가 되었다. 내가 남로당 활동을 했든 안 했든 나의 고변(告變)으로 인해 많은 사람이 고초를 겪게 될 것은 분명했다. 이것은 내가 또다시 걸어가야 할 배신의 가시밭길이었다.

1949년 2월 8일, 비공개로 열린 고등 군법 회의에서 나를 비롯한 69명의 군인에 대한 심리와 군 검찰의 구형이 있었다. 검사는 가장 먼저 나에 대한 구형 사유를 담담한 어조로 읽어 내려갔다.

"피고 박정희, 사형!"

나는 내 귀를 의심했다.

"박정희, 사형!"

검사의 구형이 내 귓전을 떠나지 않고 메아리가 되어 맴돌았다. 두 다리에 단단히 힘을 주고 있었지만 후들거리는 것을 진정시킬 수 없었다. 등에서는 식은땀이 줄줄 흐르고 있었다.

검사의 구형을 기다리고 있는 동료들의 따가운 시선이 느껴졌다. 나는 가만 고개를 숙였다. 살아남기 위해 조직과 동료를 밀고한 배신자의 말로치고는 몹시 비참했다. 밀고를 하지 않았다면 최소한 배신자라는 오명을 쓰진 않았을 것이다.

나는 내 꼬임에 빠져서 명예도 잃고 목숨까지 잃어버릴 신세가 되었다. 검사의 구형량은 실로 의외였다. 신의 특별한 은혜가 없는 한 검사의 구형량은 판사의 선고 형량으로 그대로 이어질 것이다. 판사의 선고로 형이 확정되면 살아날 가망은 제로였다.

김창룡과 김점곤, 그리고 만군 동기생인 방첩부대장 김안일이 나를 구명하기 위해 사방으로 뛰어다니고 있다는 얘기는 전해 들었지만 보름이 넘도록 감감 무소식이었다.

형 집행일이 다가오면서 나는 모든 걸 체념했다. 형량은 확정

되었고 집행만 남겨둔 것이었다. 나는 이것도 운명이라 생각했다. 내게 남은 것은 주어진 시간 내에 수감 중인 서대문형무소에서 내 인생의 마지막을 정리하는 일이었다.

나는 나를 조사한 정보과 주임 김창룡 대위에게 부탁해서 사랑하는 아내에게 쓴 메모를 전달했다. 이것은 내가 지상에서 남기는 마지막 유언이 될 것이었다.

나를 용서해주시오.
어쩌다 보니 일이 꼬여서 여기까지 왔지만 당신을 속일 마음은 추호도 없었소.
나는 빨갱이가 아니요.
당신을 만난 이후 내 세상은 다 변했소.
내 가슴에 품은 것은 오직 당신을 사랑하는 마음뿐이었소.
당신을 사랑하기에 나는 떠나지 않았소.
영원히 내 인생을 당신과 같이해야 한다는 생각밖에 없었소.
여보, 미안하오.

—당신을 사랑하는 남편 박정희

그녀는 해방 이후 고향에서 벌어진 공산주의자들의 인민재판을 보고 기겁을 해 빨갱이를 몹시 싫어했다. 내가 사회주의 활동을 하다 체포되었다는 사실을 알고는 그녀가 대성통곡했다는 김창룡의 전언이 있었다.

그녀는 감수성이 풍부했고 성격이 강했다. 나는 그녀가 나를 떠나는 게 두려워 내 상황과 처지를 솔직하게 다 털어놓지 못했다.

그녀가 놀랄 일이 첩첩했다. 아직 그녀는 본처 김호남의 존재도 알지 못했다. 그녀의 뱃속에 든 아이의 안위도 걱정이었다.

김점곤이 넣어준 사식을 물리치고 자리에 누웠다. 식욕을 잃은 나는 아무것도 먹을 수 없었다.

"444번, 나오시오."

간수의 날카로운 목소리가 사방이 콘크리트로 막힌 폐쇄된 공간에서 쩌렁쩌렁 울렸다. 그가 나를 부르고 있었다. 나는 잔뜩 긴장한 채 그에게 힘없이 물었다.

"어디로 가는 거요? 그날이 온 거요?"

"아니요, 면회요!"

나는 잠시 안도의 한숨을 내쉬었다. 체념했다고는 하지만 나는 삶에 대한 미련이 아주 강했다. 간수가 나를 호명할 때마다 그 목소리가 저승사자의 음성같이 느껴져 늘 싸늘한 오금이 저려왔다.

면회실에는 만군 동기인 방첩부대장 김안일이 와 있었다. 그는 조직 체계상 나를 수사한 김창룡의 선임 상관이었다.

그가 담배를 하나 꺼내어 건네면서 나에게 불을 붙여주고는 자신도 담배를 입에 물었다. 내가 깊이 빨아들인 담배 연기를 하얗게 뿜어내자 그가 미묘한 웃음을 지었다.

"자네 많이 힘들지?"

"굳이 물을 필요가 있나? 자네가 여기 한번 있어보게."

“허허, 박정희가 아직은 기가 죽지는 않았어!”

“용건이 뭔가? 피곤하니 짧게 얘기하게.”

“참, 이 친구 성질 급하기는…….”

그는 은근히 못마땅하다는 눈으로 나를 쏘아보다가 내 손을 덥석 잡았다.

“박 소령, 일이 잘되어가고 있어. 거의 마무리 단계야. 완전히 결말이 나지 않아 말하지 못한 것뿐이야. 미안했네, 아무튼 이젠 걱정 말게. 김창룡이하고 나하고 자네를 구명해야 한다는 의견을 올렸고, 백선엽 정보국장도 동의했네. 장관 재가만 나면 되네. 이제 자넨 살았어, 이 사람아!”

“정……말……인가.”

말문이 막혔고 정신이 아찔했다. 검사의 구형에는 지옥의 문이 열리는 것 같더니 김안일의 말에는 천국의 문이 열리는 것 같은 기분이었다.

꿈인지 생시인지 믿을 수 없었다. 볼에서는 뜨거운 눈물이 방울방울 맺혀 탁자 위로 굴러떨어졌고, 나는 김안일을 끌어안고 통곡했다.

나는 죽음의 문턱에서 구사일생 목숨을 건졌다. 군내에 포진한 만군 동기들과 선배들의 적극적인 구명 운동에 힘입어 수사 개시 근 석 달 만에 석방되었다.

거대한 회색빛 콘크리트 담으로 둘러 처진 서대문형무소를 빠져나오니 저 멀리 허름한 두루마기를 걸친 반백의 남자가 벌거벗은 플라타너스 나무 아래서 손을 흔들었다. 큰형 박동희였다. 사방을 빙 둘러보아도 내가 기다리던 아내는 보이지 않았다.

"고생 많았제?"

"걱정 끼쳐 죄송합니다."

형은 나에게 김이 나는 따뜻한 두부 한 모를 건넸다.

"퍼뜩 한입 베 묵어라."

나는 형이 건넨 두부를 우적우적 씹어 먹다 말고 물었다.

"어무이 몸은 어떻습니까?"

"상희가 가고 니까지 이 지경인데 그 속이 어떻겠노? 그래도 니 석방된다는 소식 듣고는 요즘 많이 안정됐다."

형의 퉁명스런 음성에는 나에 대한 불만과 원망이 그득 느껴졌다.

"그건 그렇고 니 재옥이 에미 어짤끼고? 재옥이 에미가 니한테 새댁 있는 거 다 알아삣다. 니가 형무소 있는 동안 재옥이 에미가 너 보러 서울 간다고 나서길래 내가 막았더만 그기 더 이상해 보였던지 부득불 우기는 바람에 어쩔 수가 없었다. 니 관사에 갔다가 니 댁을 만난 모양이더라……."

"……."

형은 근심이 가득한 무거운 얼굴을 하고 땅이 꺼질 듯이 한숨을 내쉬었다.

"세상에 비밀이 어디 있겠노? 니가 빨리 털어놨으면 일이 이리 안 꼬였을 것 아이가. 재옥이 에미는 재옥이 데리고 집을 나갔다."

"관사에서 하루 묵고 가시지요."

“내한테 니 집이 편안하겠나? 니 얼굴 봤으니 됐고, 오후에 기차표 사놨다. 그라고 막내야, 이제는 니가 빨리 결정을 해라, 우짤낀지…… 니 새댁 눈치 보랴 재옥이 에미 눈치 보랴 우리 집 식구들은 정말 죽을 맛이다.”

5

형을 서울역에서 배웅하고 용산 관사로 돌아가는 동안 납덩이를 달아놓은 듯 걸음이 무거웠다. 대문 앞에 서니 감히 대문을 열고 들어갈 자신이 없었다. 나는 두어 번 심호흡을 하며 흐트러진 정신을 가다듬고 조심스럽게 문을 열었다.

그녀는 불룩한 배 위에 붉은색 숄을 걸친 채 미동도 않고 거실 페치카 앞에 앉아 책을 읽고 있었다.

“여보!”

“…….”

그녀는 말없이 자리에서 일어나고는 나를 싸늘한 시선으로 뚫어지게 노려보았다.

“그 위선적인 입으로 여보라 부르지 말아요, 구역질이 나요. 내게 할 말이 남아 있으면 해보세요.”

“미안해. 속이려고 한 건 아니었어, 정말이야!”

“무어라 해도 당신은 위선자예요. 어떻게 동시에 두 여자를 속일 수 있죠? 난 남자를 몰랐던 처녀였어요. 처음부터 솔직하게 털어놨어야 했던 것 아니에요? 아이가 있는 유부남이라고!”

나는 그녀 앞에 털썩 무릎을 꿇었다.

“당신이 무어라 비난해도 난 할 말이 없는 사람이요. 난 죄인이요. 하지만 내 말을 한마디만 더 들어주시오. 나는 아이 엄마와 오래전부터 이혼을 생각하고 있었소. 내게는 당신밖에 없소. 진정이요.

사실 당신과 약혼하기 전에 이 문제를 정리하려고 아이 엄마를 만났었소. 그러나 딸아이가 눈에 밟혀 내가 말을 꺼내지 못했던 것뿐이요.

기왕 일이 벌어졌으니, 난 오히려 잘되었다 생각하오. 내가 아이 엄마와 빠른 시일 안에 정리를 하겠소. 내게 조금만 시간을 주면 안 되겠소?”

“그럼 아이는 어떻게 하죠?”

“내가 아버지니 우리 앞으로 입적을 해야 하는 것 아니겠소?”

그녀는 손에 들고 있던 책을 바닥에 패대기치며 몸을 부르르 떨었다. 그녀가 눈에 불을 달고 고함을 쳤다.

“난 처녀였어요! 난 처녀였다고…… 내가 창피해서 낯을 들고 어떻세 다닐 수 있겠어요? 어떻게 이럴 수가 있어, 뱃속의 이 아이는 어띡하고…….”

그녀는 주저앉아 흐느끼다가 내 손을 뿌리친 채 안방 문을 닫고 들어갔다. 굳게 잠긴 안방 문은 다음 날 아침까지 열리지 않았다.

나는 그녀가 앉았던 의자에 앉아서 꼬박 밤을 새웠다. 나는 그

길로 구미로 내려가 이혼 문제를 해결하기 위해 아내를 찾아 나
섰다. 백방으로 수소문해도 아내의 행방이 묘연했다. 선산 도개
에 있는 친정 식구들은 잔뜩 화가 나서 말도 못 붙이게 하고는 문
전에서 나를 내쫓았다.

어머니는 내 약혼녀의 출산이 임박했다는 사실을 알고는 낙담
하여 통곡을 했다. 그동안 어머니는 남편 없는 집을 지키며 군소
리 한 번 없이 십수 년 동안 자신의 수발을 들어준 며느리를 친자
식보다 더 아꼈다.

"재옥이 에미가 불쌍해서 어짜겠노, 그 아가 불쌍해서……."

어머니는 붉어진 눈자위를 손으로 훔치며 말을 이었다.

"나는 정말 막내 니가 이리 애를 믹일 줄은 몰랐데이, 너무 서
운하데이. 기왕지사 일이 이리 틀어진 걸 이제 와 어짜겠노? 인
연이 이것밖에 안 되는 긴데…… 재옥이 에미 들어오면 내가 말
을 잘할 테니, 그냥 올라가라."

"며칠 더 있다 가겠습니다."

"니 얼굴 보면 나도 마음이 안 편타. 그라고 니가 지금 여게 며
칠 죽치고 앉아 있는다꼬 되는 기 아이다. 지금 그 아 속이 속이
겠나. 들짐승을 쫓아도 막다른 골목으로 쫓으면 안 되는 기다. 니
가 지금 마음이 아무리 바빠도 재옥이 에미 입장 생각하면 그리
재촉하는 거 아니다. 그냥 올라가라. 재옥이 에비야, 그라고 내
니 약속은 하나 하자."

"어무이, 무슨 말이든 하이소."

"앞으로 이런 일이 있으면 절대 안 된 데이, 남의 떡이 커 보인다꼬 남자 눈에는 지 마누라보다 다른 여자가 좋아 보일지 몰라도 사람은 거기서 거긴 기라. 그저 모자라는 것 맞추어 사는 기지. 별다른 인생 없다, 이 에미도 니 아버지가 좋아서 살았겠나?

자식 생각하며 눈물 반 한숨 반 지어가며 살아온 기라. 부모라는 거는 내 꺼 다 내려놓을 수 있어야 부모 노릇 할 수 있는 기다. 내가 하고 싶은 거 다하고 살면 얼매나 좋겠노마는, 그리 살 수 있는 사람이 어데 있겠노?

새 아가 산달이 얼마 안 남았다카니 내도 더 할 말은 없다. 그 아 눈에서는 피눈물을 흘리게 하지 마래이. 그라면 벌 받는 기라, 알겠나!"

어머니는 매섭게 나를 꾸짖었다. 그녀의 질책은 한마디 한마디가 틀린 구석이 없는 부처님의 말씀을 그대로 닮아 있었다. 어머니는 인내와 희생으로 당신의 말씀에 합당하게 살아오신 분이었다. 자신을 내려놓아야 비로소 부모가 될 수 있다는 말에는 형언할 수 없는 부끄러움을 느꼈다. 나는 아직도 미숙한 사람이었다.

"어무이, 불초소자, 불효가 막심합니다. 용서하이소. 그래도 몸조리는 잘하셔야 합니다."

어머니는 요 이태 사이에 생긴 집안의 변고로 마음고생을 심하게 한 탓에 건강이 크게 나빠졌다. 근래에는 쉽게 숨이 차서 예닐곱 발자국도 안 되는 삽짝에도 나가지 못했다. 어머니의 콜록거리는 기침 소리를 뒤로한 채 나는 서울로 다시 올라왔다.

6

나는 군에서 파면되었고 급여도 몰수 형을 받아서 한 푼의 돈도 챙길 수 없었다. 일본 패망 당시와 마찬가지로 다시 실업자의 길을 걷게 된 것이다. 수입원이 끊긴 내 형편을 감안해 용산 관사는 당분간 사용해도 괜찮다는 당국의 내락을 받은 것은 그나마 다행이었다.

하지만 그때와 달리 지금은 호구지책으로 삼을 거리를 찾는 데 마음이 몹시 급했다. 내가 부양해야 할 새 아내가 생겼고, 그녀의 산달이 다음 달이었다.

그녀는 첫아이를 늙은 산파의 손에 맡길 수 없다며 병원에서 안전하게 낳고 싶어 했다. 그녀는 태어날 아이를 키우기 위해 학교에 휴학계까지 내며 아이에 대한 강한 애착을 보였다. 만만치 않은 병원비가 부담이 되었지만 나는 순순히 그녀의 뜻을 따랐다. 그녀가 겪은 마음고생을 생각해서 원하는 것은 무엇이든 해주고 싶었다.

당장은 군문을 다시 두드리기가 어려워 장교 관사 인근 마을의 아이들을 모아 과외 선생 노릇을 했다. 과외비로는 밀가루나 쌀, 콩 같은 현물을 받았다. 내가 아이들을 잘 가르친다는 소문이 나자 여남은 명이나 되는 아이들이 금방 모였다.

이 덕분에 주변에 아쉬운 소리를 하지 않고도 그녀와 내가 입에 풀칠은 할 수 있었다. 넉넉하지는 않았지만 그녀와 나는 행복했다. 우리는 따뜻한 벽난로 앞에 앉아 차를 마시고 고구마를 구워 먹고 책을 읽었다. 비 온 뒤에 더 굳는 땅처럼 금번의 시련과 혼란이 우리를 더욱 단단하게 묶어주었다.

춘분을 일주일여 앞둔 어느 날 아내가 진통을 시작했다.

"여보, 배가 아파요. 애가 나오려나 봐요!"

그녀가 진땀을 흘리며 배를 움켜쥐었고, 나는 인근 관사의 지프를 빌려 타고는 그녀를 광화문에 있는 산부인과 병원으로 급히 옮겼다. 아내가 진통을 한 지 열 시간 만에 분만실 안에서 아이 울음소리가 들렸다. 울음소리는 아주 우렁찼다. 잠시 후 하얀 제복을 입은 간호사가 환한 미소를 지으며 잠시 나왔다.

"축하해요, 아들입니다!"

그녀의 말이 믿기지 않아 되물었다.

"아들이라고 했어요?"

"맞아요, 아들이에요."

나는 분만실 앞에서 두 팔을 벌리고 덩실덩실 춤을 추었다. 아내가 곧 이동침대에 실려 나왔다. 진통 시간이 길었던 탓인지 아내의 얼굴엔 지친 기색이 역력했다. 의사는 아내가 출산 중에 다소 출혈을 보이긴 했지만 영양만 잘 보충하면 별일 없을 것이라 말했다.

반나절쯤 지나 정신을 차린 아내는 아이 곁을 맴돌며 싱글벙글 미소가 가시지 않은 내 얼굴을 보고 놀렸다.

"나는 멋대가리 없는 당신이 꽤 대단한 사람인 줄 알았는데, 내가 착각했나 봐요."

“내가 어떻게 보이시오?”

“이제 보니 팔불출이 따로 없어요, 호호!”

그녀는 행복감에 젖어 아이를 품에서 놓지 않았다. 아이는 나와 그녀를 이어주는 가장 확실한 매개체였다. 우리는 완벽한 가정을 이루었다. 내가 번듯한 자리만 얻게 된다면 더 바랄 것이 없었다.

7

아내는 혼자 월남한 탓인지 아이에 대한 애착이 유난히 강했다. 그녀는 아이를 왕자처럼 키우고 싶어 했다. 그녀는 아이를 위해 최고만을 고집했다. 그녀는 아이의 영양식으로 자신의 모유보다 미국산 분유를 최고로 여겼다. 그녀는 아이에게 젖을 물리기보다는 미국산 분유를 찾았다. 나는 그녀가 원하는 미제 분유를 구하기 위해 남대문 시장을 들락거렸다.

아이가 먹는 한 달 분유 값은 우리 두 사람의 한 달 생활비와 얼추 비슷했다. 아이들이 내는 과외비로는 아이가 먹는 분유 값을 감당하기 힘들었다. 군 시절 얼마간 비축해두었던 비상금도 거의 바닥을 드러내고 있었다. 아이를 동화 속의 왕자같이 키우고 싶어 하는 아내의 욕망과 비어가는 지갑의 현실 사이에서 나는 길을 찾지 못해 조바심을 쳤다.

아내는 친정에서 부유하게 자란 탓에 사치를 좋아했고 경제관

념도 희박했다. 내가 은근히 씀씀이를 줄이자는 뜻을 비치면 그녀는 살짝 토라져서 불평을 바가지로 토해냈다.

"남자가 왜 이렇게 좁쌀영감같이 치사하고 쩨쩨해요? 이 정도도 못 해주면 내가 당신하고 어떻게 살아요? 남자가 키는 작아도 배포는 커야 되잖아요?"

아내는 나의 여왕이 되기를 원했다. 그녀는 나를 노예처럼 부렸고 나는 그녀의 그림자가 되어 여왕을 사랑하는 충직한 노예의 역할을 열심히 수행했다. 지금까지 그녀는 나를 자신의 마르지 않는 샘으로 알았다.

나는 아내를 사랑했다. 나는 그녀를 세상에서 가장 행복한 여왕으로 만들어주고 싶었다. 나는 그녀가 상처받는 게 싫어서 다소 무리가 가더라도 그녀가 원하는 것은 무엇이든 채워주고 있었다.

오늘은 오랜만에 소풍 가는 소년처럼 마음이 설레고 기분 좋은 날이다. 아내는 아침부터 콧노래를 부르며 된장찌개를 끓여내고 내 와이셔츠와 넥타이를 다린다고 부산을 떨었다.

"여보, 당신은 군복 입을 때도 멋있지만 양복도 참 잘 어울려요!"

아내는 생글생글 눈웃음을 치며 낯간지러운 공치사를 늘어놓았다. 그녀는 내기 육군본부 정보국 문관으로 다시 일하게 된 걸 무척 다행스럽게 생각하고 있었다. 그동안 그녀는 나의 장래가 불투명하다는 것 때문에 많이 고민했었다.

육군본부 공보구장 장도영이 내가 생계에 어려움을 겪고 있다는 걸 알고 힘을 써주어 육군본부 정보국의 문관으로 일할 수 있게 도와주었다. 오늘은 첫 출근 날이었다. 정보국 문관이 정식 보수를 받는 자리는 아니지만 내가 이 자리에 채용된 것은 육군본부가 나를 신뢰하고 있음을 의미했다.

"애는 어때요? 어제 감기 기운이 있던데?"

"좀 칭얼대지만 괜찮아요. 가만, 아빠가 오랜만에 출근하시는데 인사는 해야지!"

아내는 쪼르르 안방으로 달려가 아이를 번쩍 안아 들고 나왔다.

"아이고, 우리 도령은 누굴 닮아 아직도 칭얼대실까?"

아이의 이마에는 미열이 약간 느껴졌다.

"약방에서 약 좀 사다가 먹이는 게 좋겠소. 감기든 뭐든 아프면 초장에 잡아야 해요."

"알았으니 걱정 말고 다녀오세요."

정보국 직원들이 내 복직을 축하하는 술자리를 마련해주어, 나는 얼큰히 취해 귀갓길에 올랐다. 달빛이 유난히 휘영청 밝았다. 아내가 좋아하는 미제 초콜릿과 양과자 한 봉지를 품에 안은 채 비척비척 걸었다. 달빛이 조각한 내 그림자가 춤을 추었다.

"여보, 나 왔소!"

"왜 이렇게 늦었어요? 좀 일찍 오시지, 애가 열이 많이 나요."

아내는 코를 막으며 은근히 원망스런 눈으로 나를 흘겼다. 그녀는 술을 몹시 싫어했다. 아이 몸에서 열이 펄펄 끓었다.

"약을 먹이지 않았소?"

"미열이라 대수롭지 않게 생각해서 제가 깜빡했어요."

“내가 잠시 약 좀 구해보겠소.”

늦은 시각에 용산 일대를 뒤진 끝에 아직 문을 닫지 않은 약방에서 얼마간의 감기약을 구해서는 부리나케 집으로 돌아왔다.

“아가!”

아내가 숨넘어가는 목소리로 아이를 불렀다. 아이가 몸을 뒤틀고 거품을 물었다. 열 때문에 경기를 하고 있었다. 아내는 아이가 경기하는 걸 보고는 어찌할 바를 몰라 겁을 먹고 허둥거렸다. 아내가 아이의 어깨를 누르고 있어 손을 떼게 했다.

“누르지 마시오. 아이가 다칠 수 있소. 조금 있으면 멈출 거요.”

2분 정도 지났을까. 내 말처럼 아이는 감쪽같이 경기를 멈추었다. 아이가 경기를 그치자 아내는 신기한 듯이 나를 바라보았다. 구보 중에 간질을 하다 쓰러지는 병사들을 많이 보았던 경험이 있었기 때문이다.

아이에게 약을 먹이고 옷을 벗겨내고는, 아내와 나는 교대로 수건을 적셔 아이의 몸을 닦았다. 밤새 아이의 열은 오르내리기를 반복했다.

8

아침이 되자 아이는 더 이상 칭얼거리지 않았다. 깊은 잠을 자듯 눈을 감은 채 가쁜 숨을 쉬고 있었다. 정수리 부위가 유난히 부어 있었다. 모든 게 정상이 아니었다.

나와 그녀는 아이를 둘러업고 헐레벌떡 근처 병원을 찾았다. 이른 시간이라 환자는 많지 않았다. 진료를 기다리는 동안 아내는 잔뜩 겁을 집어먹고 불안한 눈동자를 굴리며 울먹울먹 하고 있었다.

의사가 진찰을 끝내고 나서 우리 두 사람을 같이 불렀다. 넓은 하관에 각진 턱, 부리부리한 눈매를 가진 의사는 깐깐한 외모만큼이나 말투가 사무적이고 냉랭했다.

"뇌염이니 당장 입원시키도록 하세요."

두꺼운 안경알 너머로 쏘아보는 그의 눈빛은 부모의 무책임을 탓하는 것 같았다. 우리는 민망해서 고개를 들지 못했다. 아이에게 너무 미안했다.

"보증금이 있어야 해요."

"얼마나 있어야 합니까?"

"만 원이요."

보증금이 생각보다 많았다. 만 원이면 장교 한 달 월급이었다. 쌀 100킬로그램이 시중에서 1만 7,000원 할 때로 장교 월급은 쌀 반 가마니 값을 겨우 넘고 있었다. 비상금까지 챙겨 나온 나는 지갑을 털어 창구 여직원에게 3,000원을 건넸다.

"모자라는 건 오늘 중으로 입금할 테니, 입원을 좀 시켜주세요."

"듣고 보니 사정이 딱하긴 하지만 죄송해요, 보증금 없이는 안 됩니다. 요즘 들어 병원비를 내지 않고 도망가는 사람들이 많아 병원에 큰 부담이 되고 있습니다. 정 형편이 안 되시면 다른 병원으로 가시는 수밖에 없을 것 같네요. 죄송합니다.”

창구 여직원은 어색한 표정을 지으며 양해를 구했다. 말투는 정중했지만 태도는 단호했다. 이 여직원과 실랑이를 벌이는 사이에 옆 창구에서는 붉은 벨벳 정장을 입은 귀부인이 창구 직원에게 돈다발을 내밀었다. 직원들은 화사한 미소를 지으며 그녀를 맞았고, 귀부인은 직원들의 친절한 안내를 받으며 계단을 총총히 오르고 있었다. 한편, 비녀로 머리를 쪽진 중년의 여인도 우리네와 처지가 비슷했다. 그녀도 돈 때문에 입원 수속을 못해 쩔쩔매고 있었다.

돈이 없으면 의사의 손길도 그의 지혜도 빌릴 수 없었다. 병원은 부자에겐 끝없이 관대하고 자유로운 곳이었지만, 가난한 사람에겐 냉정하고 문턱이 한없이 높은 곳이었다. 인술은 없고 상술만 남은 병원이 존재할 필요가 있는지 의구심이 들었다.

진찰을 받고 의사에게 간단한 설명을 들은 후, 접수창구에서 입원비 문제로 실랑이를 벌이는 사이에 특별한 처치도 없이 시간은 반나절이나 흘렀다. 할 수 없이 우리는 의사의 간단한 소견서만 손에 들고 발길을 돌렸다. 아이 이마에 작은 링거 병 줄 하나를 달랑 꽂은 채였다. 우리는 대학병원을 찾아가고자 택시를 잡았다. 멀리 서울대학병원이 보였다. 아이의 숨소리가 점차 가늘어지고 있었다.

“여부, 애가 숨을 안 쉬어. 어떡해!”

아내가 사색이 되어 몸을 떨면서 울음을 터뜨렸다. 나는 아이

의 코끝에 살며시 손을 대보았다. 아내의 말처럼 아이의 숨결이
느껴지지 않았다.

"지금은 할 게 없네요. 아이가 이미 숨을 거뒀어요."

응급실 의사의 건조한 말에 간신히 붙잡고 있던 실낱같은 희망
의 끈이 떨어졌다. 하얗게 질린 아내가 바닥에 풀썩 주저앉았다.

9

링거 병에서 방울방울 떨어진 수액이 관을 타고 아내의 혈관
속으로 흘러 들어갔다. 그녀의 안색이 창백했다. 그녀가 고통스
런 표정을 하고 뒤척였다.

"이것 좀 풀어줘요."

"조금만 참아요."

"풀어달라니까! 왜 이러는 거야, 정말!"

아내는 불같이 화를 내며 성난 눈으로 나를 노려보았다. 그녀
는 몇 차례나 링거 줄을 뽑아버려 두 팔이 침대에 묶여 있었다.
수면제 100알을 먹고 깨어난 지 하루 만에 아내는 다시 자살 소동
을 벌였다. 그녀가 차가운 시선을 던지며 빈정거렸다.

"내가 죽을까 봐 겁은 나는 모양이지? 흥!"

"당신 대체 왜 이러는 거야?"

"몰라서 물어? 당신 싫어졌다고 했잖아? 내 가슴은 불타서 싸
늘한 재밖에 남지 않았다고! 당신 얼굴 보면 구역질 나, 돌아버릴

것 같아. 내 앞에서 꺼져, 당신 보고 싶지 않으니까!”

“당신만 힘든 거 아니야. 나도 힘들어, 나 그만 고문해!”

“그러니까 나를 보내달라고 했잖아. 그냥 보내주면 나도 편하고 당신도 편할 텐데, 왜 등신같이 사서 고생을 해?”

아이를 잃고 실의에 빠진 그녀가 나에게 헤어지기를 요구하고 있었다.

“난 당신 못 보내, 아니 안 보내. 죽든 살든 당신은 나하고 운명을 같이할 거야!”

“이 병신새끼…….”

아내가 고개를 돌렸다. 잠시 후 흥분한 그녀를 진정시키 위해 간호사가 안정제를 그녀의 팔에다 놓고 나갔다.

아내는 아이의 죽음에 대해 내 탓을 했다. 그녀는 돈이 있었으면 아이가 죽지 않았을 것이라 생각했다. 그녀는 아이에 대한 애착이 아주 강했고, 이 때문에 상실감도 컸다. 강한 애착이 빚은 분노의 화살이 나를 향하고 있었다. 그녀에게 나는 돈이 없어 자식을 잡아먹은 무능한 남자로 비치고 있었다.

뇌염은 상당한 치사율을 보이는 위험한 병이었다. 아이가 뇌염에 걸려 죽은 것은 따지고 보면 그 아이의 타고난 팔자요 운명이라고 생각했다. 하지만 아내는 이 사실을 있는 그대로 받아들이지 못했다. 나는 그녀에게 증오와 저주의 대상이었다.

입원한 지 나흘 만에 퇴원한 아내는 수시로 가출했고, 나는 사방으로 수소문해서 꼭꼭 숨어 있는 그녀를 찾아내어 데려오곤 했

다. 지루한 장마철에 그녀와 나의 지루한 숨바꼭질이 시작되었
다. 내 신경은 온통 가출을 막으려고 그녀의 일거수일투족을 감
시하는 데 쏠려 있었다.

그녀의 마음이 한번 얼어붙자 삭풍 같은 칼바람이 그녀 곁에
늘 맴돌았다. 그녀는 여러 이유를 들어 나를 조롱하고 성가시게
굴며 싸움을 걸어왔다.

"병신 같은 새끼, 누가 너한테 빨갱이 짓 하라 그랬어? 억울하
면 돈 벌어와, 나도 좀 떵떵거리고 살아보게."

나도 아내도 성격이 강했다. 두 사람의 성격은 불이었다. 우리
는 자주 몸싸움을 벌였다. 내 얼굴엔 그녀의 손톱자국이 남았고,
그녀의 몸엔 내가 휘두른 폭력의 흔적이 남았다. 나는 그녀를 만
난 이후로 그녀가 없는 내 미래를 생각해본 일이 없었다. 나는 그
녀를 내 몸보다 더 사랑했다. 나는 그녀가 나를 밀어내면 낼수록
그녀에 대한 집착이 강해졌다. 나는 그녀를 잃어버릴까 봐 전전
긍긍했다. 나는 그녀가 어딜 가든 그림자가 되어 따라붙었다. 밀
고 당기는 그녀와의 숨 막히는 전쟁이 나를 지치게 했지만 그만
둘 수는 없었다. 그녀가 없는 세상에서는 살 이유가 없었기 때문
이다.

이 와중에 어머니가 돌아가셨고 이후 여섯 달이 지나서 아내는
자유를 찾아 내 곁을 훌쩍 떠났다. 나를 지탱하고 있던 두 끈이
거의 동시에 끊어졌다. 어머니와 그녀가.

그날도 여느 때처럼 아내가 잠든 것을 확인하고 페치카 옆에서

잠이 들었는데 눈을 떴을 때 그녀가 보이지 않았다. 그녀가 내게
남긴 장문의 편지가 책상 위에 놓여 있었다.

당신의 순수한 사랑 감사했어요.

당신은 정말 순수한 사람이에요.

하지만 이젠 날 찾지 말아요.

날 찾으면 난 한강에 투신할지 몰라요.

나를 사랑한다면, 나를 죽이고 싶지 않다면 나를 찾지 않는
게 좋을 거예요.

당장은 당신이 견디기 힘들겠지만, 헤어지는 건 피차간에
좋은 일이에요.

예민한 여자를 데리고 사는 건 당신에게도 힘든 일이에요.

당신이 무어라 해도 나와 당신은 맞지 않아요.

아닌 건 아니에요. 인정해야 해요.

둘 다 성격은 불같아요.

제일 큰 문제는 내가 당신을 사랑하지 않는다는 거예요.

아무리 내 마음을 고쳐먹어도 내 가슴속에서 당신을 받아
들이지 못해요.

아이가 죽지 않았다면 나도 여느 엄마들처럼 아이를 위해
당신과 살았을 거예요.

하지만 지금 내 가슴은 불타버린 재와 같아요. 아무것도 남
아 있지 않아요.

아이가 죽었을 때 우리 인연은 끝났어요.

이건 운명이에요.

지금은 어떤 감정도 당신에게 느낄 수가 없어요.

사랑하지 않는 사람과 산다는 게 얼마나 고통스러운지는
당신이 가장 잘 알 거예요.

당신이 사랑하지 않는 재옥이 엄마하고 이혼하길 원했듯이
나도 마찬가지에요.

나는 당신을 미워하고 싶지 않아요.

나를 자유롭게 놓아주세요.

새장 안의 새처럼 당신의 감옥 속에 나를 가두고 싶지 않아요.

그렇다고 당신이 내게 잘못했다고 말하는 것은 아니에요.

당신이 당신을 탓할 건 없어요.

당신은 나를 위해 정말 최선을 다했어요.

넘치도록 나를 사랑했어요.

당신이 나를 너무 사랑해서 내가 그 사랑이 소중한 걸 몰랐
는지 몰라도 당신의 사랑은 나를 숨 막히게 했어요. 이건
내가 보기에 당신의 집착이었어요.

어떤 면에서 당신의 사랑에는 광기가 서려 있었어요.

난 그 사랑이 몹시 두렵고 부담스러웠어요.

난 당신의 여신이 아니에요.

그냥 평범한 여자일 뿐이에요.

하지만 당신이 나에게 미안해할 건 없어요.

당신은 언제나 내 위주로 살았고 날 여왕처럼 떠받들었으
니까요.

당신의 사랑 진심으로 감사드려요.

나도 당신을 사랑하고 싶었지만 우러나지 않는 사랑은 어
찌할 수가 없었어요.

정희 씨, 미안해요.

내가 당신한테 못되게 군 것, 야박하게 군 것 모두 미안해요.

당신이 날 너무 사랑해서 나는 버릇이 없었어요.

당신 말마따나 내가 좀 교만했어요.

내가 없더라도 술은 많이 먹지 말아요. 마지막 내 부탁이에요.

1950. 2. 6.
당신이 죽도록 사랑했던 여자 이현란

나의 운명

1

그녀와의 사랑은 중독성이 몹시 강했다. 그녀가 떠난 후, 나는 폐인이 되어갔다. 온종일 텅 빈 관사를 지키면서 그녀를 생각하며 술을 마셨고 그녀의 행방을 쫓아 거리를 헤맸다.

그녀와 어깨를 나란히 하며 걸었던 태릉의 언덕길, 그녀와 처음 만난 조그마한 찻집, 약혼식을 올렸던 명동의 음식점, 그녀와 함께 영화를 보았던 을지로의 영화관, 그녀가 좋아했던 만두가게, 그녀의 지인들을 찾았다. 하지만 그녀는 하늘로 증발한 것처럼 어디에도 흔적이 없었다.

나는 남로당을 배신해 사회주의와는 척을 졌고, 남한 정부를 추종하는 사람들과도 아주 불편한 관계에 놓여 있었다. 나는 어느 쪽에서도 신뢰받지 못하는 사람이었다. 한쪽에서는 싸늘한 시선으로 배신자의 낙인을 사정없이 찍었고 다른 쪽에서는 사회주의에 물든, 신뢰할 수 없는 불온한 인물이라며 나에 대한 경계를 늦추지 않았다.

내가 문관으로 근무하고 있는 전투 정보과 소속 장교들은 은근히 나를 꺼려하고 있었다. 육사 8기생 가운데 성적이 우수한 자들을 중심으로 뽑아온 새로운 인물들은 사상적으로 무장이 잘되어 있는 사람들이었다.

직장에서도 집에서도 내 곁에는 마음을 나눌 사람이 없었다. 일과가 끝나면 한두 사람의 동료들과 조용히 사무실을 나가서는 취하기 위한 술을 마셨다. 맑은 정신과 또렷한 의식으로 세상을 살아가기에는 내 현실이 너무 암울했다.

몸을 꽁꽁 숨겨 그림자의 흔적조차 드러내지 않았던 그녀를 마지막으로 목격한 것은 전쟁이 한창이었던 칠월의 어느 날이었다.

1950년 6월 25일 북한의 침공으로 전쟁이 터지고 한 달 만에 국군은 낙동강까지 밀려 내려와 방어선을 구축하고 필사적으로 저항하고 있었다. 전쟁으로 장교 수요가 급증해서 내가 고대하던 현역으로 복귀가 이루어졌다. 원래 계급인 소령 신분을 회복하고 문관으로 근무하던 전투 정보과의 과장이 된 것이다. 전투 정보과는 적의 정세를 살피고 분석하는 곳으로 육군 조직 내에서 가장 영향력이 큰 기관이었다. 역설적이지만 이번 전쟁은 이전 태평양전쟁과는 달리 곤경에 처한 나를 구원했다

정보 수집을 마치고 사무실로 돌아가던 중, 대구 서문 시장 앞을 지나가던 그녀를 보았다. 시장 앞은 몰려든 피난민으로 북적였다. 나와 그녀는 눈이 마주쳤다. 그녀는 잽싸게 뒤돌아서 맹수

를 피해 달아나는 토끼같이 껑충껑충 사력을 다해 뛰었고, 나는
얼른 지프를 세우고 그녀의 뒤를 좇았다.

"여보! 기다려, 기다리라고!"

피난민으로 넘치는 시장의 인파가 그녀를 삼켜버렸고 그녀는
신기루가 되어 인파 속으로 홀연히 종적을 감추었다. 나는 그녀를
목전에 두고 간발의 차이로 놓쳤고, 시장 골목 구석구석을 누비고
가게를 훑어가며 허겁지겁 그녀를 찾았지만 흔적이 없었다.

나는 미련과 아쉬움 때문에 그녀가 사라져버린 길을 떠나지 못
했다. 우두커니 서서 시장을 지키는 허수아비처럼 지휘봉을 한
손에 든 채 그녀가 사라져버린 시장 골목길을 물끄러미 바라보고
있었다. 짙은 회한이 밀려들었다. 내 눈자위가 붉어졌다.

내 눈앞으로 수십 가지 표정을 한 수백의 사람들이 지나갔고,
수백의 사람들이 수십 가지 표정을 하고 동물원 원숭이를 구경하
듯 나를 힐금거렸다. 나는 무안함도 잊은 채 눈물을 훔쳤다.

타버린 재를 태울 수 없듯, 가버린 사랑이 다시 오지는 않을 것
이다. 아린 가슴을 비집고 들어온 그녀에 대한 기억이 새록새록
피어올랐다. 그녀를 처음 만났을 때 느꼈던 뜨거운 감정을 나는
지금도 기억하고 있었다. 그녀는 여신 같았고, 나는 주술에 걸린
사람처럼 한순간에 그녀의 포로가 되었었다. 내 몸은 온통 형언
할 수 없는 짜릿한 흥분과 전율에 휩싸였었다.

단 한 번만 얼굴을 더 본다면 여한이 없을 것 같아 매일 기숙사
로 찾아갔던 그 여자를 내 여자로 만들었을 때, 나는 세상을 다

얻은 듯이 환희에 차 있었다.

나는 그녀와의 사랑을 운명이라 믿었다. 그녀와의 사랑을 내 인생에서 처음이자 마지막 사랑이라 여겼다. 그녀가 떠난 뒤에도 그녀는 나의 모든 것이었다. 나는 여전히 그녀를 기다렸다.

물론 무심하게 떠나간 편도 열차처럼 떠나간 여인이 다시 돌아오지 않을 것임은 알고 있었다. 나는 그 허탈한 쓸쓸함을 내 애인처럼 끌어안고 살 작정이었다. 젖 냄새를 잊지 못해 엄마의 젖가슴을 만졌던 유년의 기억같이 떠나간 여인에 대한 진한 그리움을 오독오독 씹으며 살 생각이었다.

이제 다시는 다른 누군가를 사랑하고 싶지 않았다. 나는 겁쟁이였다. 상처로 인해 잔뜩 겁에 질려 있었다. 사랑한다는 것은 두려운 일이었다. 사랑은 늘 나를 아프게 했다. 사랑의 기쁨은 찰나였고 이별의 아픔과 고통에는 끝이 보이지 않는 아득함이 있었다. 나에게 있어 사랑과 이별은 죽음보다 더 깊은 고통이었다.

나에겐 많은 버림의 기억이 있다. 이 때문에 나는 늘 불안에 떨었다. 사랑했던 사람들은 모두 떠났다. 어머니도 형님도 그녀도 떠났다. 내 머릿속은 버림의 고통스런 기억과 숨을 멎게 했던 생생한 두려움의 기억으로 가득했다.

항해하다 암초에 부딪히는 배처럼 인간노 누구나 자신의 의지나 선택과 상관없는 많은 모순의 암초에 부딪힌다. 나 역시 많은 암초에 부딪혔다.

뱃속에 있을 때는 어머니가 날 지우려 했고, 세상에 나오던 날에는 무책임하고 이기적이며 난폭한 아버지를 만나 두려움에 떨었고, 존엄이 짓밟히는 가난으로 울분을 삼켰다.

나를 우물 안 개구리로 만들어 내 자존의 성을 허물어버린 실력 막강한 친구들과 힘을 소진하며 싸워야 했고, 원치 않은 결혼으로 내 인생을 허비하게 했다.

일본도 나를 혼란스럽게 했다. 식민지 시대에 태어나 일본의 교육을 받은 내가 대체 누구인지 나 자신에게 묻곤 했다. 나는 조선인인가, 일본인인가? 내 조국은 어디인가? 나는 내 정체성을 알 수 없었다. 내가 선택하지 않은 시대에 태어난 불운에 저항하며 나는 나를 찾아가고 있었다.

사랑하지 않는 한 이별을 두려워할 일이 없고 사랑하지 않는 한 버림당할까 봐 두려움에 떨 필요가 없을 것이다. 그녀의 말처럼 내 사랑이 광적이었던 것도 버림에 대한 나의 두려움 때문이었을지 모른다.

이제 나는 나의 길을 가고자 결심했다. 이 길은 오래전부터 꿈꾸어왔던 길이다. 모든 인간이 행복한 삶을 누릴 수 있는 혁명의 길이었다. 이 혁명의 길은 나의 자존뿐 아니라 빈민과 서민을 비롯하여 모든 인간의 자존을 지켜주는 길이었다. 자존도 배가 불러야 하고 힘이 있어야만 가능한 일이라고 생각했다.

그녀가 떠난 이후 나는 다른 어떤 여자에게도 내 마음의 문을 열고 싶지 않았다. 하지만 그녀가 떠난 빈자리에 운명 같은 사랑이 자박자박 다시 다가오고 있었다.

딸을 데리고 집을 나가 대구에 있던 처와 연락이 닿았다. 내가 괘씸해서 이혼을 못 해주겠다고 버티던 그녀도 신물 나는 이 결혼 생활을 고집하는 것에 지쳐서 이혼을 생각하고 있었다. 그녀도 새로운 인생의 미래를 설계하고 있었다. 딸아이에게는 몹시 미안했지만 전황(戰況)이 어느 정도 개선되고 나면 시간을 내어 이혼 절차를 밟기로 서로 간에 합의를 보았다.

나와 이현란의 관계는 군 동료들에게 새삼 새로운 것도 비밀스러운 일도 아니었다. 용산 관사에 살고 있던 동료들은 우리가 낸 파열음과 그 파국의 결말을 처음부터 끝까지 지켜보았다. 군 동료들은 그녀가 이별을 선언하고 떠난 걸 진즉에 알고 있었고, 지루하게 끌어오던 내 이혼 문제가 곧 매듭지어진다는 걸 알고는 여기저기서 중매를 서겠다고 부산을 떨었다.

팔월 어느 날 대구사범 후배이자 내 부관을 맡고 있던 송재천 소위가 결재를 이미 마친 서류를 들고 내 책상 앞을 서성거렸다.

"뒤 마려운 강아지같이 왜 그래? 송 소위, 무슨 할 말 있어?"

그가 세면쩍게 웃으며 슬금슬금 다가왔다.

"과장님, 선 한번 안 보실래요?"

"나를 장가보낸다고 사방에서 난린데, 정신 사납게 자네까지 왜 이래?"

아득바득 잊으려 하면 할수록 그리움민 깊어갈 뿐, 그녀에 대한 미련을 아직 버리지 못했다. 중매 제의를 받을 때마다 내 마음이 산란해지고 심사가 복잡해졌다.

나는 역정을 내듯 언성을 높였지만, 힐금힐금 눈치만 살피던 그는 일단 입을 열자 떡 본 김에 제사 지낸다고 의자를 차고 앉아 엉덩이를 뗄 기미를 보이지 않았다.

"과장님, 화만 내지 마시고 제 말 좀 들어보세요. 과장님한테 아주 잘 어울리는 사람이 있어 그럽니다."

"대체 누군데, 그리 성화냐?"

"제 이종 누이인데, 정말 괜찮습니다."

"이놈아, 여자가 거기서 거기지 뭐 특별한 사람이 어디 있냐!"

"두 번도 안 권합니다. 딱 한 번만 만나보세요."

"나같이 흠 많은 사람이 자네 누이한테 어울리기나 하겠는가?"

"과장님, 그런 걱정 마시고 한번 만나보기만 하십시오. 제가 보기엔 아주 잘 어울릴 것 같습니다."

그의 간청에 못 이겨, 다리 하나를 두고 섬과 육지로 나뉜 영도 다리 앞 자갈치 시장 인근의 약속 장소로 송 소위를 대동하고 나갔다. 육군본부는 임시 수도의 부산 이전에 따라 부산에 내려와 있었다.

부산 일대는 북쪽에서 밀려 내려온 피난민으로 왁자지껄 북새통을 이루었다. 부산은 조선 팔도의 사람들이 다 모여들어 가히 사투리 전시장을 방불케 했다. 길을 건널 때마다 만나는 사람마다 말투가 달랐다. 길을 걸을 때는 두 발로 걷는 게 아니라 숫제 인파에 떠밀려 둥둥 떠다니는 기분이었다. 전쟁 중임에도 부산은 활력이 넘쳤다. 인파의 숲을 간신히 헤치고 약속 장소에 20분 일찍 당도했다.

약속 장소에 다다르자 왠지 긴장이 되었다. 가슴이 두근두근 진정이 되지 않았다. 눈앞의 허름한 대폿집이 내 시선을 끌었다.

"송 소위, 나 막걸리 한잔 하고 들어가야겠네."

"과장님, 맞선 자립니다."

"야, 임마. 떨려서 그래!"

맞선 보러 나온 길에 술집부터 찾는 나를 보고 그가 어이없어 했다. 그러더니 그도 마지못해 술자리에 동참해서 금방 막걸리 한 되를 비웠다.

"야, 내 입에서 술 냄새 좀 나냐?"

"나 원 참, 그러면 과장님이 지금 꿀물 드신 줄 아시오?"

"미안해, 하하!"

3

목이 길고 얼굴이 갸름한, 정숙한 외모의 여성이 다소곳이 앉아 있었다. 미인은 아니나 어딘가 모르게 범접하기 힘든 우아함이 깃든 귀한 인상의 젊은 여성이었다.

"예의가 아닌 줄 알지만 가슴이 떨려서 사실 요 앞 대폿집에서 막걸리를 한잔 하고 왔습니다. 이해하십시오."

그녀의 맑은 눈빛은 호수처럼 잔잔했고 사슴의 눈처럼 한없이 선해 보였다. 그 선한 눈빛을 보자 나는 도둑이 제 발 저린 격으로 괜히 실토하지 않으면 안 될 것 같은 느낌이 들어 음주 사실을 솔직히 고백했다. 그녀는 민망함을 이기지 못해 얼굴을 붉히다 애써 웃음을 지었고, 동석한 송재천도 머리를 긁적이며 멋쩍게 웃었다.

"영수야, 과장님이 아마 네가 퇴짜를 놓을지 몰라 잔뜩 긴장을 하신 모양이다. 그래도 알고 보면 속이 깊고 앞날이 창창한 분이야. 중매쟁이가 눈치 없이 앉아 있는 건 예의가 아니니 난 그만 가보겠습니다."

송재천은 내게 은근히 눈짓을 하고는 슬그머니 자리를 빠져나갔다. 나는 방문을 닫고 그녀에게 술을 한잔 권했다.

"전 일찍이 한 번 결혼한 사람입니다. 아이도 하나 있습니다. 알고 계십니까?"

"얘기는 들었습니다."

"처녀의 몸이신데, 제가 이 자리에 앉아 있는 게 영 염치가 없습니다."

내가 빈 잔을 들자 그녀가 조용히 술을 따랐다.

"오빠에게 과장님 말씀은 전해 들어 그간의 사정은 얼마간 알고 있습니다. 제가 모르고 나온 것도 아니니 지난 일에는 너무 부담을 갖지 않았으면 합니다."

그녀의 말소리는 조용하면서도 말끝이 흐려지지 않아 말에서 느껴지는 단아함과 절제미가 왠지 사람을 압도하는 위엄이 있었다.

나보다 여덟 살이나 적은 여자 앞에서 주눅이 들기는 처음이었다.

이현란이 남자를 매료시키는 관능적인 아름다움을 지닌 여신 아프로디테를 닮았다면, 이 여자는 지혜와 지성의 아름다움을 지닌 그리스 여신 아테나를 연상시켰다. 그녀는 앉은 자세에 빈 틈이 없었다. 한 시간이 흐르도록 허리를 꼿꼿이 세운 채 자세를 바꾸지 않았다. 묘한 감정이 일었다.

나는 마지못해 나왔던 처음의 마음과는 달리 이 여자를 놓치면 크게 후회할 것 같다는 생각을 하고 있었다. 나는 마른침을 삼키며 기회를 엿보고 있었다.

그녀는 서울의 배화여고를 졸업하고 부친의 반대로 대학 진학을 포기한 채 옥천 여학교에서 교편을 잡고 있는 육영수란 젊은 여성이었다. 시간이 한 시간여 흐르면서 긴장이 다소 풀렸다.

"어째 우리는 이름이 서로 뒤바뀐 것 같습니다. 나는 여자 이름 이고 영수 씨는 남자 이름이니 행여 주례 보는 양반이 실수는 안 할지 모르겠습니다."

그녀가 가지런한 이를 드러내며 해맑게 미소 지었다.

"말씀이 없어 과묵하신 줄 알았는데, 농담도 곧잘 하시네요."

"이 나이가 들이서도 아직 낯을 좀 가리는 편입니다. 친해지면 저도 아이같이 놉니다."

그녀가 처음으로 소리 내어 웃었다. 그녀의 웃음에 나는 용기 를 냈다.

"제가 싫지 않으시다면 다시 만날 수 있겠습니까?"

그녀가 수줍게 웃으며 조용히 고개를 끄덕였다.

나는 11월에 아내와 이혼하고 한 달이 지난 후, 육영수와 대구에서 재혼했다. 비로소 내 인생이 비탈에서 정상을 향해 새로운 등정에 오르고 있었다.

그날 이후

이제는 슬퍼하지 않겠다고
몇 번이나 다짐했건만
문득 떠오르는 당신의 영상
그 우아한 모습
그 다정한 목소리
그 온화한 미소
백목련처럼 청아한 기품
이제는 잊어버리려고 다짐했건만

잊어버리려고 다짐했건만
잊어버리려고 하면 더욱더
잊혀지지 않는 당신의 모습
당신의 그림자
당신의 손때
당신의 체취

당신이 앉았던 의자
당신이 입던 의복
당신이 신던 신발
당신이 걸어오던 발자국 소리

"이거 보세요!"
"어디 계세요?"
평생을 두고 나에게
"여보" 한 번 부르지 못하던
결혼하던 그날부터 24년간
하루같이
정숙하고도 상냥한 아내로서
간직하여온 현모양처의 덕을
어찌 잊으리
어찌 잊을 수가 있으리

—박정희의 1974년 9월 4일 일기 중에서

1974년 8월 15일 오전 10시 23분 광복절 경축 행사장인 장충동 국립극장에서 나는 아내를 잃었다. 나를 저격하기 위해 잠입한 조총련계 재일동포 문세광이 쏜 총탄에 나 대신 24년 동안 동고동락했던 아내가 희생되었다.

그녀는 나에게 여자라기보다 든든한 어머니이자 허물없는 친구 같았고, 절대적인 신뢰를 보낼 수 있는 동지였으며, 내 영혼과 정신을 일깨우는 양심의 소리였다.

나는 아내의 죽음에 몹시 고통스러웠다. 나의 눈에는 늘 눈물이 매달려 있었다. 그녀에게 나는 많은 죄를 지었다. 이 때문에 마음이 더 무거웠다.

그녀는 옥천 갑부 육종관의 차녀로 친정아버지의 사랑과 절대적인 신임을 한 몸에 받은 여자였다. 그녀의 친정아버지 육종관은 나와 그녀의 결혼을 결사적으로 반대했다. 아이가 딸린 이혼남에게 부족함 없이 키운 사랑스런 자식을 선뜻 내어줄 부모가 어디 있을까.

딸의 결혼에 대해 장인이 싸늘한 반응을 보이는 건 당연했다. 아내는 장인에게 반항한 적이 없었던 딸이었다. 하지만 아버지의 거센 반대를 무릅쓰고 과감하게 혼인 상대로 이혼남인 나를 선택했다. 나에 대한 인간적인 신뢰 하나로 갑부의 딸이었던 그녀가 가진 것이라곤 돈이 아니라 부담스럽기만 한 전처소생의 자식을 둔 가난한 나를 선택한 것이었다.

9월 어느 날, 밤잠을 이루지 못해 일어나 앉았다. 침실 안에는 아내의 체취가 생생했다. 갈색 책상 위에 놓인 가계부에는 아내가 한 달 전에 아들의 운동화 값으로 지출한 비용이 선명한 아내의 필체로 적혀 있었다.

　세상을 떠난 아내를 생각하며 서가에 꽂혀 있던 빛바랜 일기를 꺼내 들었다.

잠자는 아내의 모습

밤은 깊어만 갈수록 고요해지는군.

대리석과도 같이 하이얀 피부

복욱한 백합과도 같이 향훈을 뿜는 듯한 그 얼굴

숨소리 가늘게, 멀리 행복의 꿈나라를 거니는

사랑하는 나의 아내, 잠든 얼굴 더욱 예쁘고

평화의 상징

(중략)

나의 부족하고 미흡한 것은

착하고 어질고 위대한 그대의 여성다운 인격에

흡수되고 동화되고 정화되어

한 개 사나이의 개성으로 세련하고 완성하리.

(하략)

1952년 7월 2일 밤
영수의 잠자는 모습을 바라보고

큰딸아이가 태어난 지 막 5개월이 되었던 시절에 쓴 일기였다. 나는 신혼 때도 아내에게 엄마 같은 모습만 기대했던 것 같다. 나는 아내에게 언제나 어린아이 같은 사람이었다.

좀이 슨 일기장 위에 눈물 한 방울이 떨어져 누런 종이 위로 번졌다. 아내에 대한 추억이 눈물에 바래질까 걱정되어 얼른 손수건으로 종이를 꼭꼭 눌러 물기를 훔쳤다.

나와 지난 24년간 동고동락한 그녀는 나에게 한결같은 사람이었다. 크게 화내는 법이 없었고 목소리도 크지 않았으며 내 아이를 셋이나 낳고도 늘 새색시같이 수줍어했다.

여느 사람 같으면 사회적 신분 격상에 따라 처신이나 생활 방식에 큰 변화를 보이기 마련이지만, 그녀는 평범한 소시민으로 살 때나 대통령의 부인이 되었을 때나 변함이 없는 사람이었다.

살림살이는 소박하고 검소했고, 어질고 사랑이 넘쳤다. 그녀는 남모르게 음지를 찾아가서 사랑을 베풀었다. 크리스마스나 명절이 되면 언론에 소문나지 않도록 몰래 선물 보따리를 들고 판자촌을 찾았다. 사람들이 꺼려하며 곁에도 가지 않으려 하는 한센병 환자들을 찾아가 그들의 뭉그러진 손을 만지며 마음의 고통을 어루만져주기도 했다.

국민들이 나보다 그녀를 국모로 더 존경하는 충분한 이유가 있었다. 그녀는 언행이 일치했고 겉과 속이 다르지 않았다. 그녀는 초지일관 소리 없이 내 주변을 살피며 내 도덕적 양심의 파수꾼을 자임했다.

대통령 자리에 오른 내가 구상한 국가적 사업 완수에 매진할 수 있게 도와준 일등공신은 아내였다. 그녀는 보이지 않는 자리에서 음으로 양으로 내가 위험에 빠지지 않게 늘 무게중심을 잡아주었다.

그녀가 없었다면 치밀하지만 독선적이고 저돌적인 내 성격상 적지 않은 어려움을 겪었을 것이다. 아무튼 그녀는 내 평생의 은인이었고 하늘이라 할 수 있는 사람이었다. 내 일생에서 최고의 행운은 단연 그녀를 아내로 맞은 것이었다.

그럼에도 생전에 나는 그녀의 가슴에 자주 못질하여 몹시 가슴 아프게 했다. 일상적인 존재는 사람들의 기억 속에서 늘 그 소중함이 잊혀지기 마련이다. 늘 마시는 공기의 소중함을 느끼지 못하듯, 항시 내 곁을 지키고 있는 아내의 소중함을 깨닫지 못했다. 나는 그녀가 항시 자기 자리를 반듯하게 지키고 있을 것이라 믿었다.

나는 에너지가 넘치는 정력적인 사람이었다. 술을 즐겼고, 억제하지 못하는 왕성한 바람기가 있었다. 개중에는 더러 의미 있는 관계를 유지하는 이들도 있었지만 대체로 순간적인 쾌락에 탐닉하고자 만나, 의미 없는 일회성의 사람들이 많았다.

꽃을 찾는 나비처럼 권력 주변에는 수많은 여성들이 나를 바라보는 해바라기가 되어 몰려들었다. 나는 아무런 죄책감 없이 많은 여성들과 어울렸다. 나는 스스로 이런 부적절한 처신을 국사에 지쳐 찌들어버린 심신의 긴장과 피로를 푸는 일시적인 일탈이

며, 일상적인 일탈 행동은 남자라면 당연한 것이라고 나름 합리
화하고 있었다. 나는 페미니스트들에게서 돌팔매질을 당할 우려
가 있는 영웅호색의 전근대적인 사고에 젖어 있었다.

술을 마시고 여자를 가까이한 나의 퇴행적인 행동은 사실 내
애정 결핍에 따른 의존적 욕구와 어린 시절의 상처에서 비롯된
불안에 기인한 것이었다. 이해할 수 없는 거칠고 난폭한 아버지
때문에 나는 늘 불안에 시달렸고 항상 나 자신의 욕구를 억누르
며 살았다. 내가 원하는 것은 내가 요구한다고 해서 자연스럽게
수용되거나 충족될 수 있는 것도 아니었다.

내가 입을 여는 것은 집안의 불화를 부채질할 구실이 될 수 있
기에 어느 순간부터 나는 원하는 것을 솔직히 말하지 못하고 입
을 다물었다. 기껏 말한다고 해도 에둘러 표현하게 되었다. 이런
내 모습을 보고 어떤 이들은 점잖다고 하고 어떤 이들은 장부답
게 과묵하다고 말하지만, 실은 고작 내 가슴에 맺힌 울분의 응어
리가 컸다는 것을 의미할 뿐이었다.

술은 고통을 잊게 했고, 짓누르는 우울과 긴장에서 나를 해방
시켰다. 술은 때로 사소한 것에 집착하며 불안해하는 보잘것없
는 나를 호방한 사내로 둔갑시켰다. 대중 앞에서는 혹여 실수를
하지 않을까 겁을 먹고 잔뜩 긴장하다가도 술이 들어가면 언변에
거침이 없었다.

나의 부적절한 처신은 방종이라 불릴 만했다. 이것은 아내가
가정을 잘 돌보고 있었기에 가능했다. 아내는 아이들에게 매우

엄격했고 살림살이에도 철저했다. 전처의 자식인 큰딸아이도 친자식과 차별하지 않고 사랑으로 대했다. 그녀는 내가 집안일에 신경 쓸 티끌만 한 여지를 남기지 않았다. 아내는 완벽하게 모든 가정사를 처리했다. 아내라는 든든한 베이스캠프 덕분에 나는 긴장을 풀고 훨씬 자유롭게 세상을 살아갈 수 있었다.

나의 부적절한 처신에도 아내는 좀체 내게 화내는 법이 없었다. 아내가 나의 바람기에 제동을 걸고 나설 때는 무언가 문제가 터질 조짐이 보일 때였다. 아내의 간섭이나 질책은 여자의 질투라기보다는 대개 위험에 빠진 나를 보호하기 위한 모성의 보호본능이 발로한 결과였다. 그럼에도 나는 아내의 지적을 여자의 못난 질투쯤으로 여기며 버릇없는 망나니처럼 격분했다. 때로는 화를 참지 못하고 재떨이를 집어던지는 바람에 아내의 얼굴에 상처를 내기도 했다.

나는 아내가 한 여자라는 사실을 망각하고 나를 위한 아내의 진정한 마음까지 외면한 채 몹시 이기적인 요구만 하고 있었다. 나는 아내에게 나에 대한 순종과 침묵을, 자식들에게는 늘 좋은 엄마 역할만을 요구했던 질 나쁜 남자였다.

나는 아내에게 매우 인정머리가 없는 사내였다. 아내가 아이들에게뿐만 아니라 나에게도 어머니가 되기를 바랐던 것이다. 여자로서 아내의 인생은 몹시 불행하고 고독했다.

아내의 갑작스런 죽음에 나는 정신을 차릴 수가 없었다. 아내는 나보다 여덟 살이나 연하다. 한국 나이로 치면 쉰이지만 만 48

세에 불과한 젊은 나이였다. 술과 여자를 가까이하고 건강을 해치는 일은 내 전문이었다. 변고가 생기거나 하늘의 부름을 받는 일도 나이가 든 내가 먼저일 것이라 생각했다. 젊은 아내가 사고로 유명을 달리하리라고는 상상조차 못한 일이었다.

나는 아내의 죽음으로 실의에 빠졌다. 그녀는 나를 지탱해준 든든한 기둥이었다. 내가 절대적으로 신뢰하는, 세상과 소통할 수 있는 유일한 통로가 그녀였다.

아내는 나에게 있어 세상을 판단하는 가늠자 역할도 했다. 나는 그녀의 눈을 빌어 세상을 바라보았다. 때로는 다투고 소리를 낼 때도 있었지만 언제나 찾아가 평안을 구할 수 있는 안락한 쉼터였다.

아내의 정보력은 여느 정보기관 못지않게 막강했다. 대개는 나의 전횡을 견제하기 위해 바깥세상에서 아내에게 흘려주는 것들이었다. 정부 내부, 권력기관, 종교계, 야당, 언론계를 통해 아내에게는 많은 정보가 몰려들었다. 아내는 그 내용들을 나름대로 분석하고 판단해내어, 내 잘못을 지적하고 까만 밤바다에 반짝이는 등대처럼 내가 가야 할 길을 알려주었다.

권력에 아부하는 사람들과 달리, 그녀의 생각과 말에는 개인적인 욕심이나 잇속 계산이 전혀 없이 현실을 그대로 담고 있었다. 진실과 사실만을 전하는 그녀의 말은 정치색 짙은 정보기관의 보고 내용보다 훨씬 정확할 때가 많았다.

아내의 지나치게 정직한 발언이 때로는 귀에 몹시 거슬리고 성가시게 느껴져서 나를 무척 고통스럽게 만들기도 했다. 그러나 대통령으로서의 직무 수행에 매우 중요한 나의 판단 오류를 막아 주는 데 아내의 조언은 어느 각료의 조언보다 긴요했다. 아내가 탐욕스러운 사람이었다면 이 안방 정치가 나라를 망칠 수도 있었지만, 아내는 절제와 자제를 알았고 무엇보다 사심이 없었다.

아내의 죽음은 내게 있어 세상에서 가장 신뢰하는 사람을 잃은 것이었다. 나는 대체로 사람들을 불신했다. 주변에 많은 사람들이 있었지만, 그들은 대부분 국가의 미래에 대한 걱정보다 자신의 권력에 대한 욕심이 강한 사람들이었다. 그들은 대체로 내가 제일 싫어하고 혐오하는 고담준론(高談峻論)을 일삼는 허풍쟁이들이었다. 사람에 대한 불신과 소통의 마비가 나를 점점 고독하고 불안하게 만들었다.

내게 주어진 역사의 시간에 쫓기면서 나는 이전보다 더 완고한 고집쟁이로 변했고, 하늘을 울리는 양심의 소리가 사라지면서 통제 장치가 풀린 열차가 되어 외롭고도 위험한 질주를 시작했다. 아내가 죽은 이후로 나는 어느 누구도 사랑하지 않게 되었다.

고해성사

황태성 형에게.

형님, 형을 존경하고 사모하여 형의 생각을 마음속에 새기며 어린 시절을 보냈던 아우 정희입니다. 형은 제 상희 형과 더불어 제게는 어린 날의 우상이었습니다.

어린 시절 저는 세상의 모순을 두고 열띤 토론을 전개하던 두 분의 인간에 대한 사랑을 지켜보면서 사회주의에 대한 깊은 친밀감을 느끼기도 하였습니다.

형은 제가 어려울 때마다 제게 힘이 되어주었고, 친일의 길이 아닌가 하는 편견을 버리고 조선 사람도 능력이 되고 기회가 된다면 전문적인 식견을 넓히는 것이 좋다며 제가 만주군관학교에 가는 것도 격려해주셨습니다. 정말 저는 형에게 많은 은혜를 입고 자란 사람입니다.

제가 혁명을 한 사실을 안 형님은 기쁨을 이기지 못하고 대남

밀사를 자처하였습니다. 한때 제가 사회주의에 몸을 담았다는 사실 때문에 더욱 큰 기대를 가지셨습니다. 위험을 무릅쓰고 38 선을 넘어 저를 찾아온 형님을 오랜만에 만났음에도 반갑게 맞이 하지 못하고, 매정하게도 형님을 간첩 혐의로 법정에 세워 사형 선고받는 것을 오불관언 묵묵히 지켜보았습니다.

형님은 얼마나 분통이 터졌겠습니까? 얼마나 낙담하셨겠습니 까? 친동생같이 여겼던 사랑하는 동생이 대통령으로 있는 남한 땅에서 사형 선고를 받았으니 얼마나 억울하셨겠습니까?

참으로 죄송합니다. 형님에게 사형이 집행되도록 아무런 조치 를 취하지 않은 것은 제 가슴에 평생 한으로 남아 있습니다. 형님 의 불행은 제 인생에 있어 영원히 갚을 수 없는 마음의 큰 부채입 니다.

제가 형님의 손길을 냉정하게 뿌리칠 수밖에 없었던 처지를 이 해해주십시오. 비록 형님을 형장의 이슬로 보냈지만, 이 동생이 걸어간 길을 기억해주십시오.

땀을 흘려라!
돌이가는 기계 소리를
노래로 듣고
……

이등 객차에서

불란서 시집을 읽는

소녀야.

나는, 고운

네

손이 밉더라.

우리는 일을 하여야 한다.

고운 손으로는 살 수 없다.

고운 손아, 너로 말미암아 우리는 그만큼 못살게 되었고,

빼앗기고 살아왔다.

소녀의 고운 손이 미울 리 없겠지만

전체 국민의 1% 내외의 저 특권 지배층의 손을 보았는가.

고운 손은 우리의 적이다.

보드라운 손결이 얼마나 우리의 마음을 할퀴고 살을 앗아

간 것인가.

우리는 이제 그러한 정객에 대하여 증오의 탄환을 발사하

여주자.

영원히 그들이 우리를 부리는 기회를 주지 말자.

―『국가와 혁명과 나』 본문 중에서

　형님, 제가 이 나라 국민들에게 외치고 있는 이 소리를 듣고 계
십니까? 제가 저의 민족 앞에서 애끓는 목소리로 절규하듯 호소

하는 저의 간절한 마음을 보고 계십니까?

비정하게도 제 혈육이나 다름없는 형님을 제가 죽였습니다만, 형님의 죽음이 헛되지 않도록 역사적 운명을 안고 묵묵히 저의 길을 걸어왔습니다. 앞으로도 저의 걸음은 변함이 없을 것입니다.

하늘에 계신 외로운 영혼이실지라도 저의 길을 지켜봐 주십시오. 비록 형님은 저로 인해 허망한 죽음을 맞으셨지만, 형님의 이름만은 역사의 제단 앞에 아름다운 희생으로 언젠가 기록될 것입니다.

형님, 저는 강대국 미국의 눈치를 보는 약소국가의 대통령이었습니다. 제가 혁명에 나선 이유는 민생은 안중에도 없고 고담준론만 일삼는 기존 정치인들에 대한 분노와 불신 때문이었습니다. 가난에 찌들려 희망을 잃고 절망 속에 무기력하게 살아가는 빈민들과 서민들의 희망이 되기 위해 혁명을 한 것입니다.

저는 군사 혁명으로 정권을 잡은 터라 권력 기반이 매우 취약했습니다. 믿을 수 있는 것은 소수의 혁명 동지와 무력밖에 없었습니다.

형님이 저를 만나러 온 당시에는 막 걸음마를 시작한 신생 혁명 정부를 허물려 하는 세력들이 사방에 널려 있었습니다. 윤보선을 비롯한 기존의 우익 정치인들은 구대의연한 태도로 제 사상의 전력을 문제 삼아 저를 북한과 내통하는 빨갱이라며 흔들었고, 미국도 의심의 눈초리로 저를 예의주시하고 있었습니다.

제2차 세계대전을 거치면서 생긴 냉전으로 미국의 조야가 매카시즘(McCarthyism)의 열풍에 휘말려 있었다는 건 형님이 잘 알 것입니다.

미국은 남한 정부를 실효적으로 지배하고 있는 국가였습니다. 현실은 무시할 수가 없었습니다. 혁명 정부의 순조로운 출발을 위해 미국의 절대적인 지지와 후원 약속이 필요했습니다. 저에 대한 미국의 불신을 불식하고 우익 정치인들의 사상 논쟁에 종지부를 찍어야 했습니다. 혁명 정부가 사상 논쟁으로 국력을 낭비하지 않고 혁명 과업 수행에 매진하기 위해 불가피하게 형님을 희생의 제물로 삼았습니다. 형님에게 무릎을 꿇고 용서를 구합니다.

어떤 이들은 저의 레드 콤플렉스(Red complex)가 형님을 사형시켰다고 말합니다. 굳이 그런 세간의 비난과 지적을 부정하지 않습니다. 제가 한때 사회주의자의 길을 걸었던 것은 사실입니다. 제 사상을 의심하는 사람들이 많았습니다. 1963년에 치러진 제5대 대통령 선거에서는 윤보선 후보가 저를 빨갱이라 몰아세우며 선거판에 사상 논쟁의 불을 지폈습니다.

이것은 제가 어차피 겪어야 할 형극의 관문이었습니다. 저는 사상 논쟁이 국력 낭비로 이어지는 것이 걱정되었습니다. 논쟁만으로 끝나는 논쟁은 의미가 없습니다. 알찬 성과를 가져올 때 그 논쟁은 유익합니다. 제가 선거 유세 중에 국민들에게 저의 과거 전력을 솔직히 고백했습니다. 일종의 정면 돌파를 선택한 것입니다.

국민들은 저의 솔직한 고백을 용기 있는 행동으로 받아들이며 저를 성원했습니다. 어려움을 딛고 제가 처음으로 대한민국의 제5대 대통령으로 당선된 것입니다.

저는 사회주의 정신에는 여전히 강한 친밀감을 느끼고 있습니다. 하지만 저는 사회주의자가 아닙니다. 일찍이 저는 남로당 조직에 대해 실토하면서 사회주의를 배신했고 이미 사회주의자의 길을 포기했습니다. 그 길을 포기했다고는 해도 과거 전력으로 인해 사회주의에 대한 콤플렉스가 있는 건 사실입니다.

저로 인해 많은 사람들이 옥고를 치렀습니다. 조직을 배신한 배신자라는 낙인과 더불어 기회주의자라는 오명도 들어야 했습니다. 제게 덧씌워진, 불명예스러운 세간의 편견에 대해 많은 부담을 느꼈습니다. 저 때문에 옥고를 치른 군 동료들에게도 인간적인 미안함을 갖고 있었습니다.

하지만 제가 갖고 있던 레드 콤플렉스가 꼭 부정적인 것만은 아니었습니다. 제가 군사 혁명으로 집권한 후에 북한의 김일성이 군사 대학 7기 졸업식장에서 말했습니다.

"남조선의 박정희가 중농 정책을 쓰고 자립 경제를 건설한다고 합니다. 우리는 찬성합니다. 하지만 자립 경제는 미국과 일본에게서 꿔다가 해서는 안 됩니다. 그렇게 하면 식민지가 됩니다. 제국주의가 아니라 우리 북반부와 합작을 해야 됩니다. 우리는 남조선 군대를 먹여 살릴 수 있지만, 남조선 당국은 우리에게 북조선 군대를 먹여 살릴 수 있다는 말을 한마디도 하지 못합니다. 물질은 이렇게 중요합니다."

김일성이 말한 것처럼 물질은 인간 생활에 매우 중요합니다. 우리 역사에도 물질의 중요성을 지적한 성현이 있습니다. 바로 율곡 선생님입니다. 저는 율곡 선생의 주기론을 아주 좋아합니다. 율곡 선생을 흠모하여 그분의 위패를 모신 문성사(文成祠)의 현판을 제가 직접 썼습니다.

정신보다 물질이 중요하다는 마르크스와 엥겔스의 유물론이 공산주의 사상의 근간이 되었습니다. 율곡 선생은 이들보다 300년이나 앞서 물질의 중요성을 강조한 것입니다. 저는 율곡 선생의 주기론이 인간의 문제를 바라보는 시각에 있어 어느 철학보다 정확하고 뛰어나다고 생각합니다. 율곡 선생의 통찰력은 그들에 비할 바가 아닙니다.

율곡 선생은 물질과 정신의 조화를 추구했습니다. 그분의 사상에 의하면 물질과 정신은 수레를 굴리는 바퀴의 양 축입니다. 어느 하나만 있어서는 안 되는 것이지요. 하지만 그분은 먼저 배부터 불리라 했습니다. 이것이 정신을 지키는 길이라 했습니다.

김일성은 남한 사회를 비웃었습니다. 자신들이 남한보다 잘사는 것은 북한의 사회주의 이념이 남한의 자본주의 이념보다 더 훌륭하기 때문이라고 선전하고 싶었던 것 같습니다.

물론 한때는 남한보다 북한이 부강했습니다. 해방 이후 남한 사회가 고비용 저효율의 정치로 시간을 허비한 결과입니다. 배부른 정치인들이 실질을 추구하지 않고 고담준론과 허장성세에 젖어 있었기 때문입니다.

김일성의 조롱은 레드 콤플렉스에 시달리고 있던 저에게 좋은 보양식이 되었습니다. 저는 사회주의를 포기하면서 탈이념의 실용 노선을 걷고자 했습니다. 김일성은 고맙게도 제가 해야 할 일을 다시 환기시켜주었습니다.

저는 국민의 윤택한 삶을 위해 모든 열정을 다 바쳤습니다. 김일성은 남한을 비웃었습니다만, 그의 비웃음은 강산도 변하기 전에 세상의 조롱거리가 되었습니다.

우리는 6년 만에 북한을 추월했습니다. 그 차이는 나날이 벌어졌습니다. 김일성이 자랑했던 21세기의 북한은 세상에서 가장 가난한 최빈국이 되었습니다. 국민들은 굶주림을 견디다 못해 죽음을 무릅쓰고 국경을 넘고 배를 타고 탈출하고 있습니다. 대량 난민이 발생할 엑소더스(exodus)의 날이 머지않았습니다.

남한은 반세기만에 세계 최빈국에서 세계에서 가장 역동적인 국가로 탈바꿈했습니다. 선진국의 반열에 들었습니다.

이 현상을 보고 금수산 궁전에 안치된 김일성의 영혼이 어떤 깨달음을 얻을지 궁금합니다. 빈곤 때문에 인민들이 조국을 등지고 있는 이 현실이 인민을 사랑했던 김일성에게는 뼈아픈 일일 것입니다. 그의 영혼인들 편히 잠들 수 있겠습니까.

북한의 현실은 그들이 추구한 자력 경제에 한계가 있다는 것을 말할 뿐입니다. 북한은 대원군의 쇄국 정책을 모방한 폐쇄적인 정책을 썼습니다. 일본의 식민지라는 불행한 역사를 기억했던 그들로서는 외세에 대한 두려움 때문에 폐쇄적인 길로 나갈 수는 있었을 것입니다.

하지만 그들은 끝내 자신들이 만든 이념의 포로에서 벗어나지 못했습니다. 이념의 포로가 되면 세상을 보는 시야가 좁아집니다. 맹신자들의 눈에는 비교의 대상이 보이지 않아 자신들의 눈에 보이는 것만을 세상에서 제일 가치 있고 훌륭한 것으로 믿게 됩니다.

의학적으로 이런 시선을 가진 사람을 '터널비전'을 가졌다고 합니다. 우물 안 개구리라는 뜻입니다. 그들의 교조적이고 경직된 사고가 인민들을 사지로 몰아간 것입니다.

일단은 실용주의 노선을 걸은 제가 김일성을 완전히 제압해 케이오승을 거두었습니다. 이만 하면 저의 레드 콤플렉스가 꼭 나빴다고는 할 수 없습니다. 독도 쓰기에 따라 약이 되듯이 김일성의 조롱도 저의 레드 콤플렉스도 제게는 약이 되었습니다.

어떤 사람들은 저를 보고 기회주의자라고 비난합니다. 식민지 시절에 만주군관학교를 나오고 일본 육사를 졸업한 후 만주에서 일본 군인이 되었다가, 해방이 되니 조선경비사관학교에 입학하고 남로당에 가담했다가 다시 혼자 살기 위해 많은 동료들을 배신했다고 비난합니다.

일견 옳은 얘기일 수도 있습니다. 저도 뼈저리게 반성하고 있습니다. 하지만 저는 다만 군인이 되고 싶었을 뿐입니다. 제대로 된 교육을 받은 정식 군인말입니다. 저의 모든 삶을 친일의 잣대로 보자면 한이 없습니다.

저는 식민지 시절 아주 가난한 소작농 집안에서 태어났습니다. 그리고 일본식 교육을 받았습니다. 가난한 집안의 자식으로서 저의 가족들이 무시당하지 않고 배부르도록 하고 싶은 게 어린 날의 제 소망이었습니다.

한 개인의 국가에 대한 정체성을 판단하는 것은 참으로 어려운 문제입니다. 역사의 전환기에는 더욱 그러합니다. 제가 보다 의식 있는 사람이 되지 못한 것을 자책합니다. 제가 한 국가의 대통령이었기 때문에 더욱 그렇습니다.

하지만 저는 기회주의자가 아닙니다. 사회주의자도 아닙니다. 자본주의자도 아닙니다. 제 이념적 정체성은 탈이념적인 민족적 실용주의자라고 하는 것이 옳다고 봅니다.

저는 집권 기간 동안 시장에 모든 것을 맡기는 자본주의 시장 경제 정책을 쓰지 않았습니다. 시장 경제와 계획 경제를 혼용한 혼합 경제 정책을 썼습니다. 시장가보다 높은 가격으로 농민들의 쌀을 수매하는 이중 곡가제를 실시해 가난한 농민들의 소득 증대를 도왔고, 시중의 물가도 정부의 적절한 통제를 받도록 했습니다.

1977년 제가 전격적으로 실시한 우리나라의 의료보험은 대표적인 반시장적인 정책입니다. 미국식 의료보험과는 전혀 다르고 사회주의적 색깔이 가미된 유럽의 의료보험보다 훨씬 사회주의 색채가 강합니다.

저는 의료를 공공재라 생각합니다. 저는 돈이 없어 아이를 잃은 적이 있습니다. 가난한 사람에게도 병원 문턱은 낮아야 합니다. 의료보험을 실시할 당시 정부 일각에서는 의료보험 망국론을 들먹이며 의료보험 실시를 강력히 반대했고, 의료계와 같은 기득권층에서는 시장 논리를 들어 강력 반발했습니다. 하지만 저는 좌고우면하지 않고 의료보험 실시를 힘 있게 밀어붙였습니다.

지금 우리나라의 의료비는 전 세계에서 가장 저렴합니다. 국민 대다수가 병원을 손쉽게 이용할 수 있게 된 것은 의료비를 시장 기능에 맡겨두지 않고 정부가 통제를 하고 있기 때문입니다. 제가 도입한 모든 정책은 우리 형편을 고려하여 실시한 것입니다.

제 이념과 경제 운용 방식을 모방하여 가장 잘 활용한 사람이 중국의 등소평(鄧小平)입니다. "흰 고양이든 검은 고양이든 쥐를 잘 잡으면 된다"는 그의 말은 만고의 진리입니다.

정치와 경제의 길에 왕도는 없습니다. 냉철한 현실 인식과 투철한 역사 의식에 바탕을 둔, 미래를 내다보는 깊은 통찰력만이 민생을 구할 수 있습니다. 이것이 왕도입니다.

저는 사람이 누구든 이념의 노예가 되지 않기를 바랍니다. 맹신은 자신을 포함해 주변 사람들까지 불행하게 만듭니다.

저의 경제 운용 형태를 개발 독재라 평가하며, 개발 독재를 강행해 사회에 많은 문제점을 양산시켰다고 비난합니다. 나는 이 평가에 대해 동의합니다.

개발 독재는 민생이 피폐한 상황에서 한정된 재원으로 곤궁한 민생을 구제하고 우리의 미래를 조속히 확보하기 위한 고육지책이었습니다. 사회 양극화의 원흉이라고 저를 비난한다면 그 비난은 달게 받겠습니다.

제게 제일 중요한 것은 국민을 배불리 먹이고 편안하게 하며 나라를 부강하게 하여 스스로 자존감을 지키게 하는 것이었습니다.

또 세간에서 저를 독재자라고 비난합니다. 얼마간 억울한 느낌이 있지만 동의합니다. 제가 군사 혁명을 한 것은 기존 정치인들에 대한 분노와 불신 때문입니다. 그들에게 나라를 맡겨두어서는 미래에 희망이 없다는 판단 때문입니다.

제가 본 기존 정치인들은 과거에 나라를 망친 역사의 인물들과 하등 다를 바가 없었습니다. 해방 이후 십수 년 동안 국민들에게 보여준 정치인들의 관심은 자신들의 밥그릇을 챙기는 것이었습니다. 정치인들의 허세와 가식, 그리고 위선이 우리 민족에게 고통스런 식민의 역사를 불러왔습니다. 조선이 일본에게 강탈당해 서민들의 피눈물을 쥐어짜게 만든 책임은 사욕에 눈먼 정치인들에게 있었습니다. 저도 식민 역사의 피해자 가운데 한 사람입니다.

민생은 안중에 없고 권력 다툼에 혈안이 된 정치인들의 몰지각한 정지 행대를 보고 있으면 우리 머리 안에 고통을 잊게 하는 망각의 유전자가 있는 깃은 아닌지 의심스럽습니다.

역사를 배우는 이유 중 하나는 불행한 역사를 반복하지 않는 데 있습니다. 정치인들의 행태를 보면 정작 우리는 역사에서 아무것도 배우지 못한 것 같았습니다. 불과 몇십 년밖에 되지 않았는데 까맣게 잊고 있습니다.

이뿐이 아닙니다. 역사를 거슬러 올라가도 마찬가지입니다. 임진년 왜군에게 나라를 짓밟힌 것도 정치인 탓이었습니다. 그 고통을 힘없는 백성들이 고스란히 져야 했습니다.

저는 기존 정치인들을 믿을 수가 없었습니다. 그들은 서구식 민주주의를 주장하며 고상하고 이상적인 얘기를 합니다. 듣기에는 매우 그럴듯해 보입니다. 제 눈에 그들은 손에 흙 한 번 묻혀보지 않은 고운 손을 가진 부르주아였습니다. 허울 좋은 이상과 낭만을 노래하는 그들이 가난한 자의 고통을 알기나 하겠습니까? 저는 99퍼센트의 가난한 국민들을 위해 1퍼센트의 부르주아에게 약간의 자제를 일시적으로 요구한 것입니다. 저는 이 점만은 가장 떳떳이 여기고 있습니다.

마지막으로 어떤 이들은 저를 보고 미국 혐오증 환자라 얘기합니다. 그들이 주장하는 근거는 이러합니다. 태평양전쟁에서 일본이 미국에게 패배해 엘리트 장교로서 출세의 길이 막혀 미국에 원한을 품었고, 형님이 미군정 경찰에 죽임을 당해 미국에 대한 복수심을 갖게 되었고, 미국의 매카시즘 때문에 내가 형장의 이슬로 사라질 위기를 맞았다는 것이 그 근거들입니다.

아주 엉뚱한 논리라고 말하고 싶지는 않습니다. 인간이라면 응당 이 같은 감정이 생길 것은 당연한 소치입니다.

저는 미국을 싫어하지는 않습니다. 그들의 이중적인 잣대와 이기적인 행태가 싫을 뿐입니다. 그들이 우리를 존중했다면 우리도 그들을 존중할 것입니다. 미국이 우리에게 한 짓은 저의 아버지가 우리 가족에게 한 처신이나 비슷합니다. 인간은 굴욕을 강요당할 때 가장 분노를 느낍니다. 심리학적으로 내가 파더 콤플렉스(Father Complex)에 시달렸다고 할 수 있습니다. 기존 정치인들에게 분노한 제가 궐기하게 된 감정의 이면에는 이 같은 어두운 감정의 응어리가 응축되어 있었습니다. 미국도 우리에게 굴욕을 강요했습니다. 안보와 인권을 이유로 우리의 내정에 사정없이 간섭했습니다. 문화와 나라의 차이를 그들은 이해하지 못했습니다.

거칠고 모순적인 힘에 대항할 능력이 없으면 분노를 삼키며 굴종의 삶을 살 수밖에 없습니다. 다치지 않기 위해선 강자가 요구하는 현실 논리를 따를 수밖에 없습니다. 저는 자존감을 상실한 이같은 삶이 싫었습니다. 제가 핵을 개발하고자 했던 것은 그들의 간섭에서 벗어나 민족의 자존감을 회복하기 위한 것이었습니다.

우리 안전을 위협하는 거친 힘에 대항해 우리 자신을 지키는 영원한 안전판을 확보하기 위한 것이었습니다.

태성 형님, 듣고 계십니까? 제 목소리를…….

형님, 보고 계십니까? 활력에 찬 21세기의 대한민국을…….

형님의 영전에 삼가 바칩니다.

형님의 이름은 역사의 아름다운 희생으로 꼭 기록될 것입니다.

형님 사랑합니다. 형님 죄송합니다.

참고 문헌

단행본

김경재, 『혁명과 우상』, 인물과 사상사, 2009

김대중, 『김대중 자서전』, 삼인출판사, 2010

김용직 외 6인, 『사료로 본 한국의 정치와 외교 1945~1979』,
성신여대 출판부, 2005

김재홍, 『박정희의 유산』, 푸른숲, 1998

김정렴, 『아, 박정희』, 중앙M&B, 1997

김종신, 『박정희 대통령과 주변 사람들』, 한국논단, 1997

박동진, 『길은 멀어도 뜻은 하나』, 동아출판사, 1992

박정진, 『박정희의 실상, 이영희의 허상』, 이담북스, 2011

박정희, 『국가와 혁명과 나』, 지구촌, 1997

신용구, 『박정희 정신분석, 신화는 없다』, 뜨인돌, 2000

유종일 외 7인, 『박정희의 맨얼굴』, 시사IN북, 2011

전인권, 『박정희 평전』, 이학사, 2006

조갑제, 『내 무덤에 침을 뱉어라』 1~8, 조선일보사, 1998~2001

조갑제, 『박정희 1 : 불만과 불운의 세월』, 까치, 1992

진중권, 『네 무덤에 침을 뱉으마』, 개마고원, 2008

한국정치연구회, 『박정희를 넘어서』, 푸른숲, 1998

기사

성한용, '박근혜 탐구', 《한겨레신문》, 2011년 8월 12일자
이상우, '박정희, 그 콤플렉스 정치학', 《신동아》, 1987년 10월호
'집중연재 박정희 육성증언 : 선우연 공보비서관, 8년간의 육성
비망록 여섯 권, 역사적인 대공개', 《월간 조선》, 1993년 3월호
'좌절된 핵 개발의 꿈', 《시사저널》, 1996년 8월

나, 박정희

초판 1쇄 인쇄 2012년 3월 22일
초판 1쇄 발행 2012년 3월 29일

지은이 신용구
펴낸이 정해종
펴낸곳 도서출판 블루닷

주 소 서울시 마포구 마포동 324-3 경인빌딩 3층
전 화 02-3143-7995
팩 스 02-3143-7996
등 록 2003년 9월 30일 제313-2003-00324호
이메일 touchafrica@naver.com

ISBN   978-89-93255-92-8 03810